José Francisco Sastre García

DEMONIOS
DE
VENGANZA

Saga de Calet-Ornay Vol. 1

Depósito Legal: 00/2013/2342

Título: *Demonios de venganza. Saga de Calet-Ornay Vol.1*
© José Francisco Sastre García
Segunda edición: Octubre 2014
http://www.josefranciscosastregarcia.es

Diseño de portada y contraportada: Alexia Jorques
Edición y maquetación: Alexia Jorques
http://alexiajorques.wordpress.com
info.alexiajorques@gmail.com

Para todos aquellos que creyeron en mí.

ÍNDICE

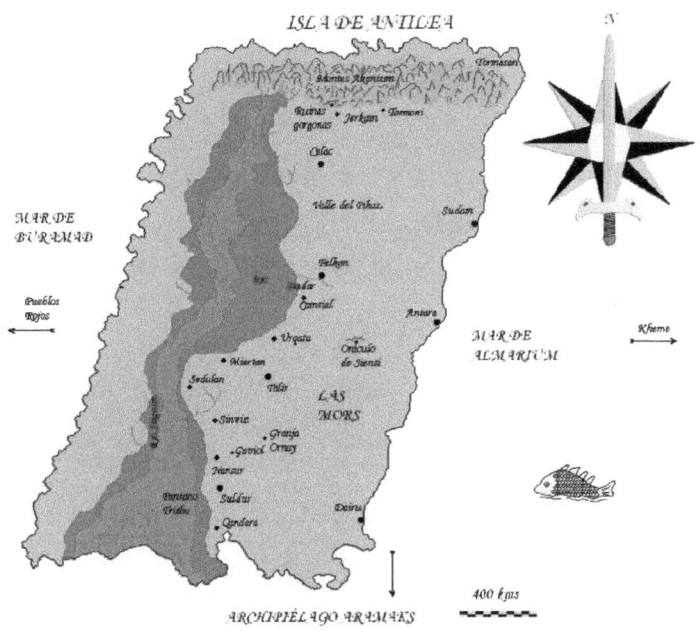

ISLA DE ANTILEA

"Las hojas de hierro atacaron con la velocidad de una serpiente, tan letales y mortíferas como cobras; uno de los soldados vio con sorpresa que su mano saltaba en medio de una explosión de sangre, mientras los otros dos rivales retrocedían apresuradamente y bloqueaban las estocadas de Calet".

("Espíritus Oscuros")

ESPÍRITUS OSCUROS

E l jinete cruzaba la llanura con paso calmo. De estatura mediana y constitución nervuda, su rostro moreno, curtido por el sol, mostraba unos rasgos duros, afilados, de halcón, en los que brillaban con especial intensidad unos ojos negros azabache, enmarcados por una larga cabellera oscura que le caía sobre los hombros; una barba como la pez, cuidada con sumo esmero, le daba un aspecto más aristocrático, mas éste era desmentido por el atalaje bélico que portaba: en su espalda, asomando por encima de los hombros, aparecían los mangos de dos espadas. Su peto de cuero y los correajes cruzados sobre el pecho mostraban la categoría de guerrero del hombre, que observaba el paisaje a su alrededor sin especial interés, más atento a cualquier tipo de emboscada que a otra cosa.

No parecía muy probable que pudiera ser víctima de ningún tipo de acechanza: en aquella zona apenas había árboles o afloramientos rocosos que pudieran esconder a algún enemigo, y la vegetación era baja y escasa: Antilea[1] no era una isla demasiado fértil, desde luego no como su hermana Khemt[2], y las gentes que allí vivían habían de esforzarse bastante para arrancarle sus frutos.

El viento agitaba los cabellos del hombre, un viento frío, precursor del invierno, que soplaba desde el Norte, trayendo el hielo ártico hasta las islas del Imperio Atlante. El cielo, encapotado, sugería una hora mucho más tardía de la que era en realidad.

En el horizonte se perfilaban las bajas formas de una población: Mor Talir, la ciudad más importante de la región conocida como las Mors. Con una población de alrededor de dos millares y medio, se ubicaba casi en el centro de la zona formada por las siete ciudades, erigiéndose en el punto clave para el comercio: la mayoría de las mercancías y caravanas recalaban en la población, haciéndola crecer sobremanera, a pesar de las envidias y resquemores que dichos pueblos se tenían entre sí.

A pesar de todo, cuando el hombre llegó junto a la muralla, ante sus ojos apareció un conjunto de edificaciones bajas rodeadas por un muro de piedra de poco más de tres metros de altura. Frente al jinete, un arco semicircular de unos dos metros de radio permitía la entrada a la población: las dobles puertas de gruesa madera claveteada estaban abiertas de par en par, mientras una pareja de guardias de la ciudad, con el blasón del halcón blanco de Mor Talir en sus petos de cuero, vigilaban el acceso.

—Que Dan'Nan[3] sea con vosotros, talirios —saludó el guerrero, deteniendo su montura y golpeándose el pecho con el puño derecho.

---

[1] Antilea: segunda isla del imperio Atlante, en el Atlántico occidental.
[2] Khemt: isla principal del imperio atlante, en el Atlántico oriental.
[3] Dan'Nan: diosa principal de la religión atlante.

—Y con vos, señor —le saludaron a su vez los soldados—. ¿Qué os trae a Mor Talir?

—Negocios personales —sugirió el hombre con cautela.

Los guardias lo observaron de arriba abajo con desconfianza; a pesar de su aspecto vulgar en apariencia, había algo en aquel porte, en aquellos negros ojos sin expresión, que hicieron que se pusieran en alerta... Uno de ellos se volvió hacia el otro y le dijo algo por lo bajo, lo que hizo que el segundo de los soldados se internara en las callejas.

—Si no os importa, señor, os agradecería que esperarais en el lugar en que os encontráis —le advirtió el guardia que se había quedado, un hombre alto, delgado, de rostro pálido y gestos nerviosos.

—¿Veis acaso algún motivo por el que deba perder mi tiempo aquí parado? —inquirió el guerrero con la faz impasible.

El guardia de la puerta empalideció aún más, al tiempo que aferraba con más fuerza el mango de la lanza que portaba.

—Señor, son las órdenes de los Doins[4] —se disculpó con un tosco atropello—. Los guerreros que deseen entrar en Mor Talir deben acreditar sus motivos...

—Tal vez podríamos llegar a un acuerdo —sugirió el jinete con una ancha y lobuna sonrisa que heló la sangre en las venas del soldado—: vos me franqueáis el paso de inmediato, y a cambio yo respeto vuestra miserable vida.

—¿Por qué no elegís entre retiraros o pasar una temporada en nuestras prisiones? —le advirtió con

---

[4] Doin: título de gobernador de ciudad en el imperio atlante. Es directamente designado por los Manes, los emperadores, y al igual que éstos ha de tener una pareja estable para poder optar al cargo, que comparte con dicha pareja en igualdad de condiciones.

severidad una voz femenina.

Mirando al interior de la ciudad, el guerrero vio acercarse al otro soldado y a una mujer que supuso sería la capitana de la guardia. De estatura mediana y constitución corpulenta, sus facciones eran suaves, morenas, de intensos ojos azules y oscura cabellera corta y crespa. Su mano derecha se apoyaba sobre el pomo de un cuchillo envainado, mientras que en su brazo izquierdo, sujeto con firmeza, podía contemplarse un escudo redondo de madera con refuerzos de hierro, en el que aparecía el símbolo de la serpiente marina de Atlantis. A su costado, bajo el escudo, colgaba una espada de típica manufactura atlante: hoja recta de casi un metro, con las guardas en forma de cruz.

—Señor, no podemos permitiros pasar si antes no nos decís con claridad cuál es vuestra intención —el tono autoritario hizo sonreír con ironía al guerrero—. De hecho, las leyes estipulan con claridad que los desconocidos han de identificarse y explicar con franqueza sus motivos para su estancia en Mor Talir, o dejar sus armas en el cuerpo de guardia hasta que salgan de la ciudad.

La sonrisa del hombre se ensanchó aún más en una torva mueca de ferocidad.

—Capitana, temo que esta discusión no nos va a conducir a ninguna parte —sugirió mientras desmontaba con calma—. Mi nombre es Sekron dar[5] Dugar –mintió-, y pretendo pasar en este lugar una o dos noches hasta que cumpla con los asuntos que me traen hasta aquí.

—¿Y cuáles son esos asuntos? —inquirió la mujer frunciendo el ceño.

—No creo que eso sea de vuestra incumbencia —aseguró el guerrero con tono sucinto, avanzando hacia ella

---

[5] Dar: palabra atlante designa descendencia de una estirpe o casa. No implica necesariamente nobleza.

despacio—. Ni vuestra, ni de nadie que no sea yo. ¿Os bastaría con mi palabra de que procuraré cumplir con vuestras leyes?

La capitana observó el rostro del mercenario, que la miraba entre divertido y amenazador; su porte, su actitud... Todo parecía indicar en él a un peligroso luchador, a alguien con quien no convenía estar enemistado.

—Mirad, señor Sekron —le advirtió con un suspiro de resignación—, no voy a ocultaros que esta situación lleva ya cierto tiempo así, desde que hace alrededor de tres años apareció ese personaje al que llaman Ornay el Desalmado, sembrando la muerte y la destrucción por doquiera que pasara —la mujer se estremeció al pronunciar aquel nombre odiado en todo el imperio—. Por los dioses que ese asesino tiene que haber salido de lo más profundo del Halasna[6] o ser una invención de algún loco, porque la fama que se ha ganado parece más la de una criatura demoníaca que la de un ser humano. Por la sagrada Dan'Nan, si ya hasta se usa su nombre para asustar a los niños y que se porten bien.

"Desde entonces, no se permite en ninguna parte el libre acceso a quien tenga una apariencia guerrera, a quien demuestre una afiliación mercenaria o estar curtido en mil batallas.

—A alguien como yo —aceptó con gesto burlón el guerrero—. Capitana, sólo os puedo decir que tengo que entrar para cumplir con unos negocios que tengo pendientes; si no me lo permitís, tanto mi reputación como mis riquezas podrían resentirse sobremanera. Y no estoy dispuesto a que tal cosa suceda.

—¿Pretendéis, entonces, entrar a toda costa? —le advirtió la mujer con un brillo peligroso en los ojos,

---

[6] Halasna: inframundo, infierno atlante.

mientras desenvainaba su espada con un siniestro silbido—. ¿A riesgo de vuestra vida, a riesgo de ir a dar con vuestros huesos a una prisión?

—Aun con ese riesgo —admitió Sekron con tono sombrío, echando a andar hacia el interior de la ciudad tirando de las riendas de su montura—. Haced lo que debáis, mas pensad en una pequeña cuestión: de lo que ocurra aquí a partir de ahora, no me haré responsable.

—¡Deteneos! —le gritó ella, cruzándose delante de él con la espada alzada—. Sekron dar Dugar, entregad vuestras armas ahora mismo y daos preso.

Los dos guardias secundaron a su capitana y se situaron a ambos lados del hombre, con las lanzas alzadas apuntando al cuerpo del guerrero.

—Sea como vos queráis —suspiró éste, soltando las riendas y levantando las manos hacia sus espadas.

Las hojas de hierro atacaron con la velocidad de una serpiente, tan letales y mortíferas como cobras; uno de los soldados vio con sorpresa que su mano saltaba en medio de una explosión de sangre, mientras los otros dos rivales retrocedían apresuradamente y bloqueaban las estocadas de Calet.

—¡Por los dioses, que habéis de pagar esta osadía con vuestra vida! —exclamó la mujer, alzando la voz—. ¡Alarma! ¡A mí la guardia!

Las espadas se cruzaron una y otra vez con un estrépito metálico que retumbó en la zona; la capitana de la guardia era buena luchadora, mas la habilidad que desplegaba su rival le obligaba a mantenerse a la defensiva hasta que su compañero rompía con su lanza los ataques de Sekron.

A los sonidos del combate se unieron pronto otros: los pasos rápidos y los gritos de la guardia que acudía a la llamada de la mujer. Por el rabillo del ojo, procurando no perder de vista a sus dos oponentes, Sekron comprobó que en unos segundos se encontraría en una situación demasiado comprometida, por lo que se lanzó a un fulgurante contraataque: el soldado cayó ante un tremendo tajo que partió su lanza al interponerla, y lo alcanzó en la cabeza, deslizándose por el casco y hundiéndose con profundidad en su hombro izquierdo; casi al mismo tiempo, la capitana le lanzó una estocada que le dejó un largo corte en el brazo izquierdo, mas el mercenario no se inmutó en lo más mínimo y, antes de que ella pudiera recuperar el equilibrio, atravesó su corazón. La mujer boqueó con un gesto infantil de alarma, de sorpresa, congelado en sus vidriosos ojos, para derrumbarse con pesadez cuando el guerrero extrajo el arma de su cuerpo.

Sekron se volvió hacia su caballo y, tras descolgar sus alforjas, lo azuzó para que galopara por la ciudad, en la dirección en la que oía los gritos de la guardia; después, sin una mirada atrás, se internó en un dédalo de callejuelas y se desvaneció en las sombras, como un fantasma, en el preciso momento en que los soldados se tropezaban con su montura y se montaba un monumental alboroto... La gente se asomaba apenas, contemplando aquella escena, sin atreverse a intervenir, sin saber que un fantasma caminaba entre ellos...

"*El Zorro Rojo*" era un lugar de pésima reputación; situado muy cerca de la zona conocida como Dualet, la guarida de aquellos a los que la sociedad apartaba de sí, era un antro en el que la suciedad y la pestilencia pugnaban por conseguir un sitio propio; sombrío, oscuro como la boca de un lobo, apenas iluminado por unas lámparas que habían conocido tiempos mejores, mostraba media docena de mesas de madera medio desvencijadas, con bancos del mismo material y que parecían caerse a pedazos, y una barra negra, llena de salpicaduras de todo tipo de líquidos.

Cuando Calet dar Gaur, pues tal era el auténtico nombre del llamado Sekron, entró, el silencio se adueñó del local mientras las miradas de los escasos parroquianos se volvieron inquisitivas hacia él, contemplándolo con atención, durante unos segundos; después, todo pareció volver a la normalidad, las conversaciones se reanudaron olvidándose del recién llegado, que se dirigió resuelto hacia el tabernero.

—Que Dan'Nan sea con vos —saludó levantando la mano.

—Y con vos, señor. ¿Qué deseáis tomar?

—Una jarra de vuestro mejor vino, y un pedazo de ese cordero que estáis cocinando —solicitó el mercenario, señalando la carne que daba vueltas con lentitud en un espetón—. Y si disponéis de alguna vacía, una habitación en la que pasar la noche.

—Disculpad mi atrevimiento, mas, ¿podríais mostrarme las cuatro monedas de hierro que os va a costar todo esto? —sugirió servil el posadero, aunque sus ojos oscuros desmentían aquella idea: corpulento, de alrededor de un metro ochenta, no parecía de los que se amilanan ante una aparición como la del guerrero—. Como comprenderéis, no llevo un negocio de caridad.

—Por supuesto, tabernero —aceptó Calet con sorna, mientras tomaba su saquillo y dejaba encima de la barra, con un tintineo metálico audible con claridad, las monedas solicitadas—. Llevádmelo todo a esa mesa —señaló un rincón en sombras desde el que podía distinguir a toda la clientela sin que se le viera con claridad.

—Por supuesto, señor —admitió con alegría el hombre, frotándose las manos.

Unos minutos después, una camarera joven, rolliza, de largo cabello rubio pajizo, llevaba al mercenario las viandas que había pedido; las atacó voraz, sin dejar de echar continuas ojeadas a las gentes que entraban y salían de la posada.

Mientras bebía un trago de vino, sus ojos se detuvieron de forma repentina en un sujeto de estatura mediana, delgado, cetrino, de cabellos negros y mirada huidiza, con el rostro afilado como el de una rata o un hurón, cuyo parecido se acentuaba aún más por el leve bigote que apuntaba sobre sus finos labios. Por un momento dudó, mas pronto su mente se llenó de imágenes: un fuego devorador que lo consumía todo, unos rostros brutales, salvajes, riendo estentóreos, otros semblantes fijos en la mirada vidriosa de la muerte, un ascético rostro de chivo inclinado sobre él; en su garganta, el líquido adquirió el sabor acre de la sangre, la carne se transformó en amargas cenizas; sus ojos se velaron con un tono escarlata traslúcido, que transformaba todo aquello que había a su alrededor bajo un prisma sangriento…

Se recostó hacia atrás, refugiándose entre las sombras protectoras, vigilando con torva obstinación al hombre que comía unas mesas más allá, esperando con paciencia su momento.

Y ese momento llegó cuando el objeto de su acechanza se limpió con gesto grosero y se levantó de la mesa, dirigiéndose hacia la salida; con una expresión indescifrable en su rostro, se alzó a su vez y se dispuso a seguir a su presa.

Comprobó, sin sorpresa alguna, que el cara de rata se internaba en el Dualet, hasta llamar a la puerta de una vivienda en cuyo frontal se hallaba grabada una ornamentada espada; conocedor de los bajos fondos de las Mors, Calet supo de inmediato que se encontraba frente a la casa del amo de la escoria de la ciudad.

Tras unas quedas palabras, Calet vio que el sujeto entraba en la casa. Tras comprobar durante unos momentos la ubicación de aquel lugar, miró el cielo encapotado y retrocedió hacia las sombras, volviendo sobre sus pasos rumbo a la posada. Por fin había llegado la hora que había estado esperando…

La noche era tan oscura como la pez: las nubes ocultaban en su totalidad una luna en cuarto menguante, y las sombras se extendían por todas partes mientras los ladrones, asesinos y demás gente de tal jaez se desperezaban y salían a cumplir sus cometidos.

Una figura se destacó de entre aquellas sombras, acercándose a la casa del señor de los bajos fondos, una silueta nervuda, con espadas a los costados y el rostro oculto bajo un terrible casco de hierro que representaba una de las leyendas más antiguas del imperio, al pavoroso demonio llamado C'Tl, una criatura tan arcaica como el mismo mundo que lo gobernó en tiempos lejanos, y que ahora yacía en el fondo del mar.

Con cautela, llamó a la puerta: al cabo de unos segundos ésta se entreabrió un leve resquicio y un rostro apenas visible se asomó con gesto receloso.

—¿Quién sois…

Al otro lado de la madera se oyó un quedo gemido horrorizado, mientras intentaba cerrar: la historia de aquel casco había corrido por todas partes con enorme velocidad, extendiéndose desde los dominios de los que vivían en las sombras hasta los más altos señores, formándose una leyenda que hacía que ni el guerrero más endurecido pudiera evitar un escalofrío.

Pues el propietario de aquel casco no era otro que Ornay el Desalmado, el hombre cuya cabeza tenía un precio de dos mil sialans[7], el asesino implacable ante quien todos caían como ante la espada de la propia muerte… Nadie que hubiera visto el rostro que se ocultaba bajo el ominoso yelmo seguía vivo, era una regla que el misterioso guerrero había impuesto desde el principio de sus andanzas, por lo que todo eran especulaciones acerca de su identidad.

De un golpe seco, Ornay abrió la puerta de par en par y entró con rapidez, cerrando tras sí y encarándose con el hombre.

—Vas a guiarme a presencia de tu amo —anunció en tono severo, con una voz que sonaba metálica, espectral.

—¿Qué buscáis aquí, señor? —inquirió su interlocutor con voz temblorosa, retrocediendo por un lóbrego pasillo—. No hemos hecho nada…

—¡Silencio, escoria! —tronó el guerrero, agarrando al hombre por la pechera de sus ropas y empujándolo hacia atrás—. Condúceme hasta tu amo, o acabaré contigo en este mismo momento.

—Pero el señor Calein… —se lamentó el hombre, temblando de pies a cabeza.

—El señor Calein me recibirá —aseguró con firmeza Ornay, levantando en vilo a su víctima y sujetándolo ante sí—. Vamos, no tengo tiempo que perder.

—Sí… Sí, señor, como vos digáis.

Tras dejarlo en el suelo, el hombre lo guió a través de una serie de laberínticos pasillos hasta llegar a unas escaleras que conducían hacia abajo; al final de ellas, una puerta de recia madera con remaches de hierro mostraba el símbolo de la espada.

Al abrirse la puerta, ante los ojos de Ornay apareció una gran cámara ornamentada hasta la exageración: en las

---

[7] Sialan: medida de sal que se corresponde con cinco monedas de hierro, dos medidas de especias o 25 monedas de cobre.

paredes, los tapices y las panoplias cubrían la piedra casi por completo, mientras ricos muebles se repartían por todas partes.

En el centro de aquella ostentación, como una araña esperando a su presa, un hombre se sentaba en un trono de sólido granito con incrustaciones de piedras preciosas. Alto, de anchos hombros, sus pálidos rasgos eran afilados como cuchillas, con dos cicatrices que recorrían sus pómulos de arriba abajo; con el cráneo rasurado por completo, observaba al mercenario con unos brillantes y almendrados ojos azules que mostraban una expresión peligrosa, amenazante.

Calein se envolvía en costosos ropajes, mientras en su regazo se veía un libro abierto; al costado del trono, apoyada contra él, Ornay observó una espada lemuria desenvainada, al alcance de la mano del señor de aquel lugar...

Antes de que nadie pudiera decir nada, el mercenario cruzó el umbral para encararse con aquel hombre.

—¿Quién osa...

Las palabras del señor de la casa murieron en sus labios cuando observó el casco de Ornay; la mirada se le dilató en un gesto de espanto, de alarma.

—¡Ornay! —murmuró de forma audible, levantándose de un salto y echando mano a la espada lemuria que yacía apoyada en el trono—. ¿Qué haces aquí, execrable asesino? ¿Quién te ha enviado a eliminarme?

—Podéis permanecer tranquilo, señor Calein —aseguró la voz metálica, mientras el yelmo se inclinaba apenas hacia delante en un suave gesto de respeto—. Que Dan'Nan sea con vos.

"Estoy ante vuestra presencia en busca de un hombre —explicó con sequedad—. Menudo, cetrino y de cabello pajizo. He sido informado de que esta mañana ha entrado aquí, y puesto que tengo una deuda pendiente con él, solicito de vos que me lo entreguéis sin tardanza.

—¿De quién hablas, Ornay? —el amo de los bajos fondos pareció recobrar la compostura, aunque en sus ojos brillaba una expresión de temor que no podía evitar—. Creo que hay varios con esa descripción entre mi gente. Habrás de ser más explícito.

—Su rostro recuerda al de un hurón, o un roedor.

—Te refieres entonces a Targ —admitió Calein, tras unos segundos de cavilaciones—. Mas no puedo entregártelo sin más, es uno de los míos y por tanto su seguridad es de mi incumbencia.

—Ese hombre al que llamáis Targ ha dejado ya de perteneceros —aseguró firme el guerrero—. Desde el momento en que he sido informado de su presencia, su vida ha pasado a mis manos. Entregadlo, y no me veré obligado a derramar sangre innecesaria.

—Demasiado bien conozco tu fama para ponerla en duda —aseguró el señor de los ladrones tras meditarlo durante unos instantes—. Sea. Targ es tuyo, mas antes de entregártelo voy a pedirte una merced: a cambio de mi colaboración, deberás matar a cierto noble que está empeñado en acabar con mis negocios, a Sentar de la casa de Querot.

Bajo el casco, Ornay sonrió torvo: qué casualidad, ése era el objetivo que le había conducido a Mor Talir, la eliminación bajo previo pago de aquel tal Sentar; tal vez pudiera sacar una buena tajada de aquella situación.

—Sabéis que mi precio es alto —advirtió con seriedad a Calein—, y que exijo el pago por adelantado. ¿Aún pretendéis que cumpla esa misión?

—Ah, pero es que el pago por vuestro servicio será la persona de Targ —sugirió zalamero el señor de la casa—. ¿No pretenderéis que por vuestro servicio os pague y además os entregue a uno de mis hombres?

—Si lo preferís, puedo reducir a la mitad el precio por

asesinar a Sentar —aceptó el mercenario—, pero no más: ése al que llamáis Targ no vale ni el pergamino en el podáis escribir su nombre. Veinte sialans, tomadlo o dejadlo: es vuestra elección.

—Lo tomo —admitió con un suspiro Calein, dando unas palmadas. Una cortina colgada en una de las paredes se apartó y apareció una mujer menuda, de larga cabellera morena recogida en cola de caballo, con una cota de cuero que perfilaba sus curvas, casco con cimera y espada al cinto—. Mentara, ve a buscar al tesorero y que te entregue para mí veinte sialans en monedas de cobre y hierro; y que Targ se presente ante mí.

—Sí, señor —aceptó la mujer, retrocediendo presurosa al contemplar con espanto la legendaria figura que se alzaba ante su amo.

—Decidme, Ornay, ¿qué os trae por esta ciudad? —inquirió el señor de los bajos fondos—. ¿Estáis de paso, o tal vez tenéis una misión entre manos?

—No suelo hablar con nadie de mis cometidos, excepto con aquellos a los que voy a dedicar mi atención —advirtió el mercenario con concisión—. Señor Calein, si conocéis mi fama deberíais meditar vuestras palabras.

El hombre se mordió los labios tenso, nervioso: las palabras del guerrero le resultaban cuando menos amenazadoras, a pesar de no poder distinguir la expresión que se ocultaba tras el terrorífico casco.

—No pretendía ofenderos —aseguró tratando de mantener la calma—, tan sólo mantener un remedo de conversación; mas si deseáis permanecer en silencio, estoy dispuesto a respetar vuestra intención.

Ornay se cruzó de brazos frente al señor de la casa.

—Podéis pensar lo que deseéis —sugirió con calma—. Siempre y cuando no incurráis en mi ira, podréis tener una larga y fructífera vida.

—Tal deferencia resulta de agradecer —aceptó Calein

con un nudo en la garganta.

Durante algunos minutos la tensión fue creciendo en la estancia; el silencio se hacía abrumador, tan denso como una mortaja, cortante como un cuchillo…

La inmovilidad se rompió cuando sonaron unos quedos golpes en la puerta y el señor de los bajos fondos dio su permiso para entrar: apareció la mujer que había recibido sus órdenes seguida por el hombre llamado Targ, que se detuvo en el umbral al contemplar la figura del personaje más buscado del imperio.

—Huelgan las presentaciones —explicó Calein con sequedad, mientras la mujer depositaba en su mano un saquillo de dinero—. Ornay, éste es Targ, el hombre que andabais buscando.

—En efecto, él es —aceptó el mercenario—. ¿Disponéis de alguna estancia en la que poder discutir nuestros asuntos a solas?

—¡Señor Calein! —exclamó Targ, observando incrédulo a ambos sujetos—. ¿Qué significa esto? ¿Acaso pretendéis entregarme a este asesino? ¿En qué os he fallado para merecer tal destino?

—No me has fallado —aseguró el señor de la casa con una mirada oscura, mientras arrojaba el saquillo al hombre que había contratado—. En realidad, se trata de un trueque: tu vida por la nuestra, y además la promesa de un servicio.

"Como comprenderás, no puedo permitir que mi casa sufra un baño de sangre por proteger a un hombre; si se tratara de cualquier otro, jamás habría cedido y en estos momentos su cadáver yacería a mis pies. Mas la cuestión es que éste es Ornay el Desalmado, y su fama le precede: por donde él pasa, la muerte lo sigue como un leal mastín.

—¡Os ruego que no me hagáis esto, señor! —se quejó Targ con amargura, dejando escapar unas lágrimas de impotencia—. ¿Por qué alguien como Ornay me busca? ¿Acaso tenéis querella alguna contra mí? —inquirió quejumbroso, volviendo sus ojos hacia el guerrero.

—De eso hablaremos en su momento —adujo con gesto feroz el hombre del casco—, cuando nos encontremos a solas en un sitio adecuado. ¿Y bien, señor Calein? ¿Podéis atender mi petición de un lugar recogido donde departir con este hombre como viejos amigos? —señaló a Targ.

—Por supuesto —admitió el señor de los bajos fondos tragando saliva. Dio unas palmadas, y la cortina volvió a apartarse, dejando entrever la figura de Mentara.

—¿Sí, señor?

—Condúcelos a la Sala Roja —ordenó Calein con gesto displicente, señalando a ambos hombres.

—Muy bien, señor —aceptó la mujer inclinándose. Después, se volvió hacia la puerta dirigiendo su mirada hacia Ornay y Targ—. Por favor, síganme.

Los llevó por el pasillo a través del que había llegado el mercenario, junto a una puerta sobre cuya hoja aparecía grabada la figura de una rosa.

—Aquí es, señores —indicó Mentara.

Bajo el casco, Ornay sonrió divertido: la mujer había procurado mantenerse lo más apartada posible de él durante todo el camino, en un gesto reflejo de miedo a lo que representaba tanto la figura del casco como su propia fama.

En el momento en que cruzaron el umbral, el guerrero se volvió hacia su acompañante y le soltó un sonoro bofetón que lo envió al suelo; después, con calma, cerró la puerta tras sí y la atrancó con una de sus espadas.

—Y ahora, maldito engendro del Halasna, vamos a hablar de una deuda de sangre pendiente entre nosotros —aseguró con fiereza, acercándose a su víctima mientras extraía de su cinturón un formidable cuchillo de mango de hueso.

—¡Piedad, señor! —suplicó Targ, arrastrándose, tratando de alejarse de aquel oscuro personaje—. ¡Nada os he hecho para que me tratéis así!

—¿Nada, chacal? —gruñó el mercenario, agachándose y sujetando con su mano izquierda la garganta del hombre—. ¿Dices que no tenemos ninguna cuenta pendiente?

"Ya veo que no recuerdas nada de tus viejos tiempos, cuando cabalgabas con una banda de piojosos bandidos de un sitio a otro, tomando lo que os apetecía cuando os placía... ¿No danzan en tu mente las llamas, los pueblos asaltados, las granjas quemadas, las gentes asesinadas?

Soltando a Targ, el guerrero se arrancó el casco de un manotazo.

—¿Y ahora? —exclamó, fuera de sí—. ¿Recuerdas ahora las consecuencias de tus actos?

Por un momento, el hombrecillo se quedó mirando con fijeza el rostro que se le enfrentaba, una faz demudada por la furia, por una rabia que crecía como una flor ponzoñosa en su pecho... El miedo le impedía poner en orden sus pensamientos, mas, por fin, una tenue llamarada de comprensión lució en su interior y el pavor, el terror más profundo, inundaron su alma, arrastrándolo al borde de la locura.

—¡No puede ser! —exclamó con la voz estrangulada—. ¡No puedes estar vivo!

—Morí en aquel momento —aseguró feroz Ornay, sujetando de nuevo por la garganta a su víctima—. Sí, perro, morí una y mil veces mientras juraba que os encontraría y os haría pagar por arrebatarme mi mundo.

"Éste es el resultado de vuestros desmanes, de vuestras tropelías; tengo una promesa que cumplir, una venganza que llevar a cabo, y la muerte no me alcanzará hasta que no la haya finalizado.

"Y ahora, éste es el comienzo: tú serás el primero en pagar. Pero antes me vas a decir dónde se hallan tus compañeros de bandidaje; y piensa que de tu respuesta dependerá la rapidez con la que mueras, porque no pienso permitir mentira alguna. ¿Está claro?

El cuchillo se deslizó por la mejilla derecha de Targ, dejando tras sí una línea escarlata y un aullido de dolor.

—¿A qué esperas, cara de rata? —insistió Ornay—. Habla rápido, antes de que te arranque la lengua: ¿dónde se esconden tus amigos?

—¡No sé nada! —se lamentó con amargura su presa, retorciéndose para intentar apartarse de su verdugo—. ¡No tengo ni la más remota idea de donde están!

"Hace tiempo que no sé de ellos: hace unos años caímos en una emboscada del ejército imperial, y sólo sobrevivimos cinco; y después de eso, cada uno de nosotros nos fuimos por nuestro lado.

—Entonces, quiero que me des los nombres de esos supervivientes —gruñó el mercenario con negra expresión, mientras marcaba la mejilla derecha de Targ con otro surco carmesí—. Y sin rodeos.

—Estaban el capitán Rekor, Tibar, Viss el guerrero rojo y Augon el lemurio —explicó el hombrecillo con voz temblorosa—. Os repito que nos separamos, y que yo al menos no he vuelto a saber de ellos.

Ornay lo contempló frío, taladrándolo con una mirada lobuna que le hizo estremecerse de terror.

—Entonces, nada más puedo sacar de una escoria como tú —aseguró, agitando el cuchillo ante los ojos de Targ. De repente, el guerrero soltó el cuello de su presa y sujetó su muñeca derecha contra el suelo: el arma descendió veloz como una cobra y atravesó con limpieza la mano, arrancando un tremendo alarido de agonía que acabó en un empavorecido jadeo—. ¿Estás seguro de que no tienes nada más que contarme?

—Os he dicho todo lo que sabía —se quejó lastimero el hombrecillo, mientras el mercenario lo soltaba y le observaba con frialdad, los ojos brillantes de cólera—. ¡Por la diosa, os ruego que me perdonéis la vida!

—¿Perdonarte? —se burló el hombre, arrancando otro

aullido de dolor al clavar su hoja en la mano izquierda de su víctima—. ¿Por qué debería perdonarte? ¿Por qué debería tener compasión? ¿Acaso la tuvisteis vosotros durante vuestras ordalías de sangre y fuego?

"No, Targ, tu muerte y la de tus compañeros a mis manos quedó sellada desde el momento en que sobreviví a vuestros saqueos. Y puedo asegurarte que no será desde luego dulce ni rápida...

Levantó en vilo a su víctima a pesar de sus intentos desesperados por desasirse; después, con un violento empujón, lo estrelló contra la pared y lo tumbó boca abajo, sin prestar oídos a los gemidos y lamentos de su víctima.

Un rápido tajo, y las corvas comenzaron a sangrar en profusión.

—Antes de que tu alma viaje al Halasna, pedirás clemencia una y mil veces, maldito engendro —aseguró Ornay, con el rostro contraído en una mueca de fría rabia—. Pagaréis por lo que hicisteis.

Durante varias horas, quienes pasaban por el pasillo junto a la puerta de la Sala Roja escuchaban con espanto los alaridos agónicos de un condenado a muerte, gemidos y lamentos que se alzaban y disminuían a medida que su verdugo iba arrancándole de manera inexorable la vida.

Por fin, la puerta se abrió y apareció una visión de pesadilla: el mercenario se perfiló en el umbral, una figura cubierta de pies a cabeza por la sangre; tan sólo el terrorífico casco permanecía limpio.

Si alguien se hubiera atrevido a mirar tras aquella pavorosa silueta, habría divisado un bulto informe en el suelo, el amasijo sanguinolento de lo que una vez fue un hombre y que en aquel momento estaba tan irreconocible, tan destrozado, que hasta el estómago más endurecido hubiera sido incapaz de aguantar tal imagen.

Ornay cerró la puerta tras sí y, con indolencia, se dirigió

hacia la sala de Calein. En su interior la ponzoña parecía haberse desvanecido con aquella carnicería, sentíase más calmado, más sereno; sin embargo, al mismo tiempo podía notar cómo crecía un vacío que le oprimía el corazón como una gélida garra de amargura, de desesperación. ¿Acaso aquel acto de crueldad no había sido justo? Targ se merecía lo que le había ocurrido, mas algo en su pecho pretendía indicarle, si no lo contrario, que no había servido de nada…

Mientras abría la puerta del señor de los bajos fondos, arrinconó aquellos nefastos pensamientos, endureciendo su alma. Que quien quisiera cayera en aquellas debilidades, él seguiría con su misión de venganza hasta cumplirla. *Eres mío, mi Heraldo Oscuro*, creyó oír…

Al cruzar el umbral vio que su contratador estaba hablando con una mujer que le daba la espalda, alta, de figura estilizada y larga cabellera morena, envuelta en costosas telas que a buen seguro demostraban un cierto origen noble.

—A lo que veo, tenéis la detestable costumbre de presentaros en los sitios sin haceros anunciar como es debido —le advirtió el señor de la casa con gesto irritado, haciendo que la mujer se volviera con sobresalto: de redondeadas curvas, su rostro parecía anodino, sin un especial atractivo: pálido, afilado, de labios finos y grandes ojos negros maquillados con exageración, mostraba una cierta aspereza impropia de alguien que en apariencia se había criado entre la nobleza—. Si no os importa, estoy debatiendo unos asuntos importantes: volved dentro de un rato, y hacedme el favor de comportaros y llamar a la puerta…

—Ya he finalizado la tarea que tenía pendiente aquí —explicó el mercenario, sin hacer caso de las palabras del hombre—. Cuando lo deseéis podéis mandar limpiar la Sala Roja.

La mujer se había dado la vuelta, y contemplaba con

horror la figura ensangrentada.

—¿Vos sois... Ornay? —demandó, la voz ahogada por el terror—. ¿Ornay el Desalmado, aquél por quien el Imperio ofrece dos mil sialans? ¿Qué hace aquí, señor Calein? —miró a su interlocutor con los ojos desorbitados.

—Podría decir que es mi última adquisición —comentó con despreocupación el señor de los bajos fondos—, pero no sería exacto: es demasiado independiente como para aceptar trabajar en forma permanente para un único amo, lo he contratado para realizar un trabajo.

—¡Es un asesino! —la mujer consiguió por fin encontrar el ánimo necesario para soliviantarse—. ¡Señor, debo denunciaros a ambos por traición contra el Imperio!

—Ornay, os presento a la Dama Eiran, Doin junto con su esposo Terkal, de Mor Talir —la interrumpió su anfitrión, sonriendo socarrón—. Como podéis comprobar, es una devota cumplidora de las leyes.

—Como tal es apreciada en lo que vale —aseguró el guerrero contemplando con expresión especulativa a la mujer—. Mas he de sugeriros, Dama Eiran, que deberíais meditar vuestras palabras y no provocar un baño de sangre en esta ciudad. Estoy aquí por una cuestión de negocios, y no deseo arrebatar más vidas de las que sean necesarias.

"Debo advertiros, señora, por si acaso tenéis duda alguna acerca de mi persona, que si dais la orden de perseguirme por Mor Talir, tendréis que aseguraros de mi muerte, porque de lo contrario la siguiente en visitar el Halasna tras vuestros amados súbditos seréis vos.

—¿Seríais capaz de asesinar a sangre fría a una Doin? —murmuró la mujer, escandalizada y alarmada por las palabras del mercenario—. ¿Osaríais caer en algo tan bajo?

—Por supuesto, dama Eiran —aseguró con alegría Ornay—. Soy capaz de eso, y de mucho más. Así pues, meditad con detenimiento vuestra decisión antes de llevarla a cabo, no siendo que vuestro esposo pierda la condición de

Doin por vuestra culpa…

"Y ahora, si me disculpáis, tengo otros asuntos que atender —explicó mientras se volvía hacia la puerta—. Un encargo que cumplir, como sabéis.

—¿Cómo podéis ser tan insolente, asesino? —insistió la mujer con el ceño fruncido—. ¿Cómo osáis mostrar tal desprecio por las leyes del Imperio? ¿Acaso os creéis por encima de nuestros Manes[8]?

—Si la justicia no hace pagar a los responsables de los desmanes cometidos… Sí, estoy por encima de todo eso —aseguró el mercenario feroz sin darse la vuelta—. Seré juez y verdugo si ello sirve a mis intereses. Resulta curioso que me digáis eso, señora, teniendo en cuenta vuestra presencia en este lugar, hablando en forma amistosa con el señor de los bajos fondos. ¿Acaso vos también os consideráis por encima de la justicia, echándomelo en cara a mí?

La Dama Eiran no fue capaz de contestar a sus palabras, asustada ante el tono frío, letal, de su interlocutor; sólo pudo ver su espalda mientras cruzaba la puerta y la cerraba tras de sí.

—¿Por qué no habéis intervenido? —se encrespó volviéndose hacia Calein—. ¿Es que acaso no tenéis sangre en las venas que permitís que un asesino como ese Ornay trate a alguien de mi rango de una manera tan humillante?

—Serenaos, señora —sugirió en tono burlón el señor de la casa mientras se encogía de hombros—, ésa es una cuestión baladí por la que no sirve de nada molestarse.

"Por lo que habéis visto, ¿acaso creéis que mi opinión hubiera servido de algo? A lo que veo, Ornay es un personaje más extraño de lo que pensaba: diríase que

---

[8] Manes: emperadores de la Atlántida. Han de ser pareja, y cuando uno de ellos desaparece el otro pierde esa condición y ha de ser elegida una pareja nueva.

guarda en su interior un secreto tormento que lo corroe como una ponzoñosa enfermedad, y lo convierte en un despiadado salvaje. Si he de seros sincero, prefiero no asomarme a la Sala Roja: tal vez el espectáculo sea obsceno en demasía como para poder aguantarlo...

"No, Dama Eiran, no os crucéis en su camino, es un consejo: temo que hasta que no se haya liberado de esos demonios interiores que lo acosan en modo implacable, no será más que una feroz bestia dispuesta a todo...

Cuando salió de la casa de Calein, Ornay se ocultó entre las sombras y, esquivando las partidas de la guardia de la ciudad y las gentes que todavía andaban por las calles a aquellas horas tan intempestivas, se dirigió hacia la barriada donde residía la nobleza de la población; antes de salir del Dualet, cogió a uno de aquellos trasnochadores y lo sujetó por el cuello, apoyándolo con violencia contra una pared.

El hombre había echado mano de inmediato a su cinturón, donde portaba un cuchillo de hoja ancha; mas, al contemplar el horroroso casco de su captor, dejó colgar los brazos laxos a los costados del cuerpo, incapaz de reaccionar ante aquella visión.

—¡Piedad, señor! —fue lo único que atinó a decir.

—La tendrás si me escuchas con suma atención —le advirtió con sequedad el mercenario—. Necesito información: ¿cuál es la casa de Sentar dar Querot? Y no intentes engañarme, conozco a los de tu ralea.

—Está al final de la calle de los plateros —explicó el hombre con un hilillo de voz—. La fachada es de piedra blanca, con el escudo de la espada flamígera sobre el portalón. Está rodeada por una verja de madera endurecida que da a un jardín...

—Es suficiente con eso —aceptó el guerrero—. Y ahora, una advertencia: no me has visto. Si Sentar dar Querot es avisado, morirás como un perro a mis manos. ¿He sido lo suficientemente claro?

—Sí... Sí, señor —contestó el hombre, temblando como una hoja.

Cuando Ornay lo soltó, su víctima se deslizó con suavidad apoyado en la pared hasta quedar sentado en el embarrado suelo; de su pecho escapó un largo suspiro de alivio, mientras mantenía la cabeza gacha en la esperanza de que el mercenario no se preocupara más de él y lo dejara vivir.

Oculto entre las tinieblas de la oscura noche, el Desalmado contempló de forma sistemática el hogar de quien había de ser su víctima, sonriendo al recordar la doble paga que había recibido por aquel trabajo.

No tenía la más mínima intención de entrar aquella madrugada, primero debía examinar a conciencia las medidas de seguridad que el señor de la casa había establecido. Aquella costumbre, evitar en la medida de lo posible sorpresas que pudieran poner en peligro su cometido o su propia vida, era la mejor que podía mantener en su peligrosa profesión.

Y en el fondo había hecho bien: pudo contar patrullando por el jardín al menos a cuatro guardias, mercenarios a juzgar por su aspecto, que caminaban de un lado a otro sin cesar y de forma aleatoria, de modo que un observador no pudiera saber ni quién ni cuántos podían aparecer en cada momento. Aquel obstáculo habría que salvarlo sin ninguna idea preconcebida, lo más probable improvisando sobre la marcha. En cuanto al interior, casi seguro sería lo de siempre: soldados a la puerta del dormitorio del noble y su familia, y poco más...

Así pues, lo único que le quedaba por determinar era la ubicación exacta de Sentar, y eso le resultaba irrelevante: ya se cuidaría de localizarlo sin llamar la atención.

Caminaba por un páramo oscuro, tenebroso, con una luz crepuscular que le daba un aspecto estremecedor; la vegetación, rala, apenas levantaba un palmo del suelo, mientras unos árboles alargados aparecían como dedos sarmentosos y retorcidos aquí y allá...

—Ornay el Desalmado, eres mío.

Las dos espadas del guerrero aparecieron como por ensalmo en sus manos mientras se daba la vuelta y contemplaba a un hombre de tez muy oscura, con un bastón sujeto con fuerza entre sus manos; de estatura media, sus rasgos eran duros, como de pedernal, en los que brillaban, bajo una corta mata de cabellos negroazulados, unos ojos esmeraldinos.

—¿Quién sois, y qué queréis? —demandó con tono perentorio.

—Soy quien se va a hacer cargo de vos a partir de ahora —aseguró la aparición con una teatral carcajada—. Soy la sombra que se hará carne en vos, cuando os derrote en combate.

—No podéis vencerme —le advirtió el guerrero alzando sus armas—, vos solo no tenéis opción alguna.

—¿Eso crees? —se burló el hombre oscuro, alzando su vara.

De repente, la madera se retorció como si estuviera viva y comenzó a transformarse; se dividió en dos mitades, quedando un trozo en cada mano, enroscándose como si fueran serpientes, adquiriendo una naturaleza de apariencia metálica... En la diestra del hombre se formó una gran hacha de combate de doble filo, mientras en la izquierda aparecía un escudo ornamentado con una amorfa figura negra llena de tentáculos, algo parecido al legendario kraken pero mucho más oscuro y maligno que el mercenario fue incapaz de reconocer.

En medio de una sensación de irrealidad, el rival de Ornay estaba encima de él, asestándole formidables sacudidas con su arma que éste conseguía detener o esquivar a duras penas, retrocediendo a través de la llanura mientras intentaba afianzar su posición y buscar un hueco en la defensa de su enemigo que le permitiera colocar una estocada...

Aquel esperado momento acaeció cuando notó una cierta vacilación en su enemigo: se lanzó a fondo, intentando alcanzar la garganta desprotegida mas, en forma inopinada, su rival desapareció en medio de una nube. Cuando ésta se difuminó, vio en la lejanía una figura borrosa que parecía caminar con calma hacia él, pero apenas le prestó atención: se giró en busca de su oponente, pero no lo vio por ninguna parte.

Un rugido feroz le hizo levantar la vista: el hombre oscuro caía sobre él desde una altura indeterminada, el escudo desaparecido, el hacha alzada sobre su cabeza, sujeta a dos manos, dispuesto a asestar un golpe demoledor...

Ornay consiguió bloquear el golpe a duras penas: el impacto sobre sus espadas fue tan salvaje, tan brutal, que le hizo temblar los brazos, obligándolos a ceder un poco y al propio guerrero a agacharse mientras daba un paso atrás para evitar la despiadada embestida.

—Eres mío, Ornay el Desalmado.

—¡Jamás! —gritó el mercenario, tratando de colocar un golpe que le diera la victoria; por fin, tras un cruce de hachazos y estocadas, una de sus armas encontró un hueco en el pecho que le permitió atravesarlo con limpieza—. Os lo advertí, no sois rival...

—¿Estás seguro de esa afirmación? —se burló el hombre oscuro, mientras retrocedía entre carcajadas y se arrancaba la espada del pecho—. ¿Acaso crees que es tan sencillo librarse de mí?

Horrorizado, el guerrero retrocedió unos pasos, contemplando aquella funesta aparición, que se regodeaba ante él...

Y de repente abrió los ojos, alarmado, envuelto en sudor frío.

—Un sueño... —murmuró, sentándose en el catre de la habitación y respirando con fatiga—. Sólo era esa maldita pesadilla de nuevo...

Sin embargo, sabía que era algo más que un producto de su imaginación: no era la primera vez que sufría aquel estremecedor acoso mientras dormía, ya se había enfrentado en su mente muchas veces con aquel hombre oscuro, fuera quien fuese; y durante la vigilia no recordaba haberlo visto a lo largo de ninguno de sus viajes, una figura tangible para asesinarla y poder arrancarla de sus extraviados pensamientos de una vez por todas...

Era extraño, pero en esta ocasión había estado mucho más salvaje que de costumbre, había estado a punto de derrotarlo. ¿Y si lo hubiera conseguido? Todo aquello podría ser producto de una maldición que pendiera sobre él, pero... ¿quién podría haberla lanzado? ¿Gaviol? No parecía probable, no después de haberle salvado la vida.

¿Y si todo aquello tenía que ver con la sensación que había tenido al cumplir su venganza sobre Targ? Ese hastío, ese vacío que se había apoderado de él durante unos momentos, como si en realidad no hubiera conseguido nada con la espantosa muerte lenta del cara de rata... Quizás aquel acto de justicia lo hubiera debilitado, lo hubiera dejado vulnerable ante alguien con el espíritu más oscuro que pudiera haber imaginado jamás.

Había cumplido con una pequeña parte de su venganza, y el encargo por el que había acudido a Mor Talir estaba a punto de finalizar; además, a pesar de sus prevenciones, había acabado con algunos guardias de la ciudad. Mas al parecer, la dama Eiran había optado por permanecer callada, puesto que no había oído nada ni nadie relacionado con su presencia en la ciudad, nadie lo había localizado dispuesto a prenderlo o asesinarlo…

Miró a través del ventanuco de la habitación: la luna estaba en cuarto menguante, las estrellas brillaban gloriosas, mas nada parecía hacer mella en su espíritu atormentado… Tal parecía que necesitara el tacto de la empuñadura de un arma para sentirse pleno, completo.

Temía dormir de nuevo, volver a enfrentarse con aquel ser surgido de las tinieblas… A medida que pasaba el tiempo, a medida que los sueños iban siendo cada vez más recurrentes, la sensación de peligro iba aumentando, como si se estuviera jugando su alma en una partida de la que desconocía tanto las reglas del juego como el oponente al que debía combatir…

Por la mañana, Calet se vistió con parsimonia y bajó al mesón.

—Que Dan'Nan sea con vos —saludó al posadero, mirando a su alrededor: a pesar de la temprana hora, ya había varias personas en el local disfrutando de la bebida y de animadas conversaciones.

—Y con vos, señor —le contestó el hombre—. ¿Deseáis por ventura comida y bebida?

—Podéis servirlo en esa mesa —señaló en forma sucinta el guerrero, dirigiéndose al lugar indicado.

Se sentó en una silla medio desvencijada, sin atreverse a recostarse en ella por temor a que acabara por romperse y diera con sus huesos en el suelo.

Uno de los parroquianos, un hombre de elevada estatura, corpulento como un oso, le miró de reojo para luego dar un codazo a uno de los sujetos malencarados que lo acompañaban en la bebida entre risotadas.

—Creo que tenemos un tipo duro —señaló con tono burlón—. ¡Eh, tú! —exclamó, llamando la atención del mercenario, que los observó con gesto ceñudo—. Te invito a una ronda, ven a beber con nosotros.

—Agradezco vuestra cordial invitación, caballero, mas no deseo en estos momentos más que un tiempo de silencio y soledad —sugirió Calet—. Si no os importa, preferiría permanecer como estoy.

—¿Acaso os creéis mejor que nosotros, señor? —el hombre remedó en una chanza el tono educado de su interlocutor—. ¿Tal vez el caballero prefiera beber con los de su categoría antes que con nosotros?

—No, no se trata de eso —admitió el guerrero observando con fijeza los crispados rostros de aquella caterva—. En realidad... —acabó por encogerse de hombros al contemplar los puños apretados en la empuñadura de las espadas—. Puesto que puedo suponer que nada de lo que diga va a cambiar en nada la situación, temo que no haya más que una salida posible.

—¿Y según vos, cuál es esa salida? —se burló el gigante.

—La conocéis sin ninguna duda —aseguró Calet manteniendo la compostura—. Mas no he de ser yo quien dé el primer paso, ésa decisión os la cedo a vos.

Con gesto lento y premeditado, se puso en pie y retrocedió un par de pasos, sin apartar la mirada de su interlocutor, hasta apoyarse con indolencia en la pared. Sus negros ojos no mostraban expresión alguna, mas parecían transmitir al pendenciero una muda advertencia, una promesa de muerte, de dolor, que le hicieron dudar por un momento sobre lo que resultaba más conveniente en aquellos instantes. Su oponente parecía un guerrero curtido, y las dos espadas que asomaban sobre los hombros apuntaban a una técnica más depurada de lo habitual.

—Quizás nos hayamos precipitado en nuestras apreciaciones —admitió por fin sin moverse de su asiento—. Tal vez hayamos malinterpretado vuestra negativa…

"Mas de una cosa sí puedo estar seguro —gruñó al cabo de unos instantes—: vos estáis aquí tan fuera de lugar como un zorro entre lobos.

Su chanza provocó la hilaridad de sus compañeros, que le palmearon la espalda entre risotadas y zalamerías.

—En el Dualet tenemos un dicho —aseguró, recuperada por fin la confianza—: "si existe, puede ser robado; si vive, puede ser asesinado".

—Entonces… —sugirió Calet.

—¡A por él, perros! —exclamó el gigante, apartando la mesa de un golpe y lanzándose contra el mercenario como un toro rabioso.

—¡Posadero! —exclamó el guerrero, desenvainando sus armas—. ¿Cómo los preferís, inconscientes o muertos?

Aquellas palabras provocaron un efecto inmediato en los alborotadores: se detuvieron en seco, mirándolo, al igual que el tabernero, con sorpresa.

—¿Cómo… ¿Cómo decís, señor? —inquirió el mesonero, tratando de encontrar las palabras.

—Os he preguntado si queréis que mate a estos gañanes —insistió con tono burlón Calet, con las espadas aprestadas para el combate—. No parecen amigos vuestros, ni de nadie.

—Yo… —el hombre dudó ante aquellas duras palabras—. Sería preferible que vivieran: aunque a veces se comporten como auténticos miserables, en el fondo no son tan malas personas.

—Sea.

Sin esperar a que sus oponentes reaccionaran, el mercenario saltó entre ellos y golpeó a uno en la cabeza con el plano de la espada; antes de que el sujeto comenzara a derrumbarse, otro se quejaba de un violento espadazo en el rostro que le había partido la nariz, poniéndolo todo perdido de sangre.

El gigante rugió de rabia y se arrojó contra Calet enarbolando un machete; sin embargo, el guerrero lo esquivó con facilidad y le arrancó el arma de la mano con un hábil giro de muñeca.

Al ver la pericia de su oponente, el cuarto hombre que se había lanzado a la refriega se retiró con discreción, procurando no llamar la atención, dejando solo a su jefe. Éste bramó una maldición y se quedó parado frente al mercenario que, con ominosa parsimonia, dejó caer sus espadas y miró a la cara a su rival.

—Estamos solos —sugirió con expresión lobuna.

Lívido de cólera, su oponente se abalanzó contra él largándole un feroz puñetazo a la cabeza; sin embargo, Calet fue más rápido y se agachó, esquivándolo con facilidad, avanzando un paso y proyectando su puño contra el estómago de su rival.

El gigante boqueó falto de aire, intentando llenar sus pulmones vaciados por la presión de semejante golpe, que lo había dejado doblado, el rostro contraído de dolor; mientras comenzaba a enderezarse, levantó la mirada para ver un puño que ocupaba toda su visión; después, un fogonazo de intenso dolor, y la negrura más absoluta cuando cayó en la inconsciencia…

—Arreglado —comentó el guerrero con expresión

distraída, mientras se limpiaba las manos de forma somera y recogía sus armas—. Posadero, cuando se despierten aseguraos de que entiendan que no deben andar por ahí provocando.

Contempló con disgusto el filo ensangrentado de una de sus espadas, la que había utilizado para aplastar la nariz de uno de los hombres; a continuación, buscó a su alrededor y se agachó junto al gigante, utilizando sus ropas para limpiarla con sumo cuidado. Después, colgó las armas a su espalda y salió a la calle, dirigiendo sus pasos hacia la casa de Sentar dar Querot: Quería conocer en persona a aquel sujeto que despertaba tantos y tan enconados odios.

Al llegar a la verja de entrada se encontró con un guardia que le devolvió la mirada con gesto ceñudo.

—¿Qué deseas? —inquirió hosco.

—Quiero hablar con tu señor —explicó el mercenario con brevedad—. Tal vez pueda emplearme a su servicio.

—¿Tú? —se burló el hombre con un bufido de desprecio—. ¿Un desharrapado sin un lugar donde caerse muerto? ¡No me hagas reír! Márchate antes de que avise a la guardia.

—¿Por qué no dejamos que sea el señor Sentar el que lo decida? —sugirió Calet con serenidad—. No creo que sea decisión tuya.

El guardia lo miró de soslayo: sus grises ojos lo examinaron a conciencia, intentando ver más allá de las ropas del mercenario, hasta que por fin, con un encogimiento de hombros, abrió la verja y se apartó para que pasara.

—Sígueme —le advirtió sin desarrugar el ceño.

El guerrero fue conducido hasta la casa; mientras cruzaba el cuidado jardín, en el que se erguían vigorosos árboles frutales, contempló todo lo que le rodeaba con detenimiento, analizando cada uno de los detalles que veía: los soldados que patrullaban por el jardín eran mercenarios como él sin duda alguna, contratados para proteger a un hombre que, a juzgar por aquellas exhaustivas medidas de seguridad, se había granjeado grandes odios. Había de ser muy rico para poder permitirse el lujo de pagar a tantos guardias…

Por dentro, la casa tenía un aspecto bastante sencillo: un vestíbulo amplio bordeado por puertas flanqueadas por estatuas de Psaidon[9] en pedestales y un par de tapices que representaban escenas legendarias del Imperio daba paso a una sala en cuyas paredes ondeaban un par de estandartes de la casa de Querot, cuatro panoplias con diferentes armas colgadas, y el trono adosado a la pared del fondo.

En aquel lugar se hallaba sentado un hombre leyendo unos pergaminos con expresión pensativa; menudo, de tez pálida como la cera, era delgado como un junco; al oír los pasos levantó la mirada, clavando unos inquisitivos ojos negros, enmarcados por una corta cabellera canosa, en los recién llegados.

—¿A qué viene esta interrupción? —inquirió con brusquedad.

—Señor, este hombre solicita una audiencia con vos —explicó el guardia—. Pretende entrar a formar parte de vuestro servicio.

—Ya tengo suficientes hombres —gruñó Sentar, observando de forma especulativa al mercenario—. Aunque nunca se sabe quién puede tener algo contra mí, ya han intentado matarme varias veces —dejó escapar una seca carcajada—. Ya sólo falta que envíen contra mí a ese tal Ornay…

—Que Dan'Nan sea con vos, señor —saludó Calet con una leve inclinación de cabeza—. Mi nombre es Calet dar

---

[9] Psaidon: fundador del imperio atlante. Para los ciudadanos no es un dios, sino un personaje legendario.

Gaur, y solicito de vos formar parte de vuestra guardia.

—¿Puedes demostrar que eres bueno con esas espadas, o las llevas tan solo de adorno? —se burló el señor de Querot.

—Podéis ponerme a prueba y comprobar mi habilidad —aseguró el mercenario con sequedad.

—Entonces, veamos de qué eres capaz —aceptó Sentar con una risotada—. Tú —señaló al guardia que había acompañado al guerrero—, haz venir a Dartia.

—Sí, señor.

—¿Tu nombre era Calet dar Gaur? —sugirió el señor de la casa mientras el soldado se retiraba presuroso—. ¿Eres por ventura de sangre noble?

—No, señor —admitió el mercenario encogiéndose de hombros—. No existe una Casa de Gaur, al menos que yo sepa: es tan sólo la línea familiar.

—Así pues, no eres más que un advenedizo —sugirió Sentar—. Mientras entiendas con claridad cuál es tu posición en esta casa, no habrá ningún problema; mas provoca algún incidente, por nimio que sea, y padecerás las consecuencias de mi ira.

—¿Podríais decirme cuál sería la paga que recibiría? —inquirió Calet, midiendo las palabras: aquel hombre parecía peligroso e impredecible.

—De eso se encarga mi ayuda de cámara, Tormal —le advirtió el señor de Querot frunciendo el ceño—. Cuando te lo presenten podrás preguntárselo. ¿Acaso eres de los que pretenden cobrar más de lo que les corresponde?

—Señor, prefiero ser cauto y saber dónde me meto antes de incurrir en error alguno —aseguró el mercenario encogiéndose de hombros.

—No creo que...

Unos golpes en la puerta del salón interrumpieron las palabras de Sentar, que volvió su mirada hacia aquel lugar. Con una hosca orden mandó entrar a quien estuviera fuera.

—Señor, Dartia ha llegado —anunció el guardia que había presentado a Calet.

Al apartarse dejó el paso a una exuberante mujer de mediana altura, de tez morena y pecosa, con una larga cabellera leonada, castañorrojiza, bajo la que relucían, en unos rasgos afilados, angulosos, unos profundos ojos castaños apenas rasgados que le daban una apariencia exótica, con un origen tal vez jalal[10]; el peto de cuero, ajustado al cuerpo, resaltaba aún más las opulentas formas, mientras en su cintura descansaba una espada envainada de hoja curva, propia de los guerreros de Roub al Jal. En su mano derecha portaba un par de espadas de madera de hoja recta.

—¿Me habéis mandado llamar, mi señor? —inquirió con tono sombrío, dedicando una breve aunque especulativa mirada al mercenario.

—Sí, Dartia, te presento…

—Perdonad, señor Sentar, mas es importante que hable con vos cuanto antes —interrumpió una voz cascada.

Apartando con suavidad a la mujer, un anciano de amplios y bastos ropajes oscuros entró en el salón; de cabellos canos y larga barba también blanca, se apoyaba en un retorcido bastón de madera para disimular una cojera.

—Señor, deberíamos hablar acerca de…

Las palabras murieron en su boca cuando su mirada se cruzó con la de Calet: sus ojos se dilataron de asombro, mientras parecían bailar alrededor del mercenario como si siguieran algo invisible…

—¿Quién es este hombre, señor? —inquirió por fin, cuando consiguió recuperar el habla.

---

[10] Jalal: perteneciente a la cultura de Roub al Jal, asentada principalmente en Oriente Medio, en lo que actualmente es la península árabe y alrededores.

—Éste es Calet dar Gaur, un hombre de fortuna dispuesto a trabajar para mí —le presentó Sentar observando con evidente recelo la reacción del anciano—. Calet, os presento a Ialtar, mago de la casa, y a Dartia, la capitana de la guardia.

"¿Qué os turba, Ialtar? ¿Qué habéis visto?

—Este… Calet —comenzó el hechicero, entrecerrando los ojos—. Percibo algo en él, algo oscuro, maligno. Si en algo valoráis mi opinión, deberíais despedirlo o acabar con él de inmediato; de lo contrario, traerá la desgracia a esta casa.

—Vamos, no seáis agorero —se burló el señor de Querot—. Cada cierto tiempo os presentáis con esas consejas, buscando sombras por todas partes, creándome enemigos donde no los hay…

"Ahora me interesa más distraerme y disfrutar de un pequeño entretenimiento: Dartia, este hombre pretende incorporarse a la guardia de la casa de Querot —señaló a Calet—. Ponlo a prueba, quiero comprobar cuál es su valía. Y por supuesto, sin sangre.

—Sospechaba que era algo de tal índole, por lo que me he adelantado a vuestros deseos —explicó con brevedad la mujer, alzando las armas de madera—. Veamos qué es lo que sabes hacer —señaló a Calet, tomando una de ellas y arrojando la otra al mercenario.

—No estoy acostumbrado a este tipo de juegos —advirtió el guerrero cogiendo la madera al vuelo y examinándola con cautela—. Son más ligeras que las de verdad, y peor equilibradas.

—Un buen guerrero puede luchar con cualquier tipo de arma —se burló Dartia, aprestándose para el combate.

El mercenario agitó durante unos instantes el arma, tratando de hacerse con su equilibrio; al cabo de un momento volvió a observarlo y, con una oscura sonrisa, lo arrojó a un lado.

—Para combatir de una manera tan incómoda, prefiero hacerlo con las manos desnudas —aseguró con frialdad.

—¿Te has vuelto loco? —se soliviantó la capitana, con los ojos dilatados por la sorpresa—. Espada contra puños, ¿acaso crees que tienes alguna oportunidad?

—Probémoslo —se burló Calet.

—Como desees, necio —aceptó la mujer—. Esto va a acabar mucho más rápido de lo que pensaba.

Con un gruñido de rabia se abalanzó sobre su rival dispuesta a acabar con aquella comedia cuanto antes, mas se encontró con una insólita sorpresa: el mercenario la esquivó una, dos, tres veces, con una sonrisa feroz en el rostro. Al ver aquello la furia comenzó a crecer en su pecho, el orgullo herido por aquel hombre que parecía burlarse de ella una y otra vez. Se jactaba, y no en vano, de que ningún guerrero había sido capaz de vencerla en todo aquel tiempo, y no estaba dispuesta a permitir que aquel tipo llamado Calet fuera el primero.

Durante unos minutos la escena se repitió una y otra vez: las estocadas de Dartia se perdían en el aire, sorteadas por la extraordinaria agilidad del mercenario, excepto aquéllas en las que el hombre se colaba por debajo de su defensa y le sujetaba la muñeca durante el tiempo suficiente como para sentir su aliento en el rostro y ver su insolente sonrisa…

Por fin, la cólera hizo que la mujer perdiera los nervios y la concentración y se lanzara en un salvaje ataque, intentando dominar a Calet; mas en verdad ése era el momento que el mercenario había estado esperando: durante una de aquellas estocadas dejó su cuerpo desprotegido por completo, ocasión que el guerrero aprovechó para sujetarla de nuevo por la muñeca, aunque esta vez la presionó con fuerza y la retorció, arrancando un gemido de dolor de la mujer y obligándole a soltar la espada de madera; cuando ella intentó zafarse y largarle una patada, él se hizo a un lado y agarró con su mano derecha la bien torneada pierna y la hizo caer al suelo bajo su cuerpo, sujetándola con fuerza e impidiéndole moverse.

—Dos cosas —susurró al oído de la capitana—: nunca subestiméis a un rival por inerme que parezca y, sobre todo, jamás perdáis la calma en el combate.

Tras aquella demostración, Calet se levantó y tendió su mano a Dartia, que lo contempló con ojos fulgurantes de odio durante unos segundos; apartando de un manotazo la ayuda que le tendía el guerrero, se puso en pie por sus propios medios y se apartó de él con la mano apoyada en la empuñadura de su espada.

—Sois muy buena, capitana Dartia —admitió el mercenario inclinándose ante ella—. Al principio caí en el error de subestimaros, mas por un momento he tenido la tentación de desenvainar mi arma para defenderme de la fiereza y la habilidad que demostráis.

"Sin embargo, tengo que deciros que esta vez os habéis tropezado con alguien superior a vos —su sonrisa se suavizó—. No penéis por haber sido superada por un hombre, porque muy pocos han sido capaces de igualárseme: entrenad más, mejorad vuestras habilidades, y quizás algún día consigáis vencerme en combate.

La capitana lo miraba furiosa, herida en su orgullo por la humillante derrota que aquel hombre le había infligido, dispuesta a desenvainar y enfrentarse a él en un duelo a muerte; sin embargo, sus palabras penetraban en su mente, provocándole de forma inconsciente un estado de confusión que la turbaba sobremanera. Por un momento el destino de ambos estuvo en el fiel de la balanza, la tensión creciendo entre ambos de manera notoria...

Un inesperado sonido quebró el gélido ambiente que se estaba formando entre ambos oponentes: el aplauso de un hombre.

Ambos se volvieron hacia Sentar, que los contemplaba

con una sonrisa de oreja a oreja.

—Mis felicitaciones, guerreros —saludó en forma afectuosa—. Sin lugar a dudas quiero tenerte a mi servicio, Calet dar Gaur. Habla con Tormal, deseo que empieces a trabajar ahora mismo para mí.

—Será un honor, señor —aseguró el mercenario, inclinándose ante el hombre sin dejar de vigilar por el rabillo del ojo a Dartia—, siempre y cuando mis servicios sean recompensados en modo adecuado.

—Debo protestar, señor —intervino Ialtar con gesto desazonado—. Este hombre os traerá la ruina, deberíais deshaceros ahora mismo de él. Es un espíritu oscuro, un alma de las tinieblas encarnado para extender la muerte y la destrucción a todo lo largo y ancho del Imperio. Puedo ver un demonio de las sombras junto a un hombre, unidos en inextricable nexo como una alianza impía, una fusión de identidades, de voluntades, que…

—Callaos ya, mago —gruñó Sentar con desgana—. Callad, y haced algo útil si ello os place: si vais a quedaros más tranquilo, explorad el interior de Calet y decidme qué veis.

—No, mi señor —le advirtió el guerrero ceñudo—. Eso no debo permitirlo: mi mente, mi vida, son mías, de nadie más, y no aceptaré de ninguna manera que alguien se introduzca en ellas sin mi permiso. Si os mantenéis en la idea de introduciros en mi cabeza, no me dejáis más opción que marcharme o tomar medidas drásticas al respecto.

El señor de la casa de Querot contempló con fijeza al hombre que acababa de contratar, meditando acerca de hasta qué punto podría tirar de aquella cuerda sin que se rompiera; parecía alguien demasiado valioso como para dejarlo ir, mas también resultaba en exceso independiente como para controlarlo por completo. Alguien así tal vez fuese más peligroso de lo conveniente…

—Haced lo que debáis, Calet —sugirió por fin—. Si

preferís cambiar de idea y no entrar a mi servicio lo aceptaré, mas me penaría que tomaseis tal decisión. Es posible que tengáis razón y no debamos inmiscuirnos en vuestros pensamientos, mas debéis reconocer que a mis guardias les exijo lealtad y obediencia absoluta.

—Puedo entender tal cosa —admitió el mercenario encogiéndose de hombros—, mas voy a dejar clara una cuestión: si entro a trabajar para vos, no toleraré intromisiones en mi mente. En el momento en que descubra que alguien está introduciéndose en mis pensamientos —miró con gesto malévolo a Ialtar— acabaré con quien sea sin contemplaciones.

—No creáis que me dáis miedo alguno, guerrero —gruñó el mago con tono ominoso.

—Haya paz, caballeros —interrumpió el señor de Querot con acento irónico—. Dartia, acompañad a Calet a los aposentos de Tormal para que conozca sus obligaciones.

—Muy bien, señor —aceptó la mujer, inclinándose con ligereza mientras dirigía una hosca mirada al guerrero—. Sígueme, mercenario.

Pronunció la palabra con una lentitud deliberada, en un tono tan despectivo, tan hiriente, que hizo que el hombre se sonriera: al parecer, iba a tardar en olvidarse de la afrenta que había sufrido.

Atravesaron un largo pasillo, en el que a intervalos se abrían puertas a diversas habitaciones, sin intercambiar una sola palabra, con la tensión flotando entre ellos como un denso sudario que pudiera ser cortado con un cuchillo, hasta llegar a la entrada abierta a una estancia en la que pudieron observar, sentado ante un atril, escribiendo sobre unos pergaminos, a un hombre algo mayor, de largo cabello oscuro que comenzaba a encanecer; al levantar la mirada hacia ellos, vieron unos labios apretados en una mueca de desagrado y unos ojos verdes con expresión furiosa.

—¿Qué demonios queréis? —demandó en tono imperioso—. ¿Es que acaso no veis que estoy ocupado?

—Señor Tormal, éste es Calet dar Gaur, un mercenario que pretende entrar al servicio del señor Sentar —le presentó la capitana con un vago gesto de displicencia.

—¿Otro más? —gruñó el ayuda de cámara—. ¿Acaso la Casa de Querot va a entrar en conflicto con el Imperio, que necesita tantas espadas?

—No es de mi incumbencia —le contestó la mujer con insolencia—. Limitaos a tomar nota de este hombre, para que pueda enseñarle sus aposentos.

—Antes de continuar —intervino el guerrero—, creo que ha quedado una cuestión pendiente: ¿cuál será mi paga?

—Alojamiento y un sialan por día —le respondió Tormal observándole con cautela.

—No es suficiente —advirtió Calet frunciendo el ceño, ante la sorpresa de la capitana y el ayuda de cámara—. Cuando menos, creo que mis servicios valen alojamiento y veinte sialans por día.

—Temo, señor, que valoráis vuestras habilidades en más de lo que en verdad son —le advirtió el anciano con desagrado—. Todos los guardias tienen la misma paga que os ofrezco, excepto los capitanes, que reciben alojamiento y tres sialans diarios; en ningún caso se os va a dar la enormidad que exigís.

—¿Os habéis vuelto loco? —se escandalizó Dartia—. ¿Veinte sialans diarios? ¿Acaso os creéis un general?

—No, sólo soy Calet dar Gaur —aceptó con tono burlón el mercenario—. Mas creo que estoy en mi derecho a solicitar lo que pienso que me corresponde. Si no estáis dispuestos a dármelo, entonces temo que mi relación con esta Casa ni siquiera va a comenzar.

—¡Necio arrogante! —exclamó la mujer, llevándose la mano a la empuñadura de la espada—. ¿Acaso pretendéis ser mejor que nadie?

—No deberíais precipitaros en vuestras acciones —le advirtió con severidad el guerrero—, no vaya a ser que resultéis herida; recordad que os he vencido en una ocasión. No deseo repetir tal hazaña de nuevo...

—¡Patán! —el arma de la capitana salió de su vaina con un siniestro silbido—. ¡Lo de antes no fue más que suerte, veamos qué tal se te da luchar con hierro!

—¡Teneos ambos! —intervino Tormal—. Dartia, envaina tu arma y no te exaltes por nimiedades como ésta. Si este... Calet no desea trabajar con nosotros, limítate a echarlo.

—¡Se está burlando de nosotros! —exclamó furiosa la capitana, enfundando de mala gana su arma. En gesto repentino, sujetó con fuerza por el brazo al mercenario—. Vamos, chacal, esto no puede quedar así.

El hombre se dejó llevar sin ofrecer resistencia alguna, con una leve sonrisa bailando en sus labios.

—Mirad, Dartia, que no estoy acostumbrado a perdonar la vida a mis rivales —advirtió socarrón—. Por norma general, cuando desenvaino mis espadas es para que beban sangre, aunque de vez en cuando pueda hacer alguna excepción y perdonar alguna vida.

—¡Necio arrogante! —gruñó la capitana, arrastrándolo hasta la verja de la casa—. Te voy a hacer pagar cara la humillación.

—Si lo que buscáis son unas disculpas, eso es lo que os ofrezco —sugirió el mercenario con tono contemporizador—. Os ruego me perdonéis por haberos humillado delante de vuestro señor.

"Sois demasiado buena con las armas como para perder la vida de una manera tan estúpida. Os ruego que os traguéis el orgullo y lo dejéis estar...

Saliendo de la casa, la capitana lo arrastró al interior de un almacén vacío, donde lo soltó y se le encaró mirándolo con fiereza.

—Y ahora desenvaina, chacal —masculló entre dientes con frialdad, mientras extraía su arma de la funda.

Con un suspiro de resignación, Calet echó la mano hacia su espalda y descolgó una de sus espadas.

—Quiero que sepáis que no es nada personal —aseguró en voz baja—, y que no me responsabilizo de lo que pueda ocurrir a partir de ahora…

Sentar dar Querot observó con gesto ceñudo a través del ventanal la escena entre Dartia y el recién llegado, con Ialtar a su lado. Al verlos desaparecer en el interior del granero, se volvió hacia el anciano.

—Saltan chispas entre esa pareja —sugirió con gesto jocoso—. Creo improbable que puedan trabajar juntos sin matarse entre sí.

"Dartia es demasiado impulsiva, se toma muy a pecho su condición de guerrera y no soporta que ningún hombre pueda vencerla en combate; tan reservada, tan misteriosa en lo que respecta a su pasado… Jamás la había visto perder los nervios de esta manera: la aparición de ese Calet la ha afectado en demasía.

"En cuanto a ese mercenario… —se volvió hacia el mago—. Averigua todo lo que puedas sobre él, quiero saber quién es, de donde procede y, si es necesario, penetra sus pensamientos para averiguar lo que haga falta.

—Sí, señor —aceptó Ialtar con un encogimiento de hombros—. Ya os he advertido que junto a ese hombre viaja una sombra, algo maligno que nos acecha.

—Es muy bueno en combate —admitió el señor de la casa—, es una lástima que su actitud sea tan arrogante. Mas tal vez una persona así me venga bien para mis planes. Ialtar, manda aviso a Calein de que las armas de Mor Suldur llegarán al amanecer: con un poco de buena fortuna, tal vez podamos por fin hacernos con el control de la ciudad…

Con un gruñido furioso, Dartia se arrojó sobre Calet en un remolino de golpes y estocadas que hicieron retroceder al hombre durante unos momentos, esquivando y deteniendo las irreflexivas embestidas de la mujer.

—Volvéis a caer en el mismo error —comentó el guerrero con despreocupación—: tenéis la suficiente habilidad como para ponerme en apuros, mas la desaprovecháis al no meditar vuestras acciones.

—No hables tanto y lucha —le regañó ella lanzando un tajo al cuello, que el mercenario detuvo con facilidad.

Durante unos momentos tuvieron un feroz intercambio de golpes sin que ninguno de ellos cediera terreno: Calet parecía dominar la situación con una absoluta frialdad, conteniendo los ataques de la capitana sin lanzarse a fondo, evitando en lo posible herirla. Mas al cabo de unos minutos, hastiado de tal situación, saltó hacia atrás y bajó su espada.

—Me cansa esta estupidez —aseguró devolviendo su arma al dorso—. Si pretendéis vengaros hacedlo ahora, porque no tendréis otra oportunidad.

Dartia alzó su arma, dispuesta a lanzarse en una estocada final.

—¡Vamos, coge tu espada! —exclamó encolerizada—. ¡Yo no mato a sangre fría!

—No, no pienso hacerlo.

Calet le dio la espalda y se dirigió a las puertas del almacén.

—¿Dónde crees que vas, patán? —la mujer estaba fuera de sí.

—A terminar de solucionar ciertos negocios que tengo en esta ciudad —explicó el mercenario encogiéndose de hombros—. Me ha complacido hablar con vos, mas temo que no puedo perder más tiempo en ello: deberíais dominar ese genio, o tal vez os tropecéis con alguien que no tenga los mismos miramientos que he tenido yo.

—¡Bastardo! ¡No puedes dejarme así! —la voz de la capitana se quebró en un sollozo de impotencia—. ¡Me debes...

—No os debo nada, Dartia —insistió Calet abriendo las puertas y saliendo al exterior—. Quizás deberíais plantearlo al revés, aunque nada os voy a exigir al respecto: os he perdonado la vida.

"Seguid entrenando, y conseguiréis que nadie en este mundo pueda venceros...

Al anochecer, el mercenario entró en "El Zorro Rojo" con gesto sombrío; en el local, un muchacho desaliñado, con los rubios cabellos revueltos, barría el suelo con desgana mientras el posadero lo vigilaba con gesto adusto.

—Dan'Nan sea con vos, señor —le saludó éste.

—Y con vos, tabernero —saludó a su vez Calet—. A lo que veo, llego tarde para comer un poco.

—Sí, señor, ya hemos cerrado —admitió el mesonero con brevedad—. A no ser que pretendáis pasar aquí otra noche, os ruego que busquéis otro lugar para vuestro solaz.

—Aquí tenéis el dinero para la habitación —comentó

con despreocupación el guerrero, dejando caer en las manos del hombre las monedas—. Y ahora, si no os importa, me gustaría retirarme a descansar.

Las sombras se extendían por Mor Talir, su oscuro manto abrigando en su seno a todos aquellos cuya vida transcurría a escondidas del refulgente astro diurno; la luna llena intentaba disipar las tinieblas, mas las negras nubes de tormenta que cruzaban raudas por el cielo la ocultaban a intervalos, creando un sugerente juego de luces y sombras en los rincones, creando la indefinible sensación de que la noche estaba viva, acechante…

Una figura se destacó cerca de la mansión de Querot, aproximándose con lentitud, buscando los rincones más umbríos, hasta llegar a una prudente distancia; su aspecto parecía el de un mercenario común, mas el horrendo casco de C'Tl identificaba a la perfección a su propietario: Ornay el Desalmado volvía a caminar de nuevo.

En sus ágiles y furtivos movimientos no cabía la más mínima duda de que conocía con certeza el terreno que pisaba, dirigiéndose sin duda alguna a la verja de madera, apenas apartado de la entrada al jardín. De un salto se encaramó a ella en un punto en el que la rama de un árbol se extendía por encima, aupándose a ella y caminando con extremo sigilo hacia el tronco; desde allí oteó la distancia que le separaba del resto de los árboles, y examinó con cautela los movimientos de los guardias que se paseaban por el jardín con apariencia despreocupada, no demasiado pendientes de lo que estaba sucediendo por encima de sus cabezas: después de varios intentos frustrados de asesinar a Sentar, se habían confiado hasta el punto de creerse invulnerables...

Aprovechando un momento en que aquella parte del jardín no estaba cubierta por nadie, saltó de una rama a otra, de un árbol a otro, avanzando con precavida lentitud, hasta llegar a unos metros de distancia de la fachada; frente a él, un poco a la izquierda, una pequeña ventana dejaba entrever una cama y una figura yaciente en ella, aunque a aquella distancia no podía estar seguro de quién se trataba.

Bajo él podía oír los susurros, las palabras pronunciadas en voz baja, cuando los guardias se cruzaban entre sí y se saludaban o hablaban un momento sobre algo.

La distancia hasta la ventana era demasiado grande como para saltar hasta ella, por lo que miró a su alrededor y prosiguió su lento avance de árbol en árbol rodeando la casa, en busca de un punto de acceso más sencillo y menos vigilado, que encontró en el lateral izquierdo bajo la forma de una rama que llegaba hasta un metro escaso de una ventana, a través de la cual sólo distinguió una cama vacía.

De un salto llegó hasta la repisa. A continuación empujó con extrema cautela la hoja, esperando que estuviese abierto, mas no tuvo esa suerte: mirando a su alrededor, golpeó con un codo y partió el cristal con un sonido que le pareció estruendoso, aunque en realidad apenas si había sonado un chasquido. Metiendo la mano, levantó la pequeña barra que bloqueaba el acceso y abrió de par en par, entrando de inmediato y cerrando tras sí para que no hubiera nada que pudiera llamar la atención de los guardias.

Estaba en una habitación de invitados: parecía notorio que Sentar no se gastaba el dinero en lujos de ningún tipo, pues apenas había muebles. Frente a la ventana, en la penumbra, Ornay pudo distinguir una puerta que entreabrió de forma sigilosa, escrutando al exterior y constatando que daba a un pasillo vacío.

Eligiendo una dirección al azar, caminó en silencio hasta otra puerta, que entreabrió para asomarse al interior: era una especie de almacén, donde se amontonaban objetos de todo tipo y condición: pudo ver sillas medio rotas, mesas volcadas, lámparas... Prosiguió su investigación durante un rato más, hasta que al ir a doblar un recodo se detuvo en gesto instintivo: todos sus sentidos le indicaban que había alguien al otro lado.

No podía escuchar movimiento alguno, tan sólo la queda respiración de al menos una persona, quizás dos: era probable que se tratara de guardias custodiando algo, pero ¿qué? ¿El dormitorio de su víctima? ¿La estancia del erario? Procurando evitar todo ruido que lo delatara, extrajo el cuchillo de su vaina y una de las espadas y se dispuso a cargar.

Fue un ataque cegador. Antes de que tuvieran tiempo de darse cuenta de lo que ocurría, los dos guardias se encontraron de pronto frente a un guerrero que se lanzaba sobre ellos como una exhalación: uno cayó con el puñal hundido hasta la empuñadura en su garganta, el otro apenas tuvo tiempo de cruzar su lanza ante la espada de su oponente cuando la fría hoja le cercenaba el cuello con limpieza.

Ornay había tenido suerte: estaban lo suficientemente cerca como para no haberles dado tiempo a dar la alarma. El único sonido había sido el chocar de sus cadáveres contra el suelo. Tras sus cuerpos, una puerta de recia madera se alzaba como un muro infranqueable...

Empujó la hoja con suavidad al principio, con más fuerza después: parecía estar engrasada a la perfección, pues no hacía ningún ruido al abrirse hacia el interior.

Se encontró ante un gran dormitorio con una cama con dosel en medio, cerrada por unos suaves cortinajes de seda; aprestando su arma, se acercó sigiloso y descorrió con cautela la tela, observando el cuerpo plácido, dormido, de Sentar y una mujer a su lado; mirando a su alrededor, vio unos grandes ventanales.

Tenía la oportunidad y la posibilidad de huida: alzando su espada, abrió la cabeza del señor de Querot como un melón maduro.

La mujer abrió los ojos en gesto repentino y tomó aire para dejar escapar un grito de terror; mas el mercenario cruzó raudo su arma y la golpeó en el cráneo con la empuñadura, dejándola inconsciente. Después limpió a conciencia el hierro y extrajo de entre sus ropas un pequeño papel, depositándolo sobre el pecho del asesinado.

Tras recuperar y guardar sus armas, se dirigió hacia los ventanales y escrutó el exterior: daban al jardín, a una parte en la que no existía casi había árbol alguno que utilizar para escapar; mas a aquellas alturas de su misión, aquel detalle le resultaba banal: la clave estaba en ser tan rápido como para cruzar a la carrera y salir de la casa antes de que los guardias tuvieran tiempo de reaccionar.

Antes de que tuviera tiempo de abrir los cristales se abrieron las puertas del dormitorio y se perfilaron las figuras de varios soldados, tras las que pudo distinguir al mago, Ialtar.

—¡Daos preso, señor! —exclamó una voz conocida.

Una luz espectral se encendió de forma repentina: Dartia, la capitana, entraba como una tromba en la estancia y le amenazaba con su espada; tras ella, cuatro guardias la seguían atemorizados al contemplar el casco del hombre más temido del Imperio.

La mujer se detuvo por un momento, paralizada al comprobar quién se hallaba en aquel lugar haciéndole frente, lo que bien pudo haberle costado la vida: en una explosión de ferocidad, el mercenario desenvainó sus espadas y se arrojó sobre ellos, apartándola de un formidable golpe en el brazo derecho con el plano de la hoja que la dejó entumecida, obligándole a soltar su arma; se derrumbó con pesadez al perder el equilibrio.

El resto de los guardias no tuvo tanta suerte: un hombre

cayó decapitado, mientras que una corpulenta mujer, al saltar de lado para esquivar la acometida de Ornay, se empaló de forma involuntaria en la lanza de uno de sus compañeros.

Mas no era aquél el objetivo del guerrero: mientras el anciano mago gesticulaba y pronunciaba unas arcanas palabras, el mercenario cayó sobre él y lo atravesó con limpieza, ahogando su voz para siempre; después, retrocediendo sobre sus pasos, aguantó durante unos instantes las embestidas de los dos guardias que quedaban en pie hasta que oyó el sonido de pies corriendo a lo largo del pasillo: en ese momento, se volvió y saltó hacia los ventanales, encogido, haciéndolos pedazos.

Cayó desde una altura de unos tres metros, haciéndose un ovillo para amortiguar el golpe en la medida de lo posible, rodó por el frío barro y se puso en pie en el mismo movimiento, echando a correr hacia la verja de madera; tal y como sospechaba, al oír la conmoción en el interior todos los soldados se habían lanzado hacia la casa, dejando desprotegido el jardín: para cuando quisieran cortarle el paso, ya estaría muy lejos...

Dartia lo vio huir con rapidez desde los destrozados ventanales con una mueca de rabiosa frustración. ¿Por qué aquel paradigma de destrucción le había perdonado la vida? Se había asomado al lecho, y había comprobado que aunque su señor estaba muerto, su esposa sólo tenía una conmoción. Así pues, se hacía cierta una de las cosas que se contaban sobre Ornay el Desalmado: sólo mataba a quien le pagaban para hacerlo, y a aquellos que levantaban sus armas contra él. Mas ella le había amenazado, de hecho buena prueba del salvajismo de su ataque era el brazo que le colgaba laxo. Tendría que acudir a un sacerdote para reponerse de aquel tremendo golpe.

Mas no era aquello lo que más le dolía; en realidad, su mente estaba nublada por la rabia ante el día de humillación que había padecido: primero aquel insolente mercenario, Calet dar Gaur, y ahora una leyenda que se usaba incluso para asustar a los niños que se portaban mal, Ornay el Desalmado.

Con la muerte de Sentar, la casa de Querot desaparecía en la práctica: no tenía descendencia conocida. ¿Qué podía hacer ahora? ¿Ponerse al servicio de otro noble? Aquel fracaso no pasaría desapercibido, era probable que nadie la quisiera en su guardia...

ESPADAS DE HIELO Y FUEGO

—Quiero la cabeza de Ornay, ¿está claro? —advirtió con gesto ceñudo el hombre a sus subordinados; con la insignia de capitán del ejército atlante en el pecho, era un sujeto bajo, de complexión fuerte, atezado, con un rostro redondo y cuarteado en el que brillaban, bajo una espesa mata de cabellos rubios, unos ojos negros como el carbón—. Esta vez no admitiré ningún error: no somos los Halcones Dorados por nada, ante mí está la flor y nata del ejército atlante…

"Ese asesino ya se ha burlado lo suficiente de nosotros: el Mane Pairsaus ha ordenado su ejecución inmediata allá donde se lo encuentre, y eso es lo que haremos.

"Tengo entendido que se dirige hacia el Pantano Tritho, así que ya sabéis lo que hay que hacer: ponernos en marcha, y cazarlo como a un perro rabioso.

—Pero capitán Turak, la fama de Ornay…

—No me importa lo más mínimo la fama de Ornay el Desalmado —insistió el capitán mirando con furia al soldado que había hablado—, no creo nada de lo que se diga de él...

—Señor, las últimas noticias dicen que en Mor Talir acabó con la vida de un noble y varios de sus guardias...

—Habladurías, soldados —les avisó Turak con tono venenoso—, no creáis nada de todo eso: no son más que falacias propagadas por el propio asesino para engrandecer su leyenda. Además, ¿qué son unos guardias de una triste ciudad de las Mors, más que vagos acomodados a una vida fácil, al lado de la unidad más letal del ejército atlante, hombres que hemos vivido por y para la guerra?

"No quiero a ningún cobarde en esta misión, así que os lo advierto, soldados: sois Halcones Dorados, y como tales os voy a tratar. Si alguno de vosotros retrocede, se las verá ante mí y mi espada. ¿Ha quedado claro?

—¡Sí, señor! —el rugido de la escuadra se oyó a través de todo el acuartelamiento...

Calet dar Gaur había descabalgado y se agachaba junto a una arboleda, a un par de días de Mor Falkan; sus entrenados instintos le indicaban que ocurría algo extraño, le advertían de alguna acechanza...

La huella que examinaba era con total evidencia de un numeroso grupo de caballos que llegaban al trote desde el Nordeste, y se desviaban en aquel lugar hacia los árboles; observó con detenimiento la foresta, observando numerosas ramas partidas... No podía hacer mucho tiempo de aquella partida, a lo sumo un par de horas. ¿Una caravana, tal vez, huyendo de algún grupo de bandidos? No parecía probable, no divisaba por ninguna parte huella alguna de carros...

Tal vez un grupo de soldados del ejército atlante, avisados de la presencia de bandidos en aquella zona... Mas si tal fuera el caso, era seguro que ya se habrían presentado ante él con la intención, cuando menos, de identificarlo. Con mucha cautela, descolgando las armas de su espalda, se dirigió hacia los árboles sin que nadie le saliera al paso.

No se oía el más mínimo sonido: los grillos habían enmudecido, al igual que las aves y las criaturas del bosque, tan sólo el viento soplando entre las hojas daba una sensación de realidad en aquel inquietante ambiente...

Calet se internó entre los árboles vigilando con atención cada rincón: aquí salía volando un pájaro, allá se oía el crujido de una rama... Se deslizaba en absoluto silencio, procurando camuflarse entre la vegetación y los troncos, atento a cualquier rastro que le indicara presencia hostil...

Delante de él, a su izquierda, creyó oír lo que parecían voces: avanzando con lentitud, como una sombra, llegó hasta un cercano claro en el que pudo observar a un grupo de guerreros en torno a una hoguera, asando pedazos de carne de un gamo recién cazado. Eran seis y podía oír entre la maleza, haciendo la guardia, al menos otros dos.

Con un audible sonido colgó las armas a su espalda, distendiendo los labios en una feroz sonrisa.

—¿Quién va? —oyó a su derecha, mientras el crujido de las ramas le indicaba que al menos uno de los guardias se acercaba a él. Al mismo tiempo, los reunidos alrededor del fuego se levantaban de un salto y tomaban sus hojas, volviéndose hacia la voz del vigilante.

—¿Qué sucede, Garan? —inquirió un guerrero alto, de porte majestuoso, de rostro ascético en el que brillaban, bajo una espesa mata de cabello rojo como el fuego, unos rasgados ojos azules.

Por toda respuesta, Calet salió al calvero con pasos

lentos, mesurados, las manos colgando laxas a sus costados; vigilaba con atención al hombre de mediana estatura y largo cabello rubio que le apuntaba con un arco de doble curva.

—Que Dan'Nan sea con vosotros, guerreros —saludó en gesto amistoso—. ¿Qué hacen unos lemurios tan lejos de sus tierras?

—Aishan[11] descienda sobre vos, atlante —le saludó a su vez el pelirrojo con hosquedad—. ¿Qué buscáis aquí?

Calet siguió avanzando con calma: sabía que aunque en aquel momento Lemuria y Atlantis estaban en paz, ésta era en cualquier caso precaria, con la posibilidad de deshacerse en humo en cualquier momento... El hecho de que un grupo de guerreros enemigos anduviera a sus anchas por tierras del Imperio ya resultaba en sí muy sospechoso.

—He visto el humo de la hoguera, y he pensado que tal vez podríais compartir vuestra comida con un hermano de armas —mintió el mercenario, sin dejar de vigilar al arquero; al mismo tiempo, una rápida ojeada le advirtió del tipo de sujetos a los que se enfrentaba: hachas, espadas, tridentes... Si no aparentaran ser guerreros de fortuna comunes y molientes, casi podía apostar que se trataba de un pequeño grupo de espionaje del ejército lemurio destinado a comprobar las defensas y la naturaleza del ejército imperial.

—¿Qué os hace suponer que estamos dispuestos a compartir algo con vos, a no ser unos palmos de buen hierro? —le advirtió con severidad el pelirrojo.

—El hecho de estar aquí ya es en exremo sospechoso para un grupo de lemurios —explicó con paciencia el atlante—. No voy a cuestionar vuestras intenciones, no me importan lo más mínimo, tan sólo es una cuestión de

---

[11] Aishan: Diosa principal del panteón lemurio.

supervivencia y de camaradería entre mercenarios.

—¿Quién sois vos que habláis con tal arrogancia? —se encrespó el pelirrojo, molesto por la actitud de su interlocutor, mirando a su alrededor con los ojos entrecerrados—. Ese hecho me hace pensar que no venís solo...

—Pensad lo que deseéis —le contestó su oponente con una expresión lobuna—. Mi nombre es Calet dar Gaur...

—¿Sois por ventura un noble? —se alarmó el pelirrojo—. No puedo creer tal cosa, no puedo creer que un atlante de alta cuna viaje sin escolta, a no ser que se trate de algún renegado...

Antes de que pudiera seguir hablando, el arquero soltó una flecha que se dirigió rauda hacia el guerrero; sin embargo, aunque éste no pareció moverse, el proyectil pasó junto a él inofensivo para clavarse en el tronco de un árbol y quedarse allí vibrando con violencia.

—¡Dak! ¡Quieto! ¡Todos quietos! —ordenó el pelirrojo—. Este hombre puede sernos de gran utilidad en nuestra misión.

—Pero, Turid... —comenzó con nerviosismo uno de los soldados—, este hombre es un atlante, un enemigo de nuestro Imperio. No podemos dejarlo vivo, o nos delatará ante el ejército.

—En cierta medida tienes razón, Ongil, mas hay algo en él que no acabo de entender —intervino otro de los hombres, un sujeto bajo, gordo, de negro cabello ralo y ojos grises; a pesar de la espada en su mano y el peto de cuero con el dragón lemurio, Calet pudo notar el poder místico que se desprendía de él—. No debemos enfrentarnos a él, Turid, le acompañan las sombras del dolor y la desolación; percibo una tenebrosa oscuridad junto a él, apoyada en su hombro, guiando sus espadas, llevando el caos y el sufrimiento a todo aquél que se cruza en su camino...

—No pretendo enfrentarme a él —aseguró el cabecilla

de aquel grupo, dirigiéndose hacia el mercenario—; si en verdad se trata de un mercenario, de algún tipo de renegado, tal vez podría ayudarnos en nuestra misión, siempre y cuando pueda demostrar estar a la altura del cuerpo de exploradores del ejército lemurio.

Había dado en el clavo. Aquella frase, en apariencia intrascendente, firmó el destino de los hombres que se hallaban frente al guerrero.

—Grave error habéis cometido, Turid —aseguró Calet, descolgando sus armas de la espalda—. Sabed que vuestras palabras han sellado vuestra perdición, y que moriréis para mayor gloria del Imperio Atlante, aunque para ello haya de sacrificarme yo.

—Mas vos sois enemigo… —comenzó el jefe del grupo.

—Yo soy enemigo de todos y amigo de quien me paga —le interrumpió el mercenario con un gruñido feroz, poniéndose en guardia—, mas mi lealtad hacia el Imperio es incuestionable; para vuestra eterna desgracia, vosotros no podréis declarar tal hecho, pues ninguno volveréis a vuestra tierra natal.

Sin darles tiempo a reaccionar, el hombre saltó sobre ellos, decapitando al arquero antes de que pudiera mover un solo músculo; para cuando los demás comenzaron a moverse, otro había recibido una estocada en pleno corazón, mientras el mago o sacerdote comenzaba a musitar unas arcanas palabras, origen de un conjuro destinado a acabar con su oponente…

Al ver aquello, Turid intentó contener la fría furia desatada de Calet para dar tiempo a su compañero a que completara el conjuro; mientras los demás rodeaban a su rival como lobos, él se mantuvo a la defensiva…

El atlante vio la maniobra por el rabillo del ojo, y en una violenta explosión de salvajismo se abrió camino destripando a otro de los hombres, que cayó ante él con un alarido; sin apenas esperar a que se derrumbase por completo, el mercenario saltó sobre él y se lanzó como una exhalación contra el jefe del grupo, obligándolo a retroceder ante la brutal acometida que le lanzó con ambas espadas.

De repente, un aura flamígera pareció envolver a Calet, que se detuvo el tiempo justo para que su rival le lanzara una estocada al vientre; el guerrero la esquivó a duras penas, recibiendo un corte profundo en el costado, mas no pareció inmutarse por tal herida; recuperando su habitual frialdad, envuelto como estaba por aquellas extrañas llamaradas azules que parecían apagarse por momentos, atravesó a Turid de un tajo tan brutal que la hoja se partió al intentar recuperarla; a continuación, sin apenas solución de continuidad, lo apartó de un empujón y cayó sobre el mago, que consiguió detener a duras penas, pálido de terror ante el salvajismo demostrado por su rival, una estocada dirigida a su garganta. Volvió de nuevo a musitar un conjuro, mas ya era demasiado tarde: a pesar de la presión que los tres lemurios restantes ejercían sobre él, el guerrero se apartó de ellos de un salto y arrojó su espada contra el mago, que la recibió en el pecho con un gemido de asombro y horror.

Al verlo desarmado, los supervivientes de la escaramuza redoblaron sus esfuerzos: no podía ser tan difícil acabar con un enemigo herido y desprovisto de armas…

Calet se echó hacia atrás ante la primera estocada y sujetó al hombre por la muñeca, obligándolo con un rápido giro a soltar la hoja y empujándolo contra sus compañeros; a continuación, recogiendo el arma, retrocedió hacia el cadáver del mago conteniendo los ataques de sus oponentes y recuperó su espada; con una maligna sonrisa se lanzó de nuevo sobre los lemurios en medio de una lluvia de golpes y contragolpes que hicieron creer a sus rivales que se enfrentaban no a un hombre, sino a todo un ejército; cuando uno de ellos cayó atravesado de una certera estocada, el otro arrojó el arma al suelo.

—¡Piedad, señor! —suplicó con fervor, dejándose caer de rodillas—. ¡Permitidme vivir!

—Te daré la misma piedad que vosotros me hubiérais otorgado de haberme vencido —se burló el atlante, alzando sobre él sus armas—. No, perro lemurio, no hay concesiones: sin piedad, sin cuartel. La enemistad hereditaria es demasiado fuerte...

Abatió con fuerza el filo de sus espadas sobre el pecho del soldado, marcándolo con dos profundos cortes que dejaron sobre el cuerpo del hombre una cruz carmesí.

—Éste es el destino que espera a los lemurios que osen atacar Atlantis —murmuró sombrío, mientras observaba cómo se derrumbaba fláccido el cuerpo de su enemigo.

Tras comprobar que no quedaba nadie en pie, limpió sus armas en las ropas de los cadáveres y examinó con cuidado la espada lemuria que había cogido: era parecida a las que usaban por norma general los atlantes, de hoja recta, un poco más larga y ancha, con la principal diferencia de que los rivales tradicionales del Imperio afilaban las guardas para poder atacar con ellas...

Se acercó a los restos dispersos de la hoguera y recogió algunos de los pedazos de carne que los lemurios habían estado asando: los que no estaban quemados al haber caído en las llamas estaban llenos de tierra y hierba por lo que, después de intentar limpiar uno de ellos y comprobar que seguía estando incomestible, lo tiró por encima del hombro y se alejó de la carnicería. Así se pudrieran en Halasna todos los lemurios...

—Capitán, creo que hemos encontrado la pista de Ornay

—advirtió a voces un soldado acuclillado junto a unas huellas—. Parece dirigirse hacia el Nordeste, hacia Mor Falkan.

—Entonces, allí es donde iremos —aseguró el capitán Turak sonriendo con complacencia. Se volvió hacia uno de sus hombres—. Goiber, tomad la mitad de los hombres y partid prestos hacia Mor Falkan; cuando lleguéis no entréis en la ciudad, buscad un lugar al abrigo de miradas indiscretas y acampad a la espera de la llegada de Ornay; el resto lo seguiremos de cerca para cerrar la trampa.

—Señor, deberíamos dar un descanso a los hombres —le advirtió el llamado Goiber—: esta marcha ha sido muy dura…

—No pienso repetirlo más veces —advirtió con ferocidad el capitán, levantando la voz para que todos pudiesen oírlo—: los Halcones Dorados somos la elite del ejército atlante, no un puñado de desharrapados que se agotan en cuanto dan dos pasos. Si hay alguien que no se considera capacitado para estar en este cuerpo, que se lo hubiera pensado antes de alistarse en este cuerpo.

"Pararemos cuando yo lo considere oportuno; y a partir de ahora, cualquier comentario cuestionando mi autoridad será considerado insubordinación y tratado como tal. ¿Ha quedado claro?

—¡Sí, señor! —exclamaron los soldados sin demasiada convicción.

La marcha había sido en verdad brutal, Turak quería la cabeza de Ornay a toda costa y había obligado a sus hombres a una persecución agotadora. Sabía con certeza que necesitaban descansar, pero no estaba dispuesto a permitir que fueran ellos los que impusieran el ritmo de marcha.

—Capitán, si me permitís unas palabras… —sugirió un mago guerrero que acompañaba al cuerpo de los Halcones Dorados.

—¿Sí, Tsael? —demandó el aludido mirándolo con gesto ceñudo.

—No deberíais tratar con tanta dureza a los soldados —sugirió el mago con amabilidad, procurando que su tono de voz fuera lo más suave posible: conocía demasiado bien a Turak como para provocarlo—. Debéis tener en cuenta que si os excedéis en vuestra rigidez, en vuestra disciplina, podríais encontraros sin daros cuenta con el descontento y la rebelión en vuestras filas...

—Dejadlos que lo intenten —se burló el capitán sin dar importancia alguna a las palabras de Tsael—. Si creen que van a poder decirme lo que puedo ordenar o no, es que no saben lo que es el ejército. Dejadlos que se amotinen, y se encontrarán con un consejo de guerra que les costará la cabeza.

Dejó escapar una siniestra carcajada, mientras el mago se apartaba de él meneando la cabeza con gesto pesaroso. Aquella obsesión por capturar a Ornay el Desalmado llevaba el camino de convertirse en un infierno para él y para su unidad...

Tras vendarse las heridas producidas durante el combate con los lemurios de modo somero, Calet comió un poco y se puso en marcha: Mor Falkan no estaba lejos, aunque aún le quedaban al menos un par de días de viaje y quería aprovecharlos todo lo que pudiera. En su interior, los sentimientos encontrados le carcomían como una enfermedad, nublando a veces su entendimiento, haciendo que su vista se velase con un halo rojo de sangre al pensar en unos hombres a los que llevaba buscando desde hacía tiempo... El recuerdo de Gaviol lo asaltaba por momentos.

Comenzaba a cansarse de tener que luchar cada vez que intentaba entrar en una ciudad, tendría que buscarse una manera de no despertar sospechas hacia sí, bien fuera formando parte de alguna caravana como escolta, disfrazado o como mensajero de alguna ciudad... Estaba bien labrarse una fama, mas no era cuestión de que ésta se convirtiera en un lastre para cumplir los objetivos fijados.

Esperaba que los bajos fondos de Falkan tuvieran información sobre alguno de los hombres que buscaba. Sus nombres estallaban en su cerebro con una furia escarlata, entre llamaradas de un odio que iba más allá de toda medida. Targ, uno de los miserables, había pagado ya por sus pecados y le había dado aquellos nombres tras un exhaustivo "interrogatorio". A buen seguro estarían al servicio de la peor ralea de las ciudades...

Embebido en sus pensamientos, no reparó en la caravana que se dirigía hacia él, en dirección contraria, hacia Mor Suldur, hasta que estuvieron encima suyo: se trataba de un par de carros escoltados por media docena de mercenarios de rudo aspecto, que lo observaron con sospecha, recelosos del desconocido.

—Que Dan'Nan sea con vosotros —les saludó de forma amistosa.

—Y con vos, maese...

—Calet. Calet dar Gaur —se presentó el guerrero con una seca sonrisa—. ¿Os dirigís por ventura a Mor Suldur?

—Así es, señor Calet —le contestó uno de los mercaderes, un hombre de mediana estatura y complexión esbelta con una abierta sonrisa—. Este año la cosecha de patata en Mor Falkan ha sido muy buena, así que tenemos suficiente para comerciar con todas las Mors. Y vos, ¿os dirigís por azar a Falkan?

—Así, es señor —admitió el mercenario con brevedad—. Tengo negocios pendientes en la ciudad...

—Entonces, que todo os vaya bien, señor Calet.

—Que H'Ursk[12] sea con vosotros —se despidió el mercenario, mientras azuzaba a su caballo. Por el rabillo del ojo vio, con expresión divertida, el suspiro de alivio que dejaron escapar los guardias cuando la caravana se puso en marcha de nuevo: en ningún momento sus manos se habían apartado de la empuñadura de sus armas, en tensión ante la posibilidad de que se tratara de una emboscada.

—Necios... —murmuró en tono socarrón—. Si supieran lo cerca que han estado de la muerte...

Cuando llegó el anochecer, la caravana acampó en un lugar protegido por unos roquedales y se encendió un fuego donde cocinar la carne que llevaban para el viaje. Mientras estaban en aquella tarea, uno de los mercenarios dio un aviso de alarma.

—¡Vienen jinetes!

Unos minutos después, a la luz de la hoguera apareció la figura de un soldado atlante, un capitán a juzgar por sus insignias, con el emblema del Halcón Dorado en su peto de cuero; tras él, desfilando con un evidente gesto de cansancio, surgió de la oscuridad del crepúsculo una unidad militar.

—Que Dan'Nan sea con vosotros, mercaderes —saludó el capitán.

—Y con vos, señor —le saludó a su vez el mercader que había hablado con Ornay.

—Supongo que no tendréis inconveniente alguno en que acampemos a vuestro lado —sugirió Turak.

---

[12] H'Ursk: Dios principal del imperio atlante, consorte de Dan'Nan.

—No, capitán, así nos sentiremos más seguros —aceptó con alegría el mercader—. ¿Cómo es que estáis por esta región?

—Perseguimos a un delincuente muy peligroso —explicó el capitán—, un enemigo del Imperio que se dirige, al parecer, a Mor Falkan.

—¡Qué casualidad! —exclamó el hombre, mirando al soldado—. Esta tarde nos hemos cruzado con un jinete solitario que iba hacia Falkan por negocios. Tenía pinta de mercenario, pero no parecía tan peligroso...

—Sabed entonces, señores, que podéis consideraros afortunados —les advirtió sombrío Turak—: el hombre con el que os habéis cruzado era Ornay el Desalmado.

—¿Cómo decís? —se escandalizó el mercader, abriendo unos ojos como platos—. ¿Ornay? Pero si no existe, si sólo es un invento. Éste hombre decía llamarse Calet dar Gaur...

—Es muy real —le aseguró el capitán con una sonrisa burlona—, como demuestra la reciente hazaña que protagonizó en Mor Talir. De hecho, la muerte de Sentar dar Querot fue la que agotó la paciencia de los Manes, que decidieron enviarnos a la caza y captura del hombre más peligroso de toda Atlantis.

—Es imposible que ese guerrero con el que nos encontramos fuera Ornay el Desalmado —insistió el jefe de la caravana—. Parecía agradable, no la fiera salvaje de la que todo el mundo habla; si en verdad hubiera sido él, ¿no creéis que hubiera acabado con nosotros para no dejar tras sí testigos de su presencia?

—¿Qué más testigo que el rastro de destrucción que deja? —se burló Turak—. Si hubiera acabado con vosotros, habría dejado un claro testimonio de por dónde habría pasado...

—Podéis pensar lo que deseéis, capitán, mas pienso que andáis por completo errado —murmuró el mercader, tras ver el rostro decidido de su interlocutor.

Calet se puso en marcha de nuevo con el amanecer. Quería apurar el tiempo lo más posible, aunque no por ello descuidaba su vigilancia; eran aquellos tiempos de bandidaje, de gentes sin ley que, a pesar de la férrea vigilancia y la feroz contundencia con que se empleaba el ejército atlante para con los salteadores, se dedicaban a robar a los viajeros y las caravanas que hacían el recorrido entre las siete ciudades de las Mors.

A media mañana, mientras cabalgaba en dirección a Mor Falkan, su aguzado instinto le avisó de un inminente peligro: se acercaba en aquel momento a unos peñascales que la gente conocía como los Gemelos por su notable parecido con figuras humanas, un lugar perfecto para una emboscada. De repente parecía haberse producido un silencio sepulcral, roto tan sólo por el silbido del viento al pasar entre las grietas de las rocas.

Tiró de las riendas de su montura antes de pasar entre los peñascos, observando con atención cada detalle del paisaje, sin encontrar nada que le hiciera pensar que estaba siendo vigilado; y, sin embargo, la sensación de acechanza era muy fuerte, todas las fibras de su cuerpo le advertían del peligro que podía conllevar cruzar el paso...

Azuzó al caballo con decisión, poniéndolo a un ligero trotecillo que le acercó a los Gemelos; cuando estaba a punto de franquearlos, hincó los talones en los flancos del animal y lo lanzó a un desenfrenado galope.

Justo tras él, un tremendo rugido le hizo volver la cabeza: contempló una gran polvareda levantada al caer algo muy pesado, y entre ella, una maciza figura que se había convertido en el terror de todo el mundo, la de un felino de dientes de sable.

—¡Demonios de Halasna! —gruñó en un murmullo, azuzando aún más a su caballo al ver que el gran animal se revolvía y, tras mirarlo con sus feroces ojos amarillentos, se lanzaba a una carrera tras él.

Al no llevar arco no podía defenderse más que en un combate cuerpo a cuerpo, y no podía permitirse el lujo de sacrificar a su montura para escapar de tan poderoso enemigo, por lo que desenvainó una de sus armas mientras sujetaba las riendas y esperaba a que aquella mole de músculos y garras se acercara lo suficiente como para poder herirlo...

Cuando se aproximó, el gran gato se lanzó hacia delante en un tremendo salto; la hoja de la espada brilló en un centelleante arco, y la sangre brotó de un corte en el hocico del depredador, que cayó revolviéndose, no sin dejar un largo pero superficial corte en la grupa del caballo que lo hizo encabritarse y casi derribar a su jinete; sin embargo, Calet consiguió controlar al aterrorizado animal y obligarlo a que siguiera galopando para alejarse de aquel letal enemigo: sabía que no había sido una herida mortal, y que aquello lo haría aún más peligroso para los viajeros... Miró atrás y vio al dientes de sable contemplando cómo se alejaba para, por fin, desviarse en otra dirección entre graves rugidos de furia.

No era inhabitual encontrar a aquellos feroces animales; su constitución los hacía temibles enemigos, y su inteligencia, dedicada casi en exclusiva a la matanza y la destrucción, obligaba a los viajeros a mostrarse muy cautos. Aunque por norma general cazaban en solitario, se había dado algún caso esporádico en el que se habían unido por parejas, atacando incluso caravanas...

Cuando hubo puesto suficiente tierra de por medio, Calet permitió que su montura redujera el galope a un trotecillo más calmado: no era cuestión de cansar al caballo, tal vez pudiera necesitar más adelante su velocidad…

—¿Cuánto tiempo nos lleva? —inquirió Turak mostrando su impaciencia.

—Diría que unas cinco o seis horas —explicó el explorador, inclinado sobre las huellas de la hoguera que había hecho Calet para pasar la noche—. Parece que se lo toma con calma, tal vez podamos darle alcance con la caída de la noche…

—No nos interesa —le advirtió severo el capitán—: tenemos que darle tiempo suficiente para que quede atrapado entre las dos secciones de la unidad. Es como un animal, y si nos precipitamos podría escurrírsenos de entre los dedos…

—Jamás he oído decir que Ornay el Desalmado rehuyera un combate —sugirió Tsael acercándose a Turak—. Es más, todas las historias hablan de la alegría con la que se lanza a la batalla…

—Si es así, mejor para nosotros —aseguró el capitán—. Más fácil nos resultará provocarlo para atraparlo y llevar su cabeza a los Manes…

—Señor, los exploradores acaban de regresar —informó un soldado señalando a unos jinetes que descabalgaban en aquel momento—. Hablan de una partida de una docena de hombres, a buen seguro bandidos, a una media hora de aquí, en dirección a Mor Talir.

—Bien, perfecto —gruñó Turak con una sonrisa feroz—. Que formen los hombres, vamos a desentumecer los músculos con un poco de ejercicio…

El día amaneció lluvioso: tras recoger sus cosas, Calet montó de nuevo su caballo y se dirigió hacia el Nordeste, bajo una fina llovizna que apenas parecía mojar el suelo. Sabía que Mor Falkan estaba ya cerca, por lo que azuzó a su montura para que apretara un poco el paso.

Para cuando la ciudad apareció ante su vista, el guerrero estaba por completo empapado, aunque se mantenía vigilante. Por ese motivo, al bajar la mirada hacia el suelo detuvo a su montura y examinó las huellas que se distinguían... Huellas de cascos, muchas, alrededor de cuarenta. ¿Bandidos? No parecía demasiado probable, no solían estar tan organizados, así que había que pensar más bien o en una enorme caravana que había entrado en Falkan, cosa tampoco muy habitual, o en un grupo militar, ya fueran guardias de la población o soldados del ejército atlante...

Siguió cauteloso las huellas, que parecían dirigirse hacia Mor Falkan, hasta que de forma repentina se desviaban hacia la izquierda, hacia unas colinas bajas que se divisaban a cosa de un kilómetro. Con una negra sonrisa, Calet comprendió cuál era la situación.

—Así que el ejército imperial está buscando a alguien... —murmuró—. Tal vez bandidos, o los lemurios a los que asesiné... O incluso la caza y captura de Ornay —sonrió con hosquedad al pensar en aquella posibilidad.

Miró a su alrededor y vio el Stadar, un afluente del Stigium que pasaba por Mor Falkan; y en la otra orilla, los bosques que daban lugar, más adelante, a las ciénagas que envolvían el gran río de Antilea y los asentamientos de los gorgones. Con una sonrisa malévola, volvió sus pasos hacia el ancho río y se dispuso a cruzarlo por un puentecillo que habían construido los falkanios…

—¿Qué hacemos, señor? —inquirió un soldado, observando la figura del mercenario mientras se alejaba de ellos.

—No lo sé, maldición —gruñó Goiber, dando un puñetazo en el suelo—. Esto no estaba previsto. No tengo claro que ese hombre sea Ornay: según tengo entendido lleva dos espadas colgadas a los costados y usa un casco con la efigie del inefable C'Tl. Si no atacamos ahora, nos exponemos a que se nos escape; y si atacamos, es posible que el capitán Turak no llegue a tiempo para cerrar la trampa… Incluso tal vez deberíamos hablar con él y registrar sus pertenencias.

El hombre se mordió los labios en gesto nervioso. ¿Qué hacer? No podía permitirse el lujo de dejar escapar a Ornay el Desalmado, si es que tal era aquel guerrero, el capitán le despellejaría por ello. Sólo tenía una alternativa…

—Está bien, soldados —aceptó con un suspiro de resignación—. Aprestad vuestras armas, y vayamos a por ese hombre. Intentemos capturarlo vivo, no vaya a ser que no se trate de Ornay.

Con un rugido de furia, los cincuenta hombres salieron de sus escondites entre las colinas y cargaron entre alaridos de guerra contra Calet, que se limitó a volver la cabeza y seguir cabalgando hacia el puente…

—¿Qué griterío es ése? —demandó Turak, mirando a sus hombres.

—No lo sé, señor —aseguró uno de sus soldados, que cabalgaba a su lado. Señaló a unos jinetes que se acercaban—. Mirad, ahí vuelven los exploradores...

—Después del entrenamiento con los bandidos, espero que estéis preparados para combatir a uno de los peores asesinos del Imperio —aseguró el capitán malévolo—. Espero que ese torpe de Goiber no haya precipitado la trampa y Ornay se escape de nuestras manos...

—Señor, el grupo de Goiber está cargando contra un jinete —le explicó uno de los exploradores— Se dirigen hacia el puente de Mor Falkan...

—Banda de estúpidos —gruñó Turak—. Han dado a nuestra presa ventaja, seguro que se hace fuerte en el puente, a sabiendas de que sólo le pueden atacar como mucho de tres en tres. Soldados —levantó la voz para que todos sus hombres le oyeran con claridad—, ha llegado la hora. Ornay está ahí delante, es nuestro por fin. Demostrad que pertenecéis a los Halcones Dorados, y conseguid su cabeza. ¡Adelante!

Dando ejemplo, espoleó su caballo para que se lanzara a la carga hacia el puente de la ciudad...

Calet descabalgó en el momento en que cruzaba el puente, dejando que su montura se alejara y desenfundando sus armas de la espalda; aprestándose para la defensa, se situó a la entrada de la pasarela, esperando a que los soldados llegaran; con un gesto lobuno, sujetó ambas espadas con su mano izquierda y extrajo un cuchillo de su cintura, lanzándolo contra el primer caballo que se acercaba.

Antes de que los Halcones Dorados tuvieran tiempo de darse cuenta de lo que ocurría, cuando el animal cayó se formó una formidable barahúnda. Muchas monturas con sus jinetes cayeron al río, mientras los demás se desplomaban unos sobre otros, aplastándose entre gritos de dolor y agonía...

El mercenario disfrutó con aquel caos, mientras esperaba a que los soldados que pudieran ponerse en pie se le enfrentaran; sin embargo, su decepción fue enorme cuando sólo vio salir del pandemonium a una docena escasa de hombres con la suficiente entereza como para dirigirse hacia él con las armas en las manos y el gesto rabioso. Tras el caos que se había formado, Calet distinguió otra tropa que se dirigía hacia el lugar, a buen seguro la unidad destinada a cerrar sobre él la trampa. Al contemplar las insignias del capitán, comprendió que no podría aguantar de manera indefinida la posición en la que se encontraba, por lo que se preparó para retroceder.

El paso de piedra era demasiado estrecho como para que pudieran atacarlo todos los soldados a la vez: se le enfrentaron tres, de los cuales uno cayó al momento, destripado; casi al instante le sustituyó otro, que se lanzó con desmedida ferocidad contra él, tratando de abrir un hueco en sus defensas para que sus compañeros pudieran asestarle una estocada mortal; sin embargo, el guerrero contuvo con suma facilidad los golpes de sus tres rivales, manteniéndolos en sus posiciones.

Pronto se hizo evidente que a pesar de la buena situación estratégica en la que se encontraba, la situación era insostenible: aquéllos no eran guardias de ciudad, eran soldados veteranos curtidos en mil batallas, hombres a los que no resultaba tan fácil dominar a pesar de la habilidad de Calet; pronto lamentó haber desmontado y permitido que su caballo se alejase...

Tras recibir un par de heridas superficiales en el brazo izquierdo, retrocedió un par de pasos y dio la espalda a sus oponentes, echando a correr en dirección a su montura y al bosque cerca del que se había detenido; sus pensamientos volaban como centellas de una opción a otra, examinando al detalle cuál sería la mejor manera de deshacerse de aquellos hombres tan insistentes que estaban recurriendo a las flechas, que silbaban a su alrededor cual letales serpientes.

Sintió tras él el jadeo de un soldado; casi sin pensárselo, se dio media vuelta y lanzó una estocada a media altura que alcanzó al hombre en el cuello antes de que pudiera ponerse a la defensiva; muy cerca, a escasos metros, el resto de la unidad intentaba alcanzarlo... Más allá, los jinetes de refresco estaban aún intentando vadear el maremágnum formado por la masa de monturas y soldados caídos en el puente...

Siguió corriendo hacia el bosque; observó que los árboles estaban bastante juntos, por lo que de inmediato comprendió la enorme ventaja que podría tener sobre un grupo tan grande, y sobre todo frente a los jinetes que, encabezados por el capitán, estaban a punto de lanzarse a la carga sobre él.

Llegó a los primeros árboles en el preciso momento en que le alcanzaban un par de soldados; con un gesto de fría furia se volvió y los enfrentó retrocediendo con lentitud, procurando poner los troncos entre él y sus oponentes para disponer de la ventaja; uno de ellos cayó con el hombro abierto, mientras el resto de los Halcones a pie lo alcanzaban y trataban de herirlo.

Una vez entre los árboles dejó de preocuparse y se lanzó a una salvaje refriega: uno de sus rivales cayó decapitado, mientras obligaba al resto a ponerse a la defensiva; al mismo tiempo taloneaba con elegancia, esquivando ramas, aprovechándolas para confundir a sus adversarios; entre los troncos vio que el capitán había desenvainado una espada roja como la sangre y le miraba con furia asesina.

—¡Que no escape! —le oyó gritar fuera de sí—. ¡Sólo es un hombre!

Calet se subió de un salto a una rama baja, desde donde abrió la cabeza a uno de los soldados.

—¡No sé quién demonios sois, ni qué pretendéis de mí! —exclamó—. ¡Mas no pienso entregarme si antes no recibo una explicación adecuada! ¡Subid, perros gritones!

Una flecha se clavó en el tronco junto a su cabeza; trepó a la siguiente rama, y buscó con la mirada un punto por el que pasar a otro árbol; no tardó en encontrarlo y utilizarlo, comprobando que sus perseguidores le acosaban desde el suelo, intentando alcanzarlo con sus flechas; el capitán, a lo que podía ver, estaba rojo de ira, agitando su arma como un energúmeno, intentando obligar a los soldados a trepar al árbol a por él…

—Si tanto os intereso, capitán —sugirió zalamero—, os ofrezco una propuesta: luchemos vos y yo en un combate singular, y demostradme vuestro valor. No tengo idea alguna de la afrenta que pueda haberos causado —esquivó una flecha que le pasó rozando una oreja—, mas lo que sí puedo deducir a buen seguro es que no querréis aceptar tal componenda. Si ello es así, tendré que llegar a la triste conclusión de que no sois más que un vil cobarde que se escuda tras sus hombres. Decidme, soldado, ¿por qué no os he visto en el frente de este combate?

"Vamos, capitán, demostradme que en verdad sois digno de dirigir a los Halcones Dorados…

—¡Maldito seáis, asesino! —rugió furioso Turak agitando su espada—. ¡No voy a consentiros que cuestionéis mi valor, bajad y os demostraré que puedo venceros con los ojos cerrados!

—¿Me llamáis asesino, señor? ¿Vos que me habéis atacado sin provocación alguna? ¿Y vuestros hombres? —

insistió el mercenario con una carcajada—. ¿Podéis garantizar que no se entrometerán en nuestro combate?

—Tenéis mi palabra, Ornay —aseguró el capitán hosco—, que es mucho más de lo que vos podéis ofrecer.

¿Ornay¿ ¿Le había llamado Ornay? Con el entrecejo fruncido, el guerrero se sujetó a la rama con las manos y comenzó a descolgarse, balanceándose con las piernas...

—¡Cogedlo! —ordenó en gesto repentino Turak.

Antes de que tuvieran tiempo de moverse, Calet se dio un fuerte impulso e hizo un giro completo sobre la rama, doblándose sobre sí mismo y apoyando los pies de nuevo sobre ella.

—He ahí la palabra de un capitán atlante —gruñó con una feroz sonrisa—. Como podéis ver, soldados, a este hombre —señaló a Turak— no le importa lo más mínimo si vivís o morís. ¿Cuántos de los vuestros han caído ya en el enfrentamiento conmigo? ¿Dónde estaba vuestro capitán mientras vosotros caíais bajo mis espadas? Y a todo esto, ¿por qué me nombráis como el mayor asesino de Atlantis?

—¡Ya basta! —exclamó Turak con los ojos dilatados de rabia asesina—. Ornay, os emplazo aquí y ahora a que descendáis para entablar un combate singular.

—Ya, claro, para ponerme a disposición de vuestros hombres, ¿no? —se burló el mercenario entre carcajadas—. No gracias, capitán, prefiero quedarme donde estoy y esperar a que subáis a por mí... Y sabed que mi nombre es Calet dar Gaur.

—Puedo aseguraros que será una lid justa —intervino Tsael—. Y si sois quién decís, podéis descender sin temor alguno.

El guerrero observó al mago con detenimiento. Podía haber lanzado algún conjuro contra él, mas no lo había hecho, se estaba reservando para algo que desconocía... Parecía transmitir sinceridad, honestidad, pero Calet había aprendido a desconfiar de todo y de todos. Aunque, pensándolo con frialdad, su montura estaba apartada, lo que le daba una posibilidad...

—Tenéis mi palabra —aseguró Tsael.

Durante unos momentos el mercenario dudó; más, al fin, se dejó caer y se plantó delante del capitán.

—Supongo que esto significa que aunque venza, los Halcones Dorados se me echarán encima en masa —sugirió hosco—. Mas recordad mis palabras: no me iré solo, muchos de vosotros me acompañaréis al Halasna.

Turak no se dignó contestarle: con un rugido de rabia se abalanzó sobre el guerrero, enarbolando en alto aquella espada roja que parecía brillar como si fuera de fuego.

El primer golpe sobre la espada del mercenario fue similar al de un martillo sobre un yunque; el arma se deslizó a lo largo del filo con un chirrido áspero hasta dirigirse inofensivo hacia el suelo.

A partir de aquel momento, se sucedieron una serie de fintas y estocadas entre ambos contendientes, sin que ninguno de ellos consiguiera quebrar los escudos del otro: mientras Turak luchaba por puro instinto, la explosión del fuego en sus lances, el guerrero mantenía la cabeza fría, sin expresión alguna, luchando con una habilidad y una técnica insuperables, el hielo en su corazón y su mente...

El capitán era ducho en el arte de la espada: mil batallas y un intenso entrenamiento le daban una experiencia y habilidad letales para cualquiera que no fuera alguien como Calet, a quien puso varias veces en serios apuros.

—Tenía entendido que eras mejor luchador —se burló mientras lanzaba un golpe al estómago de su oponente.

Sin decir una palabra, el guerrero lo esquivó y largó una estocada al cuello del capitán, que se vio obligado a agacharse para evitar ser decapitado; al mismo tiempo, su mano izquierda se alzó en un golpe hacia arriba, que el soldado consiguió detener a duras penas a unos centímetros de su rostro.

—No está mal, capitán —se chanceó Calet, mientras se separaba y examinaba a su contrincante; de repente saltó hacia él, lanzando a la vez ambas armas hacia delante y en horizontal, cada una a una altura distinta, obligando a Turak a retroceder con premura; a pesar de todo, en su pecho y vientre aparecieron sendos cortes...

—Y ahora, acabemos de una vez —sugirió el mercenario.

Se abalanzó hacia delante, esgrimiendo una serie de fintas y molinetes que el capitán apenas fue capaz de esquivar o detener, sin posibilidad alguna de contraatacar; tal parecía que su oponente era incansable, mientras que a él comenzaba a pesarle el brazo derecho; su hierro escarlata parecía haber multiplicado su peso por diez...

Intentó colocar una estocada que, por fortuna, alcanzó al guerrero en el antebrazo izquierdo; el corte parecía profundo, pero el guerrero pareció no inmutarse lo más mínimo ante la herida. Al contrario, explotó en otra serie de fintas y ataques que finalizaron en un golpe a la cabeza que el capitán detuvo a duras penas, contraatacando éste a su vez en busca de un hueco por donde introducir su arma. Sin embargo, la férrea defensa del mercenario era harto difícil, si no imposible, de penetrar...

Tsael observaba la pelea con un interés especial: a sus entrenados ojos de mago, no veía a dos guerreros enfrentándose, sino sólo a uno, al capitán Turak; en realidad, para él el llamado Calet era una figura extraña, atípica, de la que sólo distinguía una fría ira, una gelidez sobrenatural que lo envolvía como un blanco sudario... Cerca de él percibía una sombra, algo que le acompañaba en todos sus movimientos como una extensión de su propio ser, mas con una vida propia, maligna, que se demostraba en pequeños movimientos en apariencia triviales pero que demostraban algo más que una mera oscuridad... Probó a lanzar un breve conjuro sobre el mercenario, un intento de identificar aquella sensación tan extraña que el hombre desprendía, mas fue en vano: el hechizo pareció resbalar sobre él como agua sobre el cristal. ¿Qué clase de hombre era aquél? ¿O tal vez sólo se trataba de una marioneta en manos de algún poder oscuro e inconfesable? En cualquier caso, intuía un terrible peligro en torno a aquel mercenario, una intangible atmósfera de miedo y tinieblas que podía suponer un enorme riesgo para todos, pero sobre todo, para el... ¿alma? del guerrero...

Calet comprendió que el combate con el capitán de los Halcones se estaba prolongando más de la cuenta: aunque se había imaginado que sería un digno contrincante, no esperaba que pudiese ponerle en los apuros en que le estaba colocando. Aunque se esforzaba por acabar con rapidez la pelea, su rival frenaba o esquivaba la mayor parte de sus estocadas, habiendo recibido tan sólo algunos arañazos sin importancia, aunque ya comenzaba a ver menguar su resistencia en la respiración del soldado, en el movimiento de su pecho, en el temblor de su brazo... La determinación fanática del hombre le resultaba extraña, impropia de alguien que en mera apariencia seguía con rigurosa escrupulosidad los dictados del honor y del código de la guerra.

Además, estaba aquella espada de hoja carmesí, un arma que no había visto jamás: sí que conocía las costumbres de algunos clanes o personajes de teñir sus armas para infundir el terror en sus enemigos, pero aquello era distinto... Con absoluta claridad no se trataba de una pintura, era otra cosa, lo más probable un conjuro lanzado sobre el arma por el mago de la unidad. Pero, ¿qué clase de conjuro?

Decidió que había que acabar con aquello cuanto antes: no podía exponer su objetivo por el orgullo de vencer a aquel capitán, por lo que, en un acto fugaz, lanzó una estocada al pecho con su arma derecha, mientras se agachaba por debajo de la defensa de su oponente y, con la izquierda, le regalaba un tajo en la pierna. Con un gruñido de rabia y dolor, Turak se desplomó de rodillas.

—Adios, Halcón —se despidió el mercenario con gesto sombrío—. Fue un placer luchar con vos, mas esto debe acabar ya.

Alzando su diestra por encima de la cabeza, la dejó caer con fuerza sobre su rival, que detuvo el arma con su espada.

—Aún no…

La zurda de Ornay se había movido sólo un instante después que la diestra, por lo que la hoja penetró con brutal profundidad en el brazo del capitán, cerca del hombro, cercenándolo con limpieza, arrancando al hombre un agónico aullido de dolor. Vencido sin remisión, el Halcón vio llegar la hoja a su garganta con una expresión de desafío…

—¿Y bien? —demandó en tono perentorio, mirando a los soldados que le observaban con terror—. He vencido a vuestro capitán. ¿Pensáis vengarlo? ¿O tal vez me dejaréis en paz? Ya os he dicho que yo soy Calet dar Gaur.

—Nuestro deber es capturar a Ornay el Desalmado —intervino uno de los hombres, mirando a su alrededor para intentar encontrar un apoyo a su afirmación, aunque los rostros de sus compañeros eran elocuentes en lo que respectaba a su idea de enfrentarse a un guerrero como aquél. Por ello, a pesar de sus palabras, no hizo ningún gesto de alzar su arma o avanzar contra el mercenario.

—Entonces, buscad a ese asesino y dejad a los demás soldados de fortuna en paz —se burló el guerrero, alzando sus espadas—. ¿O es que tenéis el juicio tan nublado que no sabéis reconocer a un inocente de un culpable?

—Antes de lanzarnos a la batalla sin más, ¿no debería Tsael el mago hacer algo al respecto? —inquirió otro de los soldados—. Inmovilizar al asesino, o aniquilarlo con un rayo...

—Yo diría que el mago no tiene muchas ganas de hacer nada —sugirió Calet torvo, señalando al aludido: su semblante había palidecido de forma notoria, mientras observaba al mercenario—. ¿Qué os ocurre, Tsael? ¿Acaso presentís la cercanía de vuestra muerte?

—Vos... —murmuró Tsael, sin atreverse apenas a levantar la voz—. Vos, Calet u Ornay, o quien quiera que seáis... Si en verdad sois el enemigo de Atlantis, con razón os llaman Desalmado. Sois una sombra, una feroz sombra huida del Halasna, un pedazo de tiniebla que camina por el mundo... ¿Qué buscáis en nuestro mundo, demonio? Sembráis el caos allá por donde pasáis, dejáis tras vos un terrible rastro de muerte y destrucción... ¿Sois acaso un enviado de Asm'Dur para acabar con el Imperio? ¿Qué feroz criatura es ésa que os acompaña en vuestro sangriento deambular por las Tierras Sagradas de Dan'Nan y H'Ursk?

—Cejad de una vez en vuestra molesta insistencia acerca de Ornay. No es mi intención acabar con el Imperio —aseguró el mercenario con hosquedad—; ahora bien, si os interponéis en mi camino, no dudaré en quitaros del medio: nada ni nadie me detendrá en mi cometido.

"No entiendo muy bien vuestras palabras, mago, mas algo sí voy a deciros: mientras no consiga lo que busco seré un demonio para todo aquél que intente impedírmelo...

Por un momento, la tensión en el ambiente fue creciendo hasta límites insospechados; los puños aferraron con fuerza los mangos de las armas, los nervios alterados por el temor a una muerte cierta al enfrentarse a un enemigo como aquél...

—¿Y bien? —demandó el guerrero impaciente—. ¿Cuál es vuestra decisión? ¿Partiréis conmigo al Halasna, o preferís vivir para ver a vuestras familias? Deberíais meditar en el hecho de que no hay honra que pueda igualarse a vuestras vidas y las de vuestros familiares...

Uno de los hombres, un sargento a juzgar por sus insignias, envainó su arma al costado. Al verlo los demás, algunos protestaron y otros siguieron su ejemplo.

—Yo no voy a jugarme el cuello con alguien como este hombre, tanto si es Ornay como si no —aseguró con tajante firmeza—. Y menos después de haberle visto luchar, prefiero no arriesgarme a dejar viuda y cinco hijos...

Aquellas palabras pesaron mucho en el ánimo de los hombres: muchos de ellos tenían familia, y una refriega como la que habían vivido, en la que su oponente había eliminado a alrededor de una docena de soldados entrenados y endurecidos sin apenas esforzarse, había hecho que reflexionaran sobre la situación: no era lo mismo enfrentarse a un enemigo del Imperio al que pudieran vencer con mayor o menor facilidad, que encarar la muerte frente a un rival contra el que apenas tenían opción alguna...

Por fin, las voces se acallaron y se convirtieron en quedos murmullos, mientras Calet los observaba a todos con expresión impasible.

—Sea, entonces —admitió, colgando sus espadas de los arneses—. Marchad por donde habéis venido, e informad a vuestros superiores que, a pesar de vuestra tenacidad, no fuisteis capaces de localizar a Ornay el Desalmado y capturarlo. Por vuestro bien, de seguro será mejor que omitáis que os equivocasteis de hombre.

Tsael le miró con gesto incómodo: no era capaz de entender la actitud del hombre, el afán que le impulsaba como una flecha en una dirección llena de muerte y desolación. Había visto la presencia, la sombra que lo acompañaba a todas partes, había sentido su oscuridad, pero aunque encajaba a la perfección con la terrible fama que tenía el hombre que buscaban no acababa de ver esos otros gestos que se decía que poseía: en lugar de lanzarse presto a la refriega contra los Halcones Dorados, sin conceder cuartel alguno, ofrecía una salida honrosa...

Calet se apartó de ellos y se dirigió a la linde del bosque, en busca de su caballo: aún tenía que acudir a Mor Falkan en busca de información. No dudaba que desde las murallas habrían visto el combate que había tenido con los soldados imperiales, por lo que era probable que tuviera que abrirse paso luchando, igual que lo había hecho en Mor Talir... al pasar por el puente recogió el cuchillo que había empleado para provocar la confusión inicial.

Cuando llegó a las puertas de la ciudad se encontró con un grupo de guardias que parecían expectantes ante los acontecimientos que habían presenciado; algunos de ellos, al verlo, aprestaron sus armas con gesto adusto.

—Que Dan'Nan sea con vosotros —les saludó el mercenario llevándose el puño al pecho.

—¿Qué hacéis aquí, mercenario? —inquirió uno de los hombres con brusquedad—. No sois persona grata en nuestra ciudad...

—¿Acaso todo el mundo se empeña en confundirme con Ornay? —demandó malhumorado a su vez el guerrero—. ¿No habéis visto lo ocurrido hace un rato? Los Halcones Dorados han comprendido su error y me han dejado marchar con entera libertad.

—Señor, nuestras órdenes son no dejaros pasar a ningún precio...

—Vengo con las manos desnudas, en gesto de paz. Mas sabed que tengo tareas que cumplir ahí dentro —señaló las callejas de la ciudad—, y que me envía el Doin de Mor Talir para entregar un mensaje al vuestro. Pasaré a vuestro lado o por encima de vuestros cadáveres.

Los guardias se miraron con visible nerviosismo, inquietos ante la dureza de las palabras del guerrero: por supuesto que habían visto la batalla protagonizada por el hombre que pretendía entrar en la ciudad, por lo que no hacían otra cosa que buscar la manera de evitar que penetrara sin llegar al enfrentamiento armado.

—Lo siento, señor, pero nuestras órdenes...

—Vuestras órdenes han cambiado —le advirtió una voz con severidad.

Desde el interior de los muros llegaron tres guardias más: uno de ellos, con la insignia de capitán de la guardia, y dos mujeres con cara de pocos amigos.

—Apartaos del camino de Ornay —ordenó el hombre, haciéndose a un lado—. Aunque no sea bienvenido en nuestra ciudad, al menos evitaremos inútiles derramamientos de sangre. Dejad que siga su camino, y que el sendero de destrucción que lo guía sea lo más estrecho posible...

Ante aquellas perentorias palabras, los guardias se apartaron de la puerta y dejaron entrar a Calet, que los observó sorprendido por el cariz que parecían tomar los acontecimientos. ¿Se había dado acaso alguna orden para que nadie molestara al asesino? Entonces, ¿por qué los Halcones Dorados lo habían perseguido de manera tan enconada?

—Si mis hombres han sido descorteses con vos os pido disculpas por ello —le dijo el capitán con gesto amistoso—. Los Doins han tomado la decisión de evitar los combates con vos mientras sea posible; aunque os hayáis colocado al margen de la justicia —su rostro se ensombreció—, y hayáis cometido una enormidad de crímenes por los que seríais ajusticiado una y mil veces, se ha considerado la posibilidad de permitir que solucionéis vuestros asuntos sin que nadie os lo impida y, así, reducir la mortalidad en nuestra ciudad al mínimo.

—Agradezco el gesto en lo que vale —aceptó el mercenario encogiéndose de hombros—. Parece que por fin habéis comprendido el valor de la vida. Mas no entiendo por qué seguís insistiendo en confundirme con ese asesino.

Y ahora, si no os importa, tengo unas cuestiones pendientes de resolver en la ciudad…

Avanzó con un ligero cabeceo de saludo, dejando atrás a los hombres que lo contemplaban con expresiones entre ceñudas y temerosas; internándose por las callejuelas, llegó hasta una posada que ostentaba un cartel con el dibujo de una serpiente decapitada, debajo del cual se podía leer "El Lemurio Muerto".

El interior era oscuro, casi tenebroso, con algunas mesas estropeadas ante las que se sentaban algunos habituales que se dedicaban a beber y comer entre broncas voces y carcajadas; detrás de una sucia barra, un hombre achaparrado, de ralo cabello blanquecino, le observaba con gesto suspicaz.

—¿Qué desea? —inquirió con desgana.

—Comida y bebida —pidió Calet.

—¿Tiene dinero?

—¿Cuánto tiene pensado cobrar?

El tabernero se quedó dubitativo durante unos instantes: la expresión impávida del guerrero le resultaba más perturbadora que cualquier gesto agrio o furioso que hubiera podido hacer…

—Bueno, supongo que dispondréis de diez monedas de cobre —admitió al fin.

—Sí —aceptó el mercenario, sacando el dinero de un saquillo—. Así que quiero de inmediato esa comida y esa bebida. Y más os vale que sean buenos, no he tenido un buen día y me siento un poco irritado…

A ojos de cualquier habitante de Mor Falkan, Calet era uno más de los paseantes que pululaban por la ciudad; en apariencia, deambulaba de un lado a otro con indolencia, observando las tiendas y a las gentes sin preocuparse de nada. Mas, en realidad, sus experimentados instintos estudiaban con cuidado cada uno de los detalles, en busca de alguien que le pudiera llevar hasta el señor de los bajos fondos de la ciudad: hasta el momento, sólo había explorado una parte, al parecer la zona en la que se asentaba la baja nobleza, pues sólo se cruzaba con soldados y personalidades de caras ropas que le miraban con gesto de sospecha...

Por fin, su búsqueda se vio recompensada al descubrir a un mendigo que simulaba ceguera, pidiendo junto a una esquina.

—Que Dan'Nan sea con vos, señor —saludó mientras se acercaba, echando una de las últimas monedas de cobre en un ajado copete de fieltro—. ¿Podríais informarme del lugar en que soléis dormir?

Pudo notar el repentino respingo que sacudió al hombre; su rostro se contrajo en un gesto de temor, mutado de inmediato a suspicacia...

—¿De qué me habláis, buen señor? —inquirió con cautela—. El lugar en que yo duermo no os incumbe en lo más mínimo, no deberíais preguntar esas cosas a la gente de bien...

El mercenario se agachó junto al hombre, acercando su rostro al otro.

—La gente de bien no finge infortunios que no padece —advirtió con severidad en voz baja—. Todos en esta ciudad saben cuál es vuestra tara, así que no intentéis tomarme por necio. Decidme ahora mismo quién es vuestro amo, y dónde puedo encontrarlo.

—Dejadme en paz, señor —se quejó el mendigo, elevando la voz—, nada os ha hecho este pobre ciego para que me amenacéis...

—Contestad a mi pregunta, y os dejaré en paz —aseguró

Calet sin disimular su desagrado—: ¿quién es vuestro amo, y dónde lo encontraré?

Durante unos momentos, el silencio, incómodo, planeó sobre ambos; el hombre entreabrió apenas los ojos, procurando que no se notara demasiado, y observó de manera meticulosa al mercenario; en ese momento, al contemplar aquel rostro duro, áspero, sintió un asomo de temor que le hizo echarse un poco hacia atrás.

—Marchad en esa dirección —señaló a una callejuela—, y buscad una casa que tenga sobre la puerta el símbolo de la rosa negra. Preguntad allí por el Señor Stavus, se os atenderá cómo os merecéis.

—Gracias, mendigo —admitió el guerrero con una sonrisa burlona. Se levantó y le dio la espalda, dirigiéndose en la dirección que le había marcado el hombre—. Por cierto, os aconsejo que no me hayáis engañado —advirtió de forma tajante sin volverse—, porque de lo contrario os buscaré y haré que os arrepintáis de todos vuestros pecados…

Cuando cayó la noche, una figura sombría se acercó a la casa que había indicado el mendigo a Calet dar Gaur: se encontraba en un sector oscuro como la boca de un lobo, más lleno de inmundicias de lo habitual, donde los sujetos malencarados lo observaban con expresiones que iban desde la sospecha abierta de que pudiera ser un guardia de la ciudad hasta la especulación de lo que podría llevar encima de valor. Sin embargo, todas las cavilaciones de aquellos canallas se desvanecieron cuando, a la tenue luz de la luna, apareció un casco terrorífico, la imagen prohibida del dios demonio C'Tl.

Llamó a la puerta bajo las atentas miradas de un grupo de hombres y mujeres armados hasta los dientes, que dudaban de acercarse a él.

—¿Quién busca a la Rosa? —demandó con tono imperioso una voz desde dentro.

—Ornay el Desalmado —se presentó el mercenario, sabedor de que en cuanto se mostrara a la luz cualquier tipo de subterfugio resultaría fútil—. He venido a visitar al Señor Stavus.

—Debéis esperar a que el Señor sepa de vuestra presencia —anunció la voz—. Tal vez no quiera saber nada de vos...

—No estoy acostumbrado a que se me haga esperar —advirtió desafiante el guerrero, comenzando a perder la paciencia—. Quiero ver a Stavus ahora mismo.

—¿Nunca os han enseñado que no se debe ser un maleducado?

Ornay se volvió con gesto parsimonioso, para encararse con el grupo de sujetos que estaba allí cuando llegó.

—Creo que os vamos a enseñar una lección de buenos modales —le advirtió una mujer alta, de complexión fuerte, armada con una espada jalal.

—¿Acaso sois sordos además de necios? —se burló el mercenario—. ¿Acaso no habéis oído mi nombre, o es que vuestra vida no os preocupa lo más mínimo?

—¿Quién os creéis que sois? —inquirió con mordacidad la mujer—. ¿Acaso el gran Mane de Poseidonia? Si pensáis que...

La mujer retrocedió un paso alarmada al darse cuenta del casco que había hecho famoso al asesino por todas partes. ¿Cómo podía ser? Había oído que estaba en la ciudad, mas no lo había creído: los rumores de que los Doins habían dado órdenes de que no se le molestara eran, pues, ciertos.

—¿Qué buscáis entre nosotros? —inquirió con voz

temblorosa—. ¿Acaso venís a por el Señor Stavus?

—Vengo a tratar un negocio con vuestro amo —aseguró con firmeza el mercenario—. No os interpongáis en mi camino, o habré de tomar medidas más drásticas. Decidle a vuestro compañero —señaló la puerta de madera— que no pienso quedarme aquí afuera esperando mucho más tiempo.

Ninguno de los personajes que lo acechaban hizo el más mínimo gesto contra él: su fama era tal que preferían pasar por cobardes antes que encarar una muerte cierta...

Tras él, la puerta se entreabrió y un tipo de rostro picado por la viruela se asomó cauto.

—Pasad, señor Ornay —sugirió con servilismo—, el señor Stavus os recibirá ahora mismo.

El guerrero echó una ojeada de advertencia a sus oponentes. Éstos, aún anonadados por la revelación, no parecían dispuestos a enfrentarse a él, por lo que Ornay, con una sonrisa lobuna, les dio la espalda y, tras envainar de nuevo sus espadas, entró en la casa.

Pasó a un vestíbulo amplio, amueblado con exquisito lujo, del que salían varias puertas; el hombre le guió a través de una de ellas, cruzando un corto pasillo, hasta unas grandes hojas dobles que abrió con visible esfuerzo.

Para el mercenario, cruzar aquel umbral fue como pasar a una pesadilla llena de muebles, almohadones, tapices, panoplias... Todo ello se mezclaba sin orden ni concierto, con una evidente falta de buen gusto, abarrotando una gran sala en medio de la cual se erguía, como un pomposo sapo, una figura rechoncha, achaparrada, envuelta en seda y pieles. Su rostro, redondo como una luna, era moreno como el de los habitantes de las selvas del gran continente negro, en el que brillaban, bajo unos crespos cabellos oscuros, unos ojos grises que lo examinaron de forma sistemática.

—Bienvenido, Ornay el Desalmado —le saludó efusivo el señor Stavus, dirigiéndose hacia él como un barco rompiendo las olas—. Que Dan'Nan sea con vos.

—Y con vos, señor Stavus —le saludó a su vez el guerrero.

—¿Qué os trae a ésta mi humilde morada? —inquirió el grueso hombrecillo—. ¿No vendréis por ventura a buscarme? —sus ojos se dilataron por el miedo—. ¿Acaso habéis sido contratado para acabar con mi pobre vida?

—No, podéis estar tranquilo —aseguró el mercenario torciendo al gesto—. Me presento ante vos en busca de información.

—Ahhh, es eso... —Stavus dejó escapar un audible suspiro de alivio—. Bueno, como bien sabréis, la información es algo muy importante, y eso cuesta dinero. ¿Tenéis, acaso, monedas suficientes como para pagar por mis servicios?

—Sólo me quedan cinco monedas de cobre —explicó lacónico Ornay—, mas el dinero no es problema: decidme un nombre, una dirección, un precio y podré comprar la información. O vuestra vida por esa información...

El grueso hombre lo contempló en silencio durante unos momentos sin decir una palabra, sus pensamientos tan claros para su interlocutor que apenas pudo evitar sonreír: ¿podía fiarse de alguien como aquel asesino para cumplir sus más íntimos sueños?

—Está bien, señor —aceptó al final—. Buscad a un hombre llamado Galder en el barrio rojo, y traedme su cabeza; el precio será de diez sialans, mas teniendo en cuenta vuestra petición, lo dejaremos en cinco sialans y lo que tengáis a bien preguntarme. ¿Os place este trato?

—¿Dispongo de algún plazo?

—No —el rostro de Stavus se distendió en una sonrisa diabólica—, aunque sí me gustaría ver esa cara de cerdo clavada en una pica sobre el tejado de mi casa cuanto antes. Por cierto, debo avisaros: este sujeto se ha rodeado de un cuerpo de curtidos mercenarios que lo protegen de todo ataque...

—Eso no me preocupa —aseguró Ornay, dando la espalda al señor de la casa—. Dad por cumplida vuestra petición...

Tras preguntar por el barrio rojo y Galder, Ornay llegó a la casa sin demasiados problemas; allí se detuvo por unos momentos, estudiando con sumo cuidado el lugar y la seguridad: era una edificación grande, lujosa, diríase la casa de un noble o de los propios Doins; a su alrededor, vigilantes como buitres, pudo distinguir un numeroso grupo de guardias uniformados, con un escudo de armas en el peto de cuero. ¿Por qué Stavus no le había advertido que era uno de los principales de Mor Falkan? ¿Acaso esperaba convertirse en el Doin de la ciudad? ¿No se daba cuenta de que a los Doins los nombraban los Manes de forma inapelable, y de que mientras no tuviera pareja no dispondría de oportunidad alguna?

Desechó aquellos pensamientos con un gesto de desgana; había aceptado aquel trato, y lo cumpliría pasara lo que pasara. Una espectral risa resonaba en su mente...

Se deslizó con sumo cuidado entre las sombras de la noche, acercándose hacia la mansión, que podía observar rodeada por una pequeña valla que separaba las calles de un cuidado jardín con árboles frutales: la guarnición era muy numerosa y parecía alerta, lo que le hizo sospechar que ya había sufrido varios intentos de asesinato. Tal vez no andaba muy errado al pensar que le habían mandado eliminar a un miembro eminente de la comunidad de Mor Falkan...

Se agachó en el momento en que un guardia se aproximaba por su izquierda haciendo la ronda; desenvainó su cuchillo, esperando poder resolver aquella situación sin provocar la alarma en la ciudad. El soldado pasó cerca de él sin advertirlo, oculto como estaba tras un árbol, circunstancia que aprovechó el mercenario para deslizarse detrás de él y tratar de atravesar el jardín de la casa...

Casi al momento oyó unos fieros ladridos: al parecer, se había descuidado y ahora habría de enfrentarse no sólo a los guardias, sino también a perros amaestrados para atacar a los intrusos; resultaba un tanto inconveniente para sus planes, pero no le preocupaba en demasía: buscó un árbol y trepó a él con gracia felina, en el momento preciso en que llegaban a la carrera los animales y un nutrido grupo de soldados, entre los que pudo distinguir arqueros: debía moverse con rapidez, o su carrera podría acabar allí.

Saltó a la rama de un árbol cercano, colgándose de ella, buscando con la mirada otros asideros que le permitieran acercarse a la fachada de la casa sin que los perros le causaran problemas: los arqueros aún no le habían visto con claridad, pero no tardarían en hacerlo...

Una brillante esfera de luz brotó de una ventana y se cernió sobre el jardín, iluminándolo como si fuera de día.

—Magos... —gruñó Ornay, disgustado por la falta de previsión que estaba demostrando: se había lanzado irreflexivo a cumplir su misión sin detenerse, como era habitual en él, a comprobar las medidas de seguridad que se habían dispuesto; apenas meditó en lo absurdo de su proceder, se dio cuenta de lo delicada que era su situación en aquel momento, lo que provocó que tomara la determinación de continuar pasara lo que pasara.

Una flecha pasó junto a él en un silbido ominoso; rápido como un relámpago, se lanzó de una rama a otra, sin apenas fijarse en qué dirección vagaba, esquivando las flechas, oyendo bajo él los gritos de los soldados y los ladridos de los perros... Cuando quiso darse cuenta se hallaba frente a la fachada, a metro y medio escaso de una ventana situada apenas por encima de la rama. Sin pensárselo saltó hacia ella, sujetándose y alzándose a pulso hasta apoyar los pies en la repisa; sintió la mordedura de una flecha en el hombro, mas no le hizo caso alguno y empujó los batientes: estaba cerrada.

No podía perder más tiempo, o acabarían por cazarlo como a un conejo: guardando su cuchillo y tomando una de sus espadas, golpeó con fuerza el cristal y lo rompió. Saltó al interior sin pensarlo, encontrándose frente a una pareja que, desde una enorme cama con dosel, le miraron alarmados.

—¿Qué dem... —exclamó el hombre, un joven de apenas veinte años, saltando en busca de una espada tirada a los pies del lecho.

El mercenario no dijo una palabra: se lanzó hacia delante, bajo los chillidos de la mujer, y decapitó sin contemplaciones a su oponente, que apenas había tenido tiempo de agarrar la empuñadura de su arma; a continuación descolgó de su espalda su otra hoja, y corrió hacia la puerta que vio al otro lado de la estancia.

Salió a un pasillo en el que se oían voces: los guardias interiores registraban la casa puerta a puerta, palmo a palmo, al parecer en su busca, por lo que se dio prisa en acudir al encuentro de su objetivo: Stavus le había dado una somera descripción del hombre, y ahora estaba pendiente de poder cruzarse con él...

Al doblar una esquina del pasillo se tropezó con dos soldados que le atacaron de inmediato entre gritos de alarma; al oír voces tanto delante como detrás de él, arremetió con desbordante furia contra ellos y destripó a uno mientras frenaba la acometida del otro; a continuación, sin dar tiempo al hombre a reaccionar, lanzó una estocada en diagonal que le dejó un profundo y sangriento corte en el pecho. Cerca de él vio una puerta entreabierta, que aprovechó para ocultarse.

La habitación no era muy grande, pero estaba llena de objetos de apariencia mística o mágica; era evidente que había dado con el laboratorio de un mago de la ciudad, lo que le hizo retroceder por un momento; sin embargo, unas quedas palabras murmuradas desde un rincón tras un alto mueble lo detuvieron en seco.

—Vaya, así que tenemos ladrones en la casa, ¿no? —inquirió el hombre que salió de detrás del mueble con una redoma en la mano—. Y enmascarados, por lo que advierto. A lo que veo vos sois Ornay, el asesino más perseguido del Imperio.

—Compruebo que sois perspicaz —aseguró mofándose el mercenario con aspereza, concentrando toda su atención en el mago—. Dejadme libre de este hechizo y no lo lamentareis.

—¿Creéis acaso que alguien como vos puede asustarme? —se chanceó el hombre.

—Haré algo más que asustaros —aseguró el mercenario con un gruñido de rabia.

Con un formidable esfuerzo se sacudió el conjuro de inmovilidad que le había lanzado el mago, y se arrojó sobre él esgrimiendo sus armas; un instante después, su oponente, con una mirada de sorpresa agónica en sus vidriosos ojos, yacía a sus pies en medio de un enorme charco de sangre.

Buscó con la mirada una salida que no fuera la puerta por la que había entrado: vio un gran ventanal que daba al jardín, que aprovechó para salir de la habitación a un estrecho balcón que se alargaba hacia su izquierda; miró hacia abajo, asegurándose de que todo el mundo hubiera entrado en tromba en la casa y nadie anduviera por el jardín, y después hacia arriba, comprobando si podía encumbrarse a la planta superior: al lado del ventanal, una planta trepadora de tallo grueso se alargaba hacia arriba, ofreciéndole una posibilidad...

Durante unos instantes meditó acerca de lo que

resultaría más conveniente: si insistía en buscar al llamado Galder, a buen seguro acabaría atrapado por los soldados por lo que, al final, escogió la decisión de salir de la mansión y volver en otro momento, tomando las debidas precauciones. Se descolgó de un salto de la terraza, echando a correr a través del jardín en el preciso momento en que los perros lo localizaban de nuevo.

Llegó a los límites de la casa en el momento en que casi fue alcanzado por dos fieros mastines: una estocada a cada uno, y ambos quedaron tendidos en la hierba, entre lúgubres gañidos de dolor…

El Doin de Mor Falkan, Galder dar Aris, yacía apaciblemente dormido en su lecho; era un hombre de mediana edad, calvo, de fuerte complexión. A su lado la Doin, Miara dar Kamal, padecía un insomnio que le impedía conciliar el sueño; era una criatura espléndida, alta, esbelta, de preciosos y profundos ojos verdes en un rostro suave, sedoso, redondeado… Su cabellera, oscura como el ala de un cuervo, relucía brillante sobre la blanca almohada.

El motivo de su falta de descanso era la preocupación por Galder: las noticias que había tenido acerca del asalto de unos días antes le habían hecho temer por la seguridad de su marido, aunque por suerte el solitario asesino había terminado huyendo dejando tras sí una estela de muerte, entre los que se contaba su propio hijo, Ternae. A pesar del duelo por el joven, el Doin parecía bastante despreocupado por el incidente, como si estuviera seguro de su buena fortuna…

Una callosa mano se posó de forma repentina sobre sus

labios, apagando el involuntario grito de alarma que intentó surgir de su garganta.

—Sshh. No gritéis, o habré de tomar medidas más drásticas.

La mujer volvió la cabeza en dirección a la voz; al contemplar la figura oscura, ominosa, que se cernía sobre ella cual sombra de muerte, dejó escapar un gemido de angustia. A su lado, su marido se removió inquieto.

—Señora, lamentaría tener que rebanar un cuello tan hermoso como el vuestro —advirtió el desconocido en un susurro amenazador—. Vuestra vida no me interesa, mas la de vuestro marido está ya vendida: su cabeza me reportará un buen beneficio.

"Os lo diré una sola vez: abrid esos hermosos labios para dar la alarma, y será lo último que hagáis; poned en alerta la mansión mientras huyo con mi trofeo, y la siguiente víctima, en el momento que menos lo esperéis, seréis vos; pensad tan sólo en la facilidad con que he accedido a vuestra alcoba...

"Y ahora, voy a retirar mi mano: de vos depende vuestro destino.

Sintió que los dedos comenzaban a aflojar la presión sobre sus labios; tomó aire para gritar, mas las palabras del asesino habían hecho profunda mella en su ánimo, por lo que, rectificó y dejó escapar el aliento en un suspiro de resignación.

Más que ver, sintió que la figura asentía con la cabeza y se apartaba de ella para dar la vuelta a la cama.

—¿Te pasa algo, querida...

Aquéllas fueron las últimas palabras de Galder dar Aris, Doin de Mor Falkan: con un movimiento sinuoso, tan veloz como el ataque de una serpiente, un cuchillo brilló maligno y segó de un tajo la garganta del hombre, un corte profundo que hizo manar la sangre a borbotones.

Ante aquel horrendo espectáculo, Miara no pudo evitar

un grito de angustia y terror, saltando de la cama al sentir sobre sus ropas y rostro el caliente líquido carmesí.

Casi al instante, las puertas se abrieron con estrépito y los dos soldados que se hallaban de guardia al otro lado irrumpieron entre gritos de alarma.

—¿Ocurre algo, señor? —exclamaron, deteniéndose sorprendidos al ver al asesino limpiando la hoja de su arma sobre las sábanas de la cama en medio de un charco de sangre creciente—. ¡Alarma! ¡Han asesinado al Doin!

Se abalanzaron sobre la siniestra figura, que los esperó sin inmutarse, descolgando de su espalda las dos armas que llevaba; uno de ellos cayó destripado antes de darse cuenta de lo que estaba ocurriendo, mientras el otro, al lanzar una estocada frontal, se encontró de repente con un muñón en lugar de su brazo derecho.

Ornay no se hizo esperar: de un fuerte golpe seccionó la cabeza de Galder y la envolvió en la sábana de la cama; a continuación se dirigió raudo hacia el ventanal de la habitación, dejando tras sí un pequeño pergamino con su marca personal.

—Adios, señora —se despidió con gesto cínico—. Ojalá hubiéramos podido conocernos en mejores condiciones.

Saltó al exterior, perdiéndose en la oscuridad de la noche entre los gritos de la guardia y los ladridos de los perros...

—Señor Stavus... —Ornay se presentó ante el Señor de la casa—. Creo que teníamos un negocio pendiente.

—Que podía haber esperado hasta mañana —le advirtió con altivez el obeso personaje, mientras se ponía una camisa—. Esta tarea no era tan importante como para no poder esperar.

—Para mí resulta importante liquidar los negocios cuanto antes —aseguró el mercenario arrojando el bulto envuelto en la sábana hacia su interlocutor—: tengo una misión que cumplir, y no puedo permitirme el lujo de dejar pasar el tiempo en todas estas fútiles encomiendas. Y ahora, si no os importa, os rogaría que cumplieseis vuestra parte del pacto.

—Sí, sí, ya lo sé —gruñó Stavus con sequedad—. Ahora mismo mandaré traer los cinco sialans que habíamos acordado. ¿Cuál es esa información que necesitáis? —inquirió tras dar unas palmadas y dar las órdenes pertinentes a sus hombres.

—Quiero saber si tenéis a vuestras órdenes a alguien que responda a alguno de los nombres de Rekor, Viss el guerrero rojo, Tibar o Augon el lemurio —demandó el mercenario con aspecto sombrío.

—Ninguno de esos nombres me suena de nada —aceptó el Señor de la casa encogiéndose de hombros—. Tal vez alguno de los miembros de mi hermandad sepa algo, dadme hasta mañana por la tarde para hacer averiguaciones y responderé a vuestra pregunta. Ahora, si no os importa, me gustaría volver a la cama...

La ciudad amanecía víctima de la masacre nocturna: a lo largo de toda la noche y parte del día siguiente, los soldados habían andado registrando todas las casas en busca del asesino que había osado acabar con la vida del Doin, mas ninguna pista pudo conducirlos hasta Ornay. La vaga descripción que la Señora Miara había podido hacer de lo ocurrido era insuficiente para poder localizarlo, por lo que a primera hora de la mañana, tras una repentina inspiración de la mujer, la guardia se presentó ante las puertas de Stavus.

—Por orden de la Doin, esta casa ha de ser registrada de arriba abajo —anunció el capitán—. Tenemos fundadas sospechas de que el asesino de Galder salió de este lugar.

—Yo no puedo hacer otra cosa que conduciros a presencia de mi señor —le advirtió el portero quejumbroso—, él os dará el permiso que necesitáis.

—Aparta, mentecato —gruñó el capitán, propinándole un fuerte empujón y entrando en la casa—. El único permiso que necesitamos es el de los Doins.

Mientras los guardias registraban la vivienda a conciencia, el capitán fue conducido a presencia del Señor Stavus.

—Bienvenido seáis, capitán —saludó el orondo personaje con servilismo—. ¿A que debo vuestra visita?

—Dejaos de ceremonias, que muy bien sabéis lo que andamos buscando —le espetó el soldado con el ceño fruncido—. ¿Dónde escondéis al asesino del Doin?

—Mas, ¿qué decís? —se ofendió Stavus—. ¿Me estáis acusando de mandar matar a mi buen amigo Galder? ¿Quién os puede haber inducido a pensar tal aberración?

—Ya había sospechas acerca de vuestras intenciones para Mor Falkan —sugirió con terquedad el capitán, desenvainando la espada—, así que no pretendáis no saber qué es lo que ha ocurrido, porque no vais a poder engañarme. Confesad ahora mismo vuestro crimen, o me veré obligado a arrancároslo por la fuerza.

—Vamos, vamos, capitán —se burló el Señor de la casa, sentándose en unos cojines—, no pretendáis llevar todo esto más allá de donde deba llegar. Nada he hecho de lo que deba arrepentirme, y mucho menos enviar a uno de mis sicarios, a los que conocéis a la perfección, a eliminar a alguien como Galder, que estaba tan protegido por la magia y el hierro.

"Capitán, creo con sinceridad que esto es lo mejor que podría haberle ocurrido a la ciudad: deshacerse de un tirano como Galder, y poner en su lugar a alguien que piense más en los ciudadanos. Debéis saber que estoy pensando muy en serio presentar mis credenciales ante los Manes, y esperar a que ellos me nombren Doin...

—Vos no tenéis pareja conocida —gruñó el soldado.

—No, pero eso puede solucionarse sin problema alguno —aseguró con un guiño pícaro el grueso hombrecillo—. Y si me nombran Doin, podéis imaginaros, capitán, que sabré ser generoso con aquellos que me apoyen de forma incondicional...

—¿Estáis intentando comprarme? —se encrespó el guardia—. ¿Acaso no tenéis la más mínima decencia? Antes que permitir que os convirtáis en Doin, estoy dispuesto a atravesaros de lado a lado...

Se lanzó con gesto feroz hacia delante, en una estocada frontal dirigida al pecho de su interlocutor, que no se movió lo más mínimo, con una sonrisa beatífica en su redondo rostro... Surgiendo del aire, una espada golpeó su arma de arriba abajo, obligándola a dirigirse al suelo.

—¿Quién...

Al mirar a su derecha vio el casco de Ornay contemplándolo con la nefanda expresión del demonio C'Tl, sus hierros en sus manos, presto para el combate.

—Lo que hagáis con este hombre es asunto vuestro —aseguró impasible el mercenario—, mas debéis saber que tengo una cuestión pendiente con su persona, y que no os permitiré que resolváis vuestras diferencias hasta que no haya acabado con él.

—Quitaos del medio, escoria —gruñó el capitán, sin pararse en mientes del personaje al que estaba contemplando—, ya os tocará vuestro castigo...

—Mi castigo no lo vais a decidir vos, capitán —aseguró

el guerrero con sorna—, ni por un momento os aventuréis a pensar que podéis decidir mi destino. Permitidme hablar con Stavus, y después me iré y os dejaré resolver vuestros asuntos.

—¡Ornay! —exclamó el Señor de la casa, alarmado por el cariz que estaba tomando la situación—. ¿Qué demonios estáis tramando? ¿Acaso habéis olvidado nuestro trato?

—¿Habéis dicho Ornay? —se sorprendió el soldado, observando con fijeza al mercenario y cayendo por fin en la cuenta de la delicada situación en que se hallaba—. ¿Ornay el Desalmado? Habréis sido vos, entonces, quien...

—Sí, ésa es mi obra —admitió con una reverencia el asesino—. Mas ni penséis en intentar detenerme, cavilad acerca de lo que he hecho en la mansión del Doin Galder y meditad acerca de las posibilidades que tenéis de capturarme vos solo.

"Puesto que todo esto no me va a reportar el más mínimo beneficio, no tengo interés alguno en provocar un enfrentamiento con vos, así que os reiteraré mi oferta: permitidme hablar con el Señor Stavus, y después haced lo que os plazca.

"En cuanto a vos —se volvió hacia el Señor de la casa—, no he olvidado mi trato: cinco sialans e información a cambio de una muerte. Y todavía no he recibido esa información.

—Ni la recibiréis a no ser que me protejáis de la guardia de la ciudad —le advirtió el grueso hombrecillo con voz chillona.

Ornay observó al hombre con expresión aviesa, los ojos brillándole con expresión peligrosa.

—¿Acaso preferís mis cuidados a los del capitán? —demandó en un tono amenazador que hizo que Stavus se estremeciera de forma visible—. ¿Acaso creéis que voy a permitir que rompáis el trato y salir bien librado de ello? A lo que veo, habéis olvidado por completo mi fama...

100

—No puedo permitiros campar a vuestras anchas, asesino —advirtió el soldado con gesto adusto—. Sea cuál sea vuestro trato con este hombre, no puedo tolerar que lo torturéis...

—¿Y cómo pensáis impedirlo?

No hubo respuesta: el capitán se aprestó al combate, mientras el mercenario lo observaba impasible, espadas en mano.

—No hagáis algo de lo que tengáis que arrepentiros — sugirió Ornay hosco—. Si habéis oído lo que pasó en Mor Talir u os han hablado de lo relativo a mis andanzas, deberíais saber que no sois rival para mí...

El capitán tragó saliva: era cierto, sabía que en un combate entre ellos dos no tenía posibilidad alguna de vencer al guerrero; y, sin embargo, su deber le impulsaba a mantenerse firme, a no permitir que calaña como aquélla pudiera salir impune de sus desmanes...

El mercenario resolvió aquel problema por los dos: sin previo aviso, se lanzó hacia delante agitando sus espadas, obligando al soldado a retroceder y defenderse a duras penas de las violentas embestidas.

Antes de que pudiese darse cuenta, Ornay le había arrinconado contra una pared y le había arrancado el arma de las manos; volteando su espada, le golpeó en el cráneo con la empuñadura, dejándolo inconsciente. A continuación, se volvió hacia Stavus y lo miró con ferocidad.

—Y ahora, cumplid vuestra parte del trato —advirtió con tono amenazador.

—Está bien —aceptó con mansedumbre el Señor de la casa, temblando atemorizado ante aquella salvaje visión, encarnación de muerte y destrucción—. De los nombres que me habéis dado, sólo conocen en Mor Falkan a Viss, el guerrero rojo. Estuvo en una de las bandas a mis órdenes, mas cuando la guardia de la ciudad se interesó por sus actividades salió huyendo, no hace más que un día…

—Os aconsejo que no intentéis engañarme —insistió el mercenario, agitando sus espadas ante las narices del grueso hombrecillo, que sudaba como un cerdo—. Puedo saber cuando están intentando mentirme, y veo que vos lo estáis haciendo ahora. Sabéis dónde se ocultan esas personas, y me lo diréis aunque tenga que arrancároslo junto con la piel…

—¡No! —exclamó alterado Stavus—. ¡Os juro por la Diosa que no sé nada más que lo que os he contado! ¡Sólo he podido averiguar lo referente a ese Viss!

Suave, indolente, la espada derecha de Ornay se deslizó por la mejilla izquierda de su interlocutor, dejando un rastro escarlata a medida que el corte se alargaba.

—¿Estáis seguro, señor Stavus? —sugirió cual ave de presa.

—¡Os lo juro! —gimoteó el orondo personaje—. ¡Os lo juro!

—Está bien, os creo —aceptó el guerrero colgando sus armas a los costados—. Mas sabed que es posible que volvamos a vernos, así que rezad por no haberme engañado, porque si lo descubro, la próxima vez no haré preguntas: conoceréis de primera mano el destino de quien intenta traicionarme.

Dio la espalda al hombre, y salió de la habitación: los guardias de la ciudad andaban de un lado a otro por la casa de Stavus, entre voces, buscando cualquier pista que los condujera al asesino de Galder; no era probable que encontraran nada: a pesar de su ridículo aspecto el Señor de los bajos fondos no era tonto y a buen seguro se habría deshecho de la cabeza del muerto en cuanto tuvo ocasión; a pesar de todo, lo más probable era que no pudiera mantener la posición que había conseguido: la muerte del Doin había sido una pésima idea, mas, ¿quién era él para discutir los términos de un asesinato? Mientras le pagaran, cumpliría su parte del trato...

Salió de la casa sin encontrar oposición alguna: el pandemonium formado en su interior jugaba a su favor, por lo que, buscando las sombras, desapareció en la oscuridad...

Ya muy de mañana, Calet dar Gaur se levantó de la habitación que había pagado y, tras comer un pequeño refrigerio, salió de la posada, recogió su montura y se dirigió decidido hacia la puerta de la ciudad: con las ideas más claras, se encaminó hacia el nordeste, hacia Mor Celac, donde esperaba encontrarse con otra pieza de su oscuro destino...

José Francisco Sastre García

ALAS DE SANGRE

E
l jinete cabalgaba entre las piedras, entre Mor Falkan y Mor Celac, por el norte de Antilea, cruzando un pequeño valle en el camino que lo llevaba hacia su destino; Calet dar Gaur, pues tal era el guerrero, vigilaba con atención todos los recovecos que podían dar lugar a una emboscada, alerta a cualquier señal de peligro.

Sin motivo aparente refrenó su montura: más que ver u oír algo sospechoso, su instinto le indicaba que había alguien esperándolo al frente, tras las rocas. Dudó acerca de continuar, mas al cabo de unos segundos de indecisión optó por afrontar cualquier problema que pudiera surgir en aquel lugar. Azuzó a su caballo hacia delante, entre las rocas, hasta encontrarse con un hombre de elevada estatura y piel broncínea, rojiza, un guerrero esbelto, de aspecto correoso, con unos rasgos suaves, afilados, enmarcados por una larga melena negra sujeta por una cinta, bajo los que brillaban unos intensos ojos negros como la pez. Sujetaba, apoyada la contera en el suelo, una larga lanza.

—En el Espíritu seáis, guerrero —le saludó efusivo.

—Que Dan'Nan sea con vos —saludó a su vez el mercenario—. ¿Por ventura buscabais algo?

—A mis oídos han llegado noticias de que el legendario Ornay el Desalmado anda buscándome —explicó el hombre arrugando el ceño—. Tal vez lo hayáis visto vos, al parecer seguía el mismo camino, hacia Mor Celac.

—Entonces, no habéis de esperar más tiempo —aseguró el asesino, descabalgando con parsimonia—. ¿Cuál es vuestro nombre para poder escribirlo en vuestra tumba?

—Soy Viss de Quibol[13], asesino, y aquí me tenéis dispuesto a entablar combate con vos por mi vida. Mas, si ello no os resulta incómodo, me gustaría saber cuál es el motivo de esta disputa entre ambos, puesto que aunque vos parecéis conocerme, yo no os había visto jamás.

—¿Eso es lo que creéis, Viss? —el luchador desmontó calmoso, sin apartar la vista de su oponente—. ¿En verdad creéis que no me conocéis? Veo que vuestra memoria es tan flaca como la de vuestro amigo Targ, que sólo reaccionó cuando vio a un fantasma.

—No me asustáis con vuestras consejas —le advirtió el guerrero rojo amenazador—. Si Targ está muerto es porque era débil, tan sólo un hombrecillo incapaz de hacer el trabajo de un hombre.

—Podéis estar tranquilo —aseguró Calet con ferocidad—. Os dedicaré al menos el mismo tiempo que le dediqué a él. Creedme si os digo que con vuestra fortaleza, puedo arrancar de vos mucho más dolor y agonía del que extraje a Targ.

---

[13] Quibol: Una de las siete grandes ciudades de la cultura de los Pueblos Rojos, en lo que actualmente es el Centro y el Sur de Estados Unidos.

Con estudiada lentitud se quitó el casco, devolviéndolo a las alforjas de su montura, mientras Viss lo observaba con los ojos entrecerrados, tratando de hacer memoria de aquel rostro.

—A pesar de contemplar vuestros rasgos, insisto en no conoceros de nada —aseguró el guerrero rojo—. Decidme cuál es la afrenta.

—Granjas quemadas, pueblos arrasados, familias enteras pasadas por las armas... —enumeró el mercenario endureciendo el gesto a medida que hablaba—. ¿No recordáis acaso los tiempos en que formabais parte de una banda de bandidos junto con Targ y otros? ¿No sois capaces de acordaros de los tiempos en que disfrutabais abusando de mujeres y hombres, rapiñando todo lo que podíais, quemando todo aquello que no os era útil?

—Sí, recuerdo aquellos tiempos —aceptó el guerrero rojo con una torcida sonrisa—. Mas todo aquello acabó cuando el ejército imperial nos tendió una emboscada de la que sólo escapamos cinco. ¿Sois por ventura uno de aquellos desventurados que sufrieron nuestras correrías?

—¿No recordáis a un moribundo que juró venganza contra vosotros? —se encrespó el luchador.

—Necio sois si pensáis que puedo acordarme de todos los rostros con los que me he cruzado a lo largo de mi vida —se burló Viss—. Aquella etapa de mi vida desapareció en las brumas de la memoria, lo que cuenta es el ahora. Y en este preciso momento surgís vos del pasado para arrojármelo a la cara...

Dejó escapar una cruel carcajada, un sonido hiriente que hizo que Calet extrajera las espadas de sus vainas con un siniestro silbido.

—Entonces, ¿no os arrepentís del daño causado? —gruñó entre dientes—. Por los dioses que he de conseguir que ese remordimiento os sacuda hasta lo más profundo de vuestra alma.

—Venid a mí, y encarad la muerte —se chanceó el guerrero rojo, aprestando su lanza—. Vuestra fama no me impresiona, Ornay el Desalmado, no creáis que vais a asustarme con vuestras baladronadas.

—No pretendo asustaros —aseguró el mercenario con los dientes apretados de rabia—, sólo pretendo haceros pagar por vuestros actos.

Se lanzó hacia delante agitando sus armas en un vertiginoso remolino de hierro, destinado a confundir y alcanzar a su oponente, mas éste era ducho en tales artes y frenó sin esfuerzo el ataque, devolviendo a su vez algunos golpes al guerrero.

Calet hubo de esquivar algunos lanzazos que le arañaron la piel, al tiempo que intentaba alcanzar a su rival en algún punto vital; sin embargo, aquélla no era tarea fácil, pues se protegía de forma excelente, sonriendo despectivo ante los inútiles esfuerzos del mercenario.

Procurando no perder la serenidad, se concentró en estudiar a Viss mientras lo mantenía a raya: sus movimientos eran fluidos, rápidos, similares a los de un lobo, aunque al cabo de un rato consiguió distinguir en ellos una cierta rigidez, una especie de cojera que podía hacerlo vulnerable; mas aquel detalle era peligroso, pues podría ser simulado para hacer que Calet se confiara y cazarlo con la guardia baja.

El guerrero consideró que merecía la pena arriesgarse, y decidió probar suerte: en un rápido giro, mientras su brazo derecho se disparaba hacia delante, el izquierdo bajaba hacia la pierna derecha de su enemigo. Tal y como esperaba la lanza detuvo con facilidad la estocada alta, pero no pudo llegar a la baja: a pesar de su intento de esquivarlo, el hierro hizo un profundo corte, arrancando un aullido de dolor y obligando a Viss a doblar la rodilla.

—¿Sigues sin tenerme miedo? —inquirió áspero el mercenario, mientras obligaba a su oponente a defenderse de una lluvia de golpes dirigidos a la cabeza; en uno de aquellos, la hoja de su arma se introdujo por debajo de la lanza y tiró hacia sí, arrancándola de las manos de Viss.

—Si crees que por eso voy a temblar ante ti, es que no conoces a los guerreros rojos —aseguró el hombre, intentando ponerse en pie para arrojarse con las manos desnudas sobre Calet; mas la herida en la pierna le impedía moverse con comodidad, por lo que su rival lo detuvo con facilidad al estrellar la empuñadura de una de sus espadas en su rostro.

—Entonces, puedo asegurarte que disfrutaré haciéndote pagar por tus faltas —gruñó el mercenario, empujándolo con el hombro para arrojarlo al suelo de espaldas—. Sufrirás lo indecible, conseguiré que supliques por una muerte rápida.

—Vamos, déjate de palabras —se mofó el guerrero, dejando escapar un gruñido de rabia casi animal—. Haz lo que tengas que hacer: no conseguirás de mí súplica alguna de piedad.

—Eso es que no me conoces —aseguró Calet feroz, atravesando con limpieza la mano de su rival, que dejó escapar un quedo gemido de dolor—. No está mal, parece que la fama de estoicos de los Pueblos Rojos es cierta. Pero conseguiré quebrarla.

El mercenario se inclinó sobre su víctima sonriendo como un lobo, pasando sus armas por encima del cuerpo sin clavarlas, hasta que, de repente, una de las hojas se abatió con un siniestro silbido sobre la mano que aún conservaba intacta, clavándola al suelo de un fuerte golpe. De nuevo, un leve lamento que hizo que la sonrisa del guerrero se ensanchara en un gesto cruel, vengativo.

Tras limpiarlas, envainó sus armas y extrajo un cuchillo que utilizó para dejar una larga marca sobre el pecho del guerrero rojo que, estoico, no se inmutó por ello; después, el rastro escarlata se extendió por el rostro, las piernas…

Oyó sobre él un grito extraño, aterrador, que le hizo ponerse en pie de un salto y mirar al cielo: procedente de la parte noroeste del valle, una figura alada llegaba volando a una vertiginosa velocidad: a medida que se acercaba, pudo percibir la enormidad de su tamaño, las escamas en las que se reflejaban los rayos del sol, los cuernos que se proyectaban sobre una cabeza alargada, de apariencia entre serpentina y humana, con unos ojos rojizos, fijos, que parecían mostrar una extraña inteligencia, así como una enorme malevolencia... Su larga cola, acabada en punta, se movía inquieta a impulsos, como si se tratara de una especie de timón, mientras sus alas, de una gran envergadura, se movían apenas, planeando sin esfuerzo...

Se oyó un nuevo chillido mientras la criatura alada se acercaba a los dos hombres. Ante aquellos sonidos, Viss levantó con penoso esfuerzo la cabeza y tuvo un espasmo de terror al ver la silueta.

—¡No! —exclamó, su rostro demudado por el terror, la palidez extendiéndose con rapidez a medida que la sangre se retiraba de aquellos ajados rasgos—. ¡El pihas[14], no! ¡Ornay, si en algo estimáis el honor, no permitáis que caiga en sus garras! ¡Dioses, libradnos del pihas!

El mercenario miró hacia la criatura que se acercaba. Había oído comentarios en voz baja acerca de ella, sobre su origen y su instinto feroz, depredador, aunque no pensaba que llegaría a encontrarse jamás con una de ellas. Y sin embargo, en aquel valle, había al menos una.

Guardando el cuchillo, extrajo de nuevo sus espadas y se dispuso a defender su vida, sabedor de que en el mejor de los casos un combate en aquellas condiciones era un acto

---

[14] Pihas: feroz criatura alada que vive en las zonas montañosas, especialmente en el territorio de los Pueblos Rojos, donde provoca asiduamente grandes calamidades.

desesperado.

Con un formidable golpe de viento, el pihas pasó por encima de él a gran velocidad entre airados graznidos, propinando un fuerte golpe con una de sus garras al guerrero y arrojándolo al suelo a varios metros de distancia.

—¡Maldito! —gruñó Calet, recuperando la espada que había soltado y poniéndose en pie.

La bestia alada había dado una amplia vuelta, con los perversos ojos fijos en la ensangrentada figura del guerrero rojo, dispuesta a caer sobre él; mientras se acercaba, Viss comenzó a gritar, pidiendo ayuda al mercenario, rezando a los dioses por su salvación, mas todo ello fue en vano: a pesar de los intentos desesperados de Calet por evitarlo, las garras se cerraron con fuerza en torno al cuerpo del herido, arrancándolo del suelo y partiendo con él hacia las alturas.

Impotente, el guerrero vio cómo la monstruosa cabeza se volvía con mcabra agilidad hacia la vociferante figura que sujetaba y le lanzaba un tremendo mordisco que acalló la suplicante voz.

—¡Vuelve aquí, maldito! —exclamó colérico, agitando en vano las espadas—. ¡Ese hombre es mío, no puedes arrebatarme mi venganza!

Era inútil: el pihas se alejaba a gran velocidad entre graznidos triunfales en dirección noroeste, hacia un alto farallón que destacaba sobre el resto de las montañas que rodeaban el valle. Con un juramento a los dioses, Calet recogió sus cosas y montó, dispuesto a perseguir a la criatura hasta el fin del mundo si ello fuera necesario; de una u otra manera, obtendría su retribución...

La noche era oscura, la luna se hallaba velada por

tenebrosas nubes de tormenta... Con una fría brisa azotándole el rostro, el mercenario improvisó un campamento en una pequeña gruta en las estribaciones de las paredes del valle; comprobó que a los diez metros se cerraba, sin asomo alguno de grietas que pudieran conducir a una caverna mayor, para tener las espaldas bien cubiertas.

Antes de detenerse había tenido la precaución de asegurarse que el pihas mantenía la dirección inicial, una sombra funesta, enorme, planeando hacia su guarida...

El invierno estaba cercano, el frío comenzaba ya a extender su manto sobre la isla de Antilea, por lo que debía apresurarse en alcanzar a su presa antes de que comenzara la hibernación: durante la época blanca no se había visto jamás ninguna de aquellas aves, o lo que quiera que fuesen, lo que hacía pensar a los sabios que se trataba de criaturas de tipo reptilesco, de sangre fría, que debían dormitar durante esa estación y salir del letargo con los primeros calores de la primavera en busca de presas...

Como quiera que fuese, la sangre de Calet hervía en su interior, la rabia contra aquella criatura que le había arrebatado su venganza lo carcomía por dentro como una negra enfermedad; tras comer un poco de las viandas que llevaba en una bolsa, se dedicó con metódica calma, a afilar sus espadas de hierro; el ligero sonido chirriante de la piedra de amolar sobre el metal retumbaba en el interior de la caverna con tonos ásperos, creando resonantes ecos que salían al exterior multiplicados hasta la saciedad, mezclándose con los ruidos nocturnos y los pasos de alguien que se acercaba...

—Que Dan'Nan sea con vos.

El mercenario se levantó de un salto, aprestado para el combate, mirando hacia la entrada de la caverna en busca de quien había hablado: allí, recortada por la escasa luz, apenas visible, se erguía una figura inmóvil.

—¿Quién sois, y qué queréis? —demandó en tensa

espera.

—Dandral, comerciante de Mor Celac de camino a Mor Falkan —aseguró el desconocido—. Hemos visto el humo de vuestra hoguera, y hemos pensado que tal vez podríamos compartir hogar.

—¿Hemos? —dudó el guerrero con el ceño fruncido—. ¿Cuántos sois, por ventura?

—Mis dos hermanos, seis mercenarios y yo —explicó el comerciante—. ¿Qué opináis, señor? ¿Os avenís a pasar la noche con nosotros?

Durante unos momentos el silencio planeó sobre ambos; a medida que pasaba el tiempo se volvía más incómodo, la tensión parecía crecer... Calet se daba cuenta de que había de tomar una decisión rápida, o Dandral podría sospechar que fuera un fugitivo.

—Está bien —admitió con desgana, sentándose de nuevo y prosiguiendo con su monótona tarea—. Dejad vuestras cosas fuera, y pasad al interior a calentaros.

El comerciante pareció observarlo unos breves instantes. ¿Había sospechado algo? Cuando avanzó hacia la hoguera, el mercenario pudo contemplar un rostro joven, adornado con un fino bigote y una perilla, en el que brillaban, bajo una larga melena rubia, unos risueños ojos castaños.

—Desenganchad los animales y entrad aquí —anunció mirando hacia atrás—. Disculpad, señor... —sugirió, mientras se sentaba frente a Calet.

—Calet dar Gaur, guerrero de fortuna —aseguró el asesino con gesto desabrido, aunque casi de inmediato lo cambio por una expresión menos abrupta—. Disculpad mis maneras, suelo cabalgar en solitario...

Dandral lo miró durante un momento, estudiándolo con calma; su imagen de guerrero curtido no era lo que se dice tranquilizadora, mas, si en algún momento sintió temor, no lo dio a entender.

—Ya veo —admitió por fin con un leve suspiro—. Bien,

señor, entonces mantendremos las distancias si así lo deseáis.

En aquel momento el resto de la caravana entró en la cueva, saludando al mercenario con especulativas miradas.

—¿Cómo se os ocurre viajar solo por estos lugares y en estas fechas? —sugirió Dandral—. ¿Acaso no sabéis que éste es territorio del pihas, y que con el comienzo del frío sus ataques se vuelven más violentos hasta que desaparece en su guarida?

—Conozco a la perfección esa situación —aseguró Calet frunciendo el ceño al pensar en Viss—: hoy mismo me ha arrebatado a alguien, y he jurado hacérselo pagar.

—¿Vos solo contra un pihas? —se burló entre carcajadas uno de los hermanos de Dandral, un chico de apenas dieciséis años, tan rubio como él pero con la cabellera corta, lisa, bajo la que relucían unos ojos negros como el carbón—. ¿Creéis acaso que vuestras dos espadas van a poder enfrentar a semejante fiera?

Fuera se oyó, en la lejanía, el chillido del ser del que hablaban, como si su mera pronunciación fuese una invocación que lo atrajera hacia ellos; mas no hacía falta pensar en magia alguna, el humo y la luz del fuego y el sonido de la piedra contra el hierro se bastaban para llamar la atención de cualquier criatura de la zona...

—Está de caza —murmuró Dandral con un estremecimiento—. Quieran los dioses que no venga a por nosotros...

—Temo que vuestros rezos sean en vano —sugirió el mercenario con gesto ceñudo—. Nos hemos hecho muy notorios, podéis tener por seguro que tarde o temprano aparecerá por aquí —su rostro se ensombreció, mostrando una sonrisa maligna—. Y yo lo estaré esperando...

—Vos lo que sois es un loco —aseguró el otro hermano del mercader, de mediana estatura y rostro cetrino, en el que brillaban, bajo una mata de cabellos castaños claros,

114

unos ojos grises como el cielo del invierno—. Hermanos, deberíamos dejarlo a su suerte, ya que busca su funesto destino con tal empecinamiento. Recojamos nuestras cosas y avancemos hasta salir de este condenado valle.

—Tal vez tengas razón, Sadir —admitió Dandral con expresión pensativa, mientras contemplaba el rostro firme, decidido, de Calet—. Exponernos a un ataque del pihas es un suicidio; mas pensad también que es preferible que nos encuentre aquí, a resguardo, que no a la intemperie, donde dispone de todo el cielo para atacar... Si perdemos nuestras monturas, al menos conservaremos la vida.

—Yo no estoy dispuesto a quedarme sin caballo —aseguró el Desalmado—: no son éstas tierras para viajar a pie. Y además, cuando no dispongáis de animales que os ayuden a huir del pihas, éste os dará caza sin prisas, con letal paciencia, regodeándose en vuestro terror. No, debemos introducir aquí también a los animales...

Uniendo la acción a la palabra salió, espada en mano, en busca de su montura para conducirla a la caverna; no era ésta muy grande, animales y personas estarían muy apretados en su interior; mas si no deseaban servir de pasto al depredador alado, debían cuidar de sus posesiones en la medida de lo posible.

Vio un par de carretas, seis caballos y cuatro bueyes; no era una caravana muy grande, media docena de guardias para eso... Resultaba un poco exagerado, aunque por otra parte podía ser algo lógico y natural, a juzgar por los tiempos de bandidaje que corrían. Los animales se mostraban un tanto inquietos, notaban la cercanía de un peligro... Tras él, los mercenarios salieron de la caverna para recoger a los animales e introducirlos en el refugio.

Llevó a su montura al fondo de la cueva, acompañado por los demás, donde ató la rienda de cuero a una piedra. Los tres hermanos charlaban despreocupados mientras ubicaban como mejor podían a los animales.

—… están pensando en construir un templo a Dan'Nan mayor que el de Poseidonia —explicaba en aquel momento el hermano menor de Dandral.

—Eso es un sacrilegio —aseguró con fervor Sadir, masticando un trozo de carne—. Es una blasfemia pretender que el mayor templo a la Diosa esté fuera de la capital. Que H'ursk condene a esos traidores de Khoush[15], que el anatema de Psaidon caiga sobre ellos…

—No te dejes llevar por el fanatismo —le advirtió Dandral en tono irónico—: deja esos asuntos para aquellos a quienes pueda afectar. Puedes estar seguro de que los Manes no permitirán semejante desaire a su poder…

—¿Cómo se va a construir un templo mayor que el de Dan'Nan? —inquirió a su vez el hermano menor—. Si ya es muy grande, ¿no os dais cuenta de la envergadura de semejante obra? ¿Cuánta piedra haría falta?

—Pues se rumorea que también tienen proyectado el templo de H'ursk —sugirió Sadir con el ceño fruncido.

—Venga, dejadlo los dos —Dandral se echó a reír—. Sadir, Tedin, no os preocupéis de eso. Ya os he dicho que los Manes pondrán medidas para que esos templos no lleguen a construirse jamás. La gloria de Dan'Nan y de H'ursk está en Poseidonia, y en ningún otro lugar del mundo. La Garza y el Halcón vuelan sobre Khemt, bendiciéndola y protegiéndola contra cualquier amenaza.

—¿Y Antilea? —se chanceó Calet, interviniendo en la conversación—. ¿Antilea no merece la protección de los dioses tutelares del imperio?

—Por supuesto que sí —aseguró el mercader, intentando averiguar hasta donde pretendía llegar el guerrero—. ¿Por qué hacéis semejante pregunta, señor?

---

[15] Khoush: amplia región del norte de África, desde el Atlántico hasta el Mar Rojo, colonizada por Atlantis.

—Por ningún motivo en concreto, Dandral —aseguró con frialdad el mercenario, observando los gestos de recelo que mostraban los hermanos y los guardias, los intercambios de miradas...—. No pretendía ser blasfemo.

—Ya... —Sadir lo contempló con contenida ira.

—Creo que voy a dormir un rato —sugirió Calet estirándose—: avisadme en unas cuatro horas para hacer la guardia.

Se apoyó en la pared, dejando sobre su regazo la espada, y cerró los ojos; sospechaba que Dandral había descubierto su auténtica identidad o que pensaba que era un personaje extravagante, mas dudaba acerca del motivo de que se mantuviera callado al respecto. ¿Era miedo a que los matara a todos, o había detrás algún motivo más inconfesable? Los oía discutir en voz baja acerca de él, mas el mercader se mostraba firme al respecto: su identidad parecía a salvo... Debía tener cuidado con Sadir, el fanático religioso; no era una persona con la que se pudiera discutir sin llegar a las armas.

Poco a poco fue deslizándose en el limbo del sueño, despreocupándose de las personas que estaban junto a él: confiaba por completo en su instinto para prevenir cualquier amenaza...

Como de costumbre cada vez que se deslizaba en el mundo de los sueños, volvió a aparecer en una llanura muerta, marchita, sin hierba, con algún que otro árbol pelado, retorcido, que rompía la monotonía; la coloración rojiza, infernal, que parecía adquirir todo, daba al lugar un aspecto de irrealidad, de amenaza, que le hizo estremecerse...

—Bienvenido de nuevo, Desalmado —le saludó alguien a su espalda.

Sabía sin ningún género de dudas quién estaba tras él: se volvió pausado, encontrándose frente al hombre oscuro que lo acometía una y otra vez en sus pesadillas.

—Sois mío, Ornay —aseguró el desconocido con una torva sonrisa.

—¿Sabéis que vuestra insistencia empieza a ser desesperante y molesta? —sugirió el mercenario, aprestando sus armas—. No habéis sido capaz de vencerme en ninguno de nuestros combates, ¿por qué seguís insistiendo?

—Porque vuestro destino se funde con el mío —aseguró el hombre en tono tétrico—. Y porque en cada uno de nuestros encuentros consigo algo que me permite torturaros de forma aún más exquisita que la anterior, debilitar vuestra voluntad y aumentar mi poder en la misma medida.

"¿Podéis imaginar el placer que me produce veros sufrir? Ved, por ejemplo, a quien he tenido la fortuna de encontrar…

Apartándose, dejó ver tras sí a una mujer menuda, de formas rotundas, tez morena, curtida por el sol, y rasgos suaves en los que brillaban, bajo una larga melena azabache, unos espléndidos ojos castaños en los que se reflejaba una expresión ausente, como en trance.

—¡Itzai! —exclamó el guerrero, boqueando falto de aire por la sorpresa al encontrarse ante su mujer—. ¡No puede ser, estás muerta!

—Como podéis ver, está a mi cuidado —aseguró su oponente con gesto cínico—. Por el momento está bien, aunque nunca se sabe lo que puede ocurrir —dejó escapar una lúgubre carcajada—. ¿Deseáis que vuelva junto a vos, disfrutar de nuevo de su compañía? Es sencillo, sólo tenéis que entregaros a mí, igual que lo hizo ella…

—¡No! —gruñó Ornay, lanzando una estocada feroz al

pecho del hombre oscuro, atravesándolo de lado a lado. Su rival no pareció inmutarse—. ¡No permitiré que le hagáis daño! ¡Antes os mataré...

—En vuestra mano está su sufrimiento —aseguró el desconocido, sujetando con indolencia la hoja que tenía clavada y extrayéndola con estremecedora calma—. Entregadme vuestra voluntad y todo aquello que os fue arrebatado os será devuelto, podréis gozar de nuevo de la vida junto a quienes amasteis.

—No puedo creeros —aseguró, su firmeza tambaleándose ante la visión de la que fue su esposa; tras ella, un atisbo de movimiento le hizo fijarse en una figura oscura, sombría, que se acercaba a grandes zancadas a través de la llanura... No era capaz de distinguir sus rasgos, aunque algo en aquel porte le recordaba a alguien, le resultaba conocido...—. No. Sé que pretendéis engañarme, aunque no acabe de entender muy bien cuál es el fin que perseguís. ¿Mi voluntad? Jamás podrá ser vuestra, no mientras yo viva. ¿Acaso lo que pretendéis es verme muerto?

"Por supuesto, sólo de esa manera podría reunirme de nuevo con mi mujer Itzai. No, no puedo aceptar vuestras engañosas palabras, no admitiré vuestras añagazas porque sé que el pasado no puede volver...

—Entonces, necio sois —aseguró el hombre oscuro con una seca carcajada.

Agarró a la mujer por el cuello y la atrajo hacia sí, rodeándole el talle con su brazo; ella no alteró su expresión lo más mínimo, no se resistió...

—¡Itzai! —exclamó Ornay, fuera de sí—. ¡Maldito chacal, soltadla...

Se lanzó hacia delante, atacando con furia a su rival, lanzando una estocada al cuello desguarnecido, mas éste fue más rápido y se agachó, esquivando la espada, arrastrando consigo a la mujer e interponiéndola entre ambos.

—¿En verdad deseáis acabar conmigo? —el hombre oscuro insistía en mofarse de él—. Para ello deberéis pasar por el cadáver de vuestra mujer.

La rabia inundaba por momentos la mente del mercenario, roja ruina se extendía ante sus ojos, un velo de fría furia iba cegándolo, apoderándose poco a poco de él... Se aprestó para saltar en una acometida salvaje mientras, a su alrededor, una espantosa cacofonía de lamentos y gemidos se alzaba desde el suelo, bajaba desde el cielo, envolviéndolo en una negra mortaja de desesperación...

Despertó en medio de una estrepitosa barahúnda, con los animales mugiendo y relinchando de terror, y los hombres con sus armas en la mano gritando desaforadamente... Se levantó de un salto aferrando con fuerza las espadas, mirando a su alrededor en busca del motivo de semejante pandemonium. Y lo que vio lo dejó helado...

En la boca de la cueva, unos ojos rojos como el fuego del Halasna los contemplaban con una pavorosa malevolencia, con una nefanda fijeza que irradiaba un terror casi palpable... La cabeza, tan grande como la de un caballo, vista de cerca a la luz de la hoguera, mostraba unos rasgos reptílicos, aunque algo en ellos parecía indicar una cierta humanidad, como si aquella cosa fuese un extraño híbrido entre el ave, el reptil y el ser humano; sobre una testa lisa, escamosa, sobresalían los cuernos que, vistos de cerca, recordaban a los del alce, aunque más sencillos y redondeados. El hocico, alargado como el de un equino, se abría en una inconmensurable negrura repleta de grandes colmillos curvados hacia dentro, afilados como espadas...

No parecía tener interés alguno en entrar, se limitaba a mantenerse inmóvil cual pétrea estatua a la entrada de la caverna, en apariencia esperando a que sus presas salieran a entregarse sumisas; dejó escapar un quedo graznido de gozo, mientras saltaba hacia atrás cada vez que veía avanzar hacia él a alguno de los hombres enarbolando su temblorosa arma, el miedo danzando de forma alocada en sus expresiones, amenazando con envolverlos en la insania más absoluta...

—Parece que nos tiene miedo —sugirió Dandral, contemplando con un estremecimiento a la criatura—. Vamos a por esa cosa.

—No seáis loco —le advirtió uno de los mercenarios—. ¿No os dais cuenta acaso que está jugando con nosotros?

—Haced caso a vuestro sicario —sugirió Calet, adelantándose hacia la salida de la cueva—: no pretende pelear, está buscando comida fácil. No tiene hambre, esta tarde ya ha conseguido una presa —su rostro se endureció—, así que ahora, y hasta que vuelva a sentir necesidad, tiene todo el tiempo del mundo para disponer de nosotros.

"Si no salimos a luchar nos conseguirá por hambre; y si salimos, el cielo es su terreno y nos despedazará a conciencia, así que la única conclusión posible es que estamos perdidos...

Sin mirar atrás, alzó sus espadas y se lanzó contra el pihas, que batió las alas y se elevó un poco, manteniéndose fuera del alcance del mercenario con un graznido con el que parecía burlarse de aquellas patéticas criaturas que habían entrado en su territorio.

—Y me llamaba loco a mí... —gruñó Dandral, observando los inútiles esfuerzos que el guerrero hacía para intentar alcanzar al monstruo—. ¿Qué pretende?

—Tal vez darnos la posibilidad de escapar —sugirió Sadir, sin moverse de su sitio.

—No disponemos de tal posibilidad —aseguró otro guardia—. El pihas no nos va a permitir huir: dejará tranquilo durante un momento a ese mercenario para perseguirnos y después de haber dado buena cuenta de nosotros volverá a por él...

—¿Entonces? —inquirió Tedin quejumbroso—. ¿Vamos a morir, hagamos lo que hagamos?

—Sí, pero al menos deberíamos morir como guerreros, no como ratones; al fin y al cabo, eso es lo que está haciendo Calet dar Gaur, aunque esa maldita cosa le esté privando incluso de tal destino —sugirió Dandral dirigiéndose al lugar del combate—. ¿Acaso ninguno de vosotros dispone de arco? —demandó desdeñoso a sus hombres.

—Sí, yo... —aseguró uno de ellos, un joven de unos veinte años con la cara llena de pecas—. Al ver al pihas no fui capaz de pensar en nada que no fuera la hora de mi muerte, el miedo más cerval encogió mi corazón...

—¡Cobarde! —le espetó el mercader con gesto furioso, aunque entendía sin duda alguna los sentimientos del joven: el temor al pihas estaba arraigado a gran profundidad en el alma de los habitantes de aquella región; sin embargo, comprendió que, de alguna manera, debía dar ejemplo si pretendía que sus acompañantes reaccionaran—. ¿Para qué llevas un arma que no usas? ¡Ahí tienes una pieza en la que clavar tus flechas! —señaló a la enorme criatura a la que se enfrentaba Calet.

Con un exagerado temblor en las manos, el hombre recogió el arma y se colgó el carcaj a la espalda, tensando una flecha mientras apuntaba al inmenso corpachón que volaba sobre el guerrero que se le enfrentaba sin temor alguno...

El dardo rebotó sobre la dura piel, lanzado sin apenas fuerza; ante aquello, Calet lanzó un gruñido de desprecio, mientras esperaba a que el pihas descendiera a por él.

—¡Maldito necio! —exclamó Dandral, arrancando el arma del joven y empujándolo para que se hiciera a un lado—. ¡Dame las flechas!

De un tirón arrancó el carcaj de los hombros del guardia, que sollozaba en el suelo, sin atreverse a levantar la cabeza. Sus lamentos hicieron que el mercader se irritara aún más, arrojando a sus pies las saetas mientras ponía una rodilla en tierra.

Apuntó con sumo cuidado a la cornuda testa, esperando poder ayudar al guerrero; la flecha voló rauda, rozando el hocico y perdiéndose en el vacío.

—¡Maldición! —gruñó furioso, recogiendo otro dardo.

Esta vez, la flecha se incrustó sin dificultad en el voluminoso pecho, arrancando un graznido de dolor a la criatura, que volvió sus demoníacos ojos rojizos hacia él, haciendo que la sangre se helara en sus venas y un profundo terror recorriera su cuerpo… El arco cayó al suelo abandonado por unas manos exánimes, sin fuerza, mientras el hombre, hincando las rodillas, hundía la cabeza entre los hombros en un gesto de desesperación.

—¡Por los dioses! —exclamó Calet, mientras observaba la escena con el rabillo del ojo; todos estaban paralizados por el pavor, nadie podía resultarle de ayuda para combatir a aquella criatura… Al ver el arco y las flechas desparramadas por el suelo, una idea cobró forma en su mente.

Entró de un salto en la cueva y se dirigió hacia los mercaderes, colgando sus espadas tras sus hombros; detrás de él, los graznidos de irritación de su enemigo le demostraban la feroz ansia de carne humana que lo consumía… A pesar de todo, la inteligencia de la criatura se imponía a sus instintos: el flechazo, aunque no le había hecho apenas daño, le había demostrado que aquellos insectos eran más peligrosos de lo que había esperado, y la estrechez de la caverna restringiría sus movimientos si entraba en ella, atándola a la tierra y haciéndola vulnerable a los ataques de las hojas... Se mantuvo fuera, aleteando para mantenerse en el aire, observando maligno al hombre que se agachaba y recogía el arco; por un momento estuvo a punto de lanzarse en raudo movimiento para cazarlo por la espalda y acabar con aquel molesto problema, mas si no conseguía atraparlo a la primera podría encontrarse en una situación muy peligrosa para él.

Calet se volvió aprestando una flecha y apuntando al pihas: no era un buen tirador, por lo que optó por clavar dardo tras dardo en el inmenso corpachón, con la idea de debilitar al animal y obligarlo a bajar a tierra o huir.

La primera saeta se clavó en el pecho, arrancando un graznido de molestia de su rival, quien, al sentir aquel nuevo aguijonazo, decidió elevarse y situarse por encima de la boca de la cueva, a la espera de que aquellos seres salieran a enfrentarse a él a cielo abierto o los agotara el hambre: si poseía una virtud ésa era la de la paciencia, una infinita paciencia sólo domeñada por la irrefrenable sed de muerte y destrucción que anidaba en su oscuro cerebro...

El mercenario se dio cuenta de la terrible situación en la que se encontraban: el pihas parecía invulnerable a cualquier flechazo, a no ser que lo alcanzara en la cabeza; mas eso era en extremo difícil, y más aún teniendo en cuenta su escasa habilidad con el arco. Con un reniego arrojó el arma al suelo y se volvió hacia sus compañeros de campamento, que permanecían aún aterrorizados contemplando la entrada de la cueva con expresión ida...

—¡Condenados cobardes! —exclamó, zarandeando a Dandral—. ¿Qué pasa con vosotros? Sólo es un animal, podemos vencerlo si nos unimos...

—No, el pihas es mucho más que eso —aseguró Dandral con voz átona—. Es poco menos que un demonio, una criatura surgida de lo más profundo del Halasna...

"Si tú lo hubieras visto arrasar un pueblo como yo...

Eran un centenar de habitantes y sólo sobrevivieron veinte, porque huyeron a las montañas a esconderse mientras los guerreros mantenían a raya al monstruo... Ni esconderse en las casas resultaba una opción segura, pues arrancaba los tejados de madera y paja sin el más mínimo esfuerzo...

"No podemos hacer nada, estamos condenados. Sus ojos... El fuego del Halasna vive en su maligna mirada, es un demonio enviado por Sat'Hai[16] para castigar a los impuros...

Calet los dejó por imposibles: estaba claro que no podría contar con ellos para nada, que tendría que entendérselas él solo para enfrentarse y derrotar a su enemigo. Ya no se trataba de una cuestión de venganza, aunque tal idea seguía muy presente en su mente: ahora era supervivencia, pura y simple supervivencia. ¿Qué podía hacer para vencer a semejante criatura?

Los rescoldos de la hoguera le dieron una idea: recogió unas telas y los mojó con el licor que solía llevar en sus viajes, un fortísimo aguardiente; a continuación envolvió con ellos varios astiles de flechas, justo detrás de las cabezas de hierro, y se acercó a la entrada de la cueva, clavando cada una de las puntas en el suelo para disponer de ellas con facilidad. Trasladó con cuidado los rescoldos junto a las saetas, y los avivó hasta conseguir una amplia llamarada.

Aprestó una de las flechas y acercó el tejido al fuego: en cuanto prendió, salió al exterior y buscó con la mirada al pihas, que lanzó un feroz graznido de perverso gozo al ver aparecer a una de sus presas.

Apenas apuntó: el monstruo estaba tan cerca que podía alcanzarlo en el cuerpo, posado sobre un saliente de la roca,

---

[16] Sat'Hai: dios oscuro de la religión atlante, reverso de H'ursk el Halcón.

por lo que tensó la cuerda y la soltó de manera precipitación, dejando que el aire avivara el fuego del astil.

Mientras el proyectil se clavaba en la dura piel, Calet saltó al interior de la cueva en busca de otra flecha que prendió de inmediato, disponiéndose a salir de nuevo. Tras él, un sordo golpe le advirtió que la criatura había bajado de la ladera, graznando con furia y miedo al sentir el calor del fuego...

—¡Ya te tengo, maldita cosa! —exclamó mientras se daba la vuelta y lanzaba otro flameante dardo a ciegas, que se clavaba junto a la saeta que le había enviado Dandral—. ¡Ya eres mío!

Una a una, lanzó todas las flechas que había preparado, haciendo que el pihas graznara de dolor y rabia e intentara entrar a por el necio que lo molestaba de aquella manera; toda su paciencia, toda su inteligencia, se desvanecieron en medio de una nebulosa de dolor y odio que lo consumieron en una llamarada de salvajismo.

—¡Por fin! —exclamó Calet, dejando de lado el arco y descolgando sus espadas para enfrentarse a aquella tremenda criatura—. ¡Ya eres mío!

Se lanzó hacia delante en un remolino vertiginoso, tratando de alcanzar a su enemigo en la cabeza, mientras el fuego iba haciendo su trabajo de forma certera, lamiendo las escamas, penetrando en el interior del animal a través del astil de las flechas...

Aunque al principio intentó despedazar al mercenario con sus poderosas mandíbulas y garras, el pihas acabó al fin por desistir y retrocedió tratando de salir de la caverna mientras el guerrero lo acometía sin piedad una y otra vez, tajando y golpeando, haciendo saltar escamas y piel, en medio de una infernal algarabía de chillidos humanos de terror y graznidos de dolor, miedo y furia... Al cabo consiguió salir al exterior, esquivar a aquel humano que se le enfrentaba temerario, y echar a volar para alejarse y reponerse del dolor que le habían causado; sin embargo, las flechas flamígeras le habían hecho más daño de lo que había supuesto y se derrumbó con pesadez, en medio de una espesa polvareda levantada por sus desesperados aleteos.

Calet se abalanzó de nuevo sobre él, medio cegado por aquella nube de polvo, dando tajos a ciegas, buscando a su enemigo a base de estocadas, hasta que por fin, a medida que se disipaba la nube, comenzó a verlo.

A partir de aquel momento, el combate se volvió más encarnizado: en terreno abierto, aunque no fuera capaz en aquel momento de elevarse, el pihas era un monstruo muy peligroso, y lo demostró con creces haciendo retroceder al guerrero contra la pared de roca; sentía que la fuerza se le escapaba con inexorable lentitud, que aquella cosa roja que lo consumía por dentro provocándole un sufrimiento extremo iba a ser su verdugo final, por lo que abandonó toda precaución y se lanzó en una embestida homicida a aniquilar a su torturador, a llevárselo con él...

Mientras se defendía de los feroces ataques de la criatura, el mercenario creyó que su hora había llegado, que su venganza quedaría inconclusa y los asesinos a los que perseguía seguirían disfrutando de una vida larga y provechosa... Aquella idea le hizo hervir la sangre y sacar fuerzas de algún lugar ignoto de su alma, asestando un formidable tajo en una de las patas de su rival que hizo que éste se derrumbara de lado con un agónico graznido de dolor; en ese preciso momento, una de las alas lo golpeó con fuerza, arrojándolo a unos metros de distancia; aterrizó entre las piedras con un impacto que le hizo estremecerse de dolor, sintiendo que al menos un par de costillas se le habían partido...

Calet se puso en pie con trabajoso esfuerzo y recogió sus armas, mientras contemplaba frío, impasible, cómo el pihas intentaba alzarse una y otra vez, sin poder conseguirlo a consecuencia de la tremenda herida de la pata.

Cojeando de manera ostensible se dirigió hacia el monstruo, que lo observaba con los rojizos ojos llameantes de odio, acechándolo, esperando a que se pusiera al alcance de sus mandíbulas...

—¡Por mí! —exclamó con furia, esquivando un bocado y atravesando las duras escamas del hocico de una estocada—. ¡Por Viss! —alzó de nuevo el arma y golpeó con dureza sobre la testa, mas esta vez el hierro se deslizó a todo lo largo del cráneo dejando apenas una marca—. ¡Por todos aquellos a los que has destruido, criatura maldita!

Esta vez dirigió sus armas a los ojos del animal, que los cerró con fuerza esperando que sus duras escamas aguantaran la acometida, mas fue en vano: los hierros penetraron sin apenas resistencia, arrancando grandes borbotones de sangre y provocando la muerte instantánea de la criatura al llegar las hojas al cerebro, que sintió una explosión de cegadora luz atravesando sus confusos sentidos, llenándolo de un amargo dolor agónico, antes de exhalar el estertor final.

Las convulsiones del pihas arrancaron las espadas de las cansadas manos del guerrero, que intentó apartarse para que no le alcanzaran los violentos coletazos o los latigazos de los miembros, mas fue en vano: una garra le dio de refilón en la cabeza, tirándolo de espaldas al suelo. Sintió que la negrura lo envolvía, que lo acariciaba seductora, arrastrándolo a un pozo sin fondo...

No tenía ni idea de cuánto tiempo había permanecido sumido en la inconsciencia: al abrir los ojos comprobó que aún era de noche, aunque parecía que por el este comenzaba a surgir un ligero resplandor que delataba al cercano alba; volvió la cabeza a un lado y a otro, intentando recordar los últimos momentos vividos, hasta que sus ojos tropezaron con la inerte mole del pihas; a su mente afloraron las imágenes de la ignominiosa muerte de Viss, de su feroz lucha con el monstruo, de los mercaderes...

¿Qué habría sido de Dandral y los suyos? Se levantó con esfuerzo, sintiendo el peso del combate en sus cansados huesos, y se dirigió al enorme cadáver para recuperar sus espadas; después, sus laboriosos pasos se encaminaron a la cueva, asomándose al interior: los mercaderes y sus guardias se hallaban acurrucados unos junto a otros, junto a los animales, en un estado de terror tal que parecían incapaces de moverse...

Calet se acercó a ellos y, con un gesto brusco, agarró a Dandral por el brazo, tirando con rabia de él, arrastrándolo tras sí para sacarlo del reducido escondite y ponerlo frente al muerto engendro.

—Compruébalo por ti mismo, Dandral —sugirió con gesto desganado el mercenario—: el pihas sólo es un animal; por muy salvaje que sea, por muy grande que sea, siempre puede ser derrotado si se medita lo suficiente en ello...

Los ojos del comerciante se abrieron como platos a la vista de aquel enorme corpachón sin vida, el miedo pugnando con el asombro... Poco a poco, una expresión de furia, de exacerbada rabia, fue apareciendo en el fondo de su mirada, hasta el punto de que, en una repentina y violenta explosión, con un salvaje aullido de desatada cólera, desenvainó su arma y se abalanzó sobre el cadáver, golpeándolo y sajándolo como un auténtico poseso, la locura poseyendo cada uno de sus actos...

—Pobres necios —murmuró Calet, mientras daba la espalda a la espantosa carnicería que se estaba produciendo y se dirigía de nuevo a la caverna en busca de su caballo—, siempre temerosos de un ser al que podían haber eliminado hace tiempo... Tienen suerte de que las costumbres del pihas sean solitarias...

Recuperó su montura y se encaminó hacia Mor Celac. Aunque la venganza sobre Viss se le había escapado por culpa de aquella malhadada bestia voladora, aún le restaban tres presas por localizar: Rekor, Tibar y Augon. Cuando los encontrara, podría por fin acabar con el objetivo que se había trazado... Y, en algún lugar oscuro, una figura maligna se regocijaba, en la esperanza de que más tarde o más temprano el mercenario caería en sus manos...

GUERREROS DE UN MUNDO OLVIDADO

E l hombre oscuro lo acosaba una y otra vez en sus pesadillas, utilizando a su esposa Itzai para atormentarlo… No entendía con exactitud qué era lo que pretendía aquella sombra con sus intentos de derrotarlo, con aquellas repetitivas y enigmáticas palabras, insistiendo en que se entregara a él… ¿Acaso su intención era convertir al guerrero en un paladín de la negrura? Aunque la amargura, la rabia, llenaran su corazón con una ponzoña que le impulsaba a las mayores atrocidades, él no pretendía otra cosa que cumplir una venganza postergada: cuando lo consiguiera, ya se plantearía en qué dirección debía enfocar su nuevo rumbo.

Veía también algo más, una figura sombría que se acercaba, aunque permanecía en todo momento tan fuera de su alcance como para no poder distinguirla; su actitud, su porte, le resultaban conocidos, aunque no llegaba nunca a averiguar de quién se trataba…

Siempre, de modo incomprensible, despertaba con la sensación de haber perdido algo de sí mismo durante aquel tiempo en las llanuras de sus sueños. ¿Por qué? ¿Acaso aquel hombre con el que combatía una y otra vez, le iba robando de manera inexorable su energía, su alma?

Aquella noche no había sido distinta: despertó envuelto en el ya acostumbrado frío sudor, mirando a su alrededor en busca de un enemigo al que combatir, mas nada vio aparte de una pequeña habitación con una aspillera por ventana que no fue capaz de reconocer en el momento, aunque al cabo de unos instantes recordó que se hallaba descansando en la posada "El Jabalí Negro", de Mor Celac, al norte de Antilea.

Había llegado ese día, agotado y herido, aunque no de gravedad, tras atravesar un valle cercano dominado por el legendario pihas, la gran criatura alada demoníaca, salvaje, feroz… Tras ímprobos esfuerzos había conseguido acabar con la vida de aquel monstruo, mas todo aquello le había cobrado un alto precio, por lo que necesitaba descansar y cuidarse en condiciones.

Al parecer le guiaba una buena estrella, pues tuvo la fortuna de tropezarse con una caravana que acudía a Mor Celac desde Mor Dairu, contratada por una comerciante que lo había recogido y lo había curado de forma altruista, vendando las heridas hasta que encontrara un sanador.

Había sido llevado al templo de los dioses, donde una sacerdotisa le había estado curando lo mejor que pudo todo el daño que había sufrido en su enfrentamiento con el endriago alado, y después de unos días yaciendo entre delirios y fiebre había vagado por la ciudad, localizando aquella posada en la que había pagado comida, bebida y alojamiento para al menos un par de noches...[17] Mientras tanto, había dado aviso a la guardia acerca de la caravana que había quedado atrapada por sus propios miedos en el valle del pihas.

Y ahora, incapaz de volver a conciliar el sueño, se sentó en el borde de la cama, meditando acerca de esas dichosas pesadillas y de su significado... ¿Por qué aparecía su mujer? ¿Por qué ese empeño del hombre oscuro en apoderarse de él? Tal vez todo aquello no fuera otra cosa que el reflejo de su negra alma...

No pudiendo dormir, pensó que lo mejor sería salir a dar una vuelta: tal vez si se despejaba un poco... Incluso podría tener la fortuna de dar con alguno de los mercenarios que andaba buscando...

Mor Celac no era demasiado grande, en un par de horas la recorrió de una esquina a otra, cruzándose con gente apresurada, los soldados de la guardia nocturna que lo observaron con severo recelo, gentes de los bajos fondos dedicadas a sus tareas habituales de mendicidad, robo o asesinato... en nada de todo aquello se metió: le resultaba por completo indiferente.

Hasta que, por fin, decidió regresar a un lugar por el que había pasado un rato antes, una vivienda con una cabeza de tigre grabada sobre el dintel de la puerta. Miró a su alrededor, y se apostó en una esquina desde la que veía sin dificultad la entrada al edificio; cerca de allí, una mujer

---

[17] Aunque pueda parecer sorprendente, las reglas no escritas en los templos de Dan'Nan y H'ursk especifican claramente que el anonimato y la privacidad son un tesoro de los visitantes o heridos que entran en tales lugares: ningún sacerdote o sacerdotisa tiene derecho alguno a examinar los pertrechos con que llegan, como mucho limpiar la ropa y poco más. El castigo por vulnerar esta norma suele ser la expulsión del templo y, según los casos, incluso la muerte.

rolliza, de larga cabellera rubia, mostraba sus encantos intentando atraer clientes; al verlo se le acercó contoneándose, con una amplia sonrisa de complacencia...

—Buenas noches, capitán —le saludó obsequiosa, los ojos negros brillándole de pura lujuria—. ¿No os apetecería disfrutar de los encantos de la noche? Por tan sólo una moneda de hierro...

—Señora, esta noche no deseo conocimiento carnal —le advirtió serio el guerrero—, tengo otras tareas pendientes. Cuando esté presto a ello, os lo haré saber a vos o a alguna de vuestras compañeras. Y sobre todo —su rostro se ensombreció—, no soy capitán, así que no os molestéis en intentar engatusarme con vuestros... discutibles encantos.

—¡Vaya con el noble! —se encrespó la mujer, molesta—. ¿Acaso buscáis por ventura un efebo? Por un módico precio puedo indicaros un lugar donde encontrarlo.

—Ya os he dicho, señora, que no busco satisfacer lujuria —insistió el mercenario frunciendo el ceño—. Dedicad vuestras atenciones a otros, pues yo estoy ocupado...

Dando la espalda a la mujer y sus imprecaciones, Calet sonrió sardónico y se dirigió a la casa del tigre, llamando a la puerta con toques quedos. En la madera se abrió un pequeño panel, dejando a la vista unos pequeños ojos azules, entrecerrados en actitud de sospecha, que lo observaron con suma atención.

—¿Quién sois y qué deseais? —demandó una voz nasal.

—Mi nombre es Calet dar Gaur, y deseo hablar con vuestro señor —explicó el guerrero.

—El ama Entiar no puede atender a nadie a estas horas —le advirtió el hombre del otro lado de la puerta—. Volved por la mañana y seréis atendido.

—Entonces, decidle que Calet el mercenario desea ofrecerle sus servicios.

Se volvió y se alejó del lugar bajo la escrutadora mirada del hombre, volviendo sobre sus pasos hacia la posada en que se alojaba…

Unos golpes en su habitación lo sacaron del sopor en el que se hallaba; estirándose como un gato, recogió una de sus espadas y abrió la puerta, encontrándose ante el tabernero, a quien acompañaban tres guardias con los colores de la ciudad.

—Señor, hay aquí unos soldados que dicen tener un mensaje para vos —explicó con obsequiosa amabilidad el hombre, mientras se frotaba nervioso las manos entre miradas huidizas a uno y otro lado.

—¿Vos sois Calet dar Gaur? —inquirió un hombre alto y delgado, apartando de un empujón al mesonero—. ¿Sois por ventura quién acabó con el pihas del valle del Sur?

—Supongo que así fue —admitió el hombre, retrocediendo con cautela en busca de sus ropas—. ¿Qué quiere la guardia de la ciudad de mí?

—Los Doins desean veros, señor Calet —le informó una mujer corpulenta—. Debéis acompañarnos a su presencia.

—¿Debo? —sugirió el guerrero frunciendo el ceño—. ¿Acaso no tengo la elección de negarme a ello?

—Nuestras órdenes son acompañaros al palacio de Mor Celac —le advirtió el primer soldado—. Por tanto, debemos sugeriros que no os resistáis.

—¿He de entender, entonces, que me lleváis preso?

—Tomadlo como queráis o debáis, señor —le advirtió la tercera guardia, una mujer menuda, de largo cabello negro, con la constitución fibrosa de un lobo; al fijarse en ella, el mercenario se dio cuenta de que en un combate sería de seguro el enemigo más peligroso de aquellos tres—. Nuestras órdenes…

—Sí, sí, ya lo sé —le cortó de modo abrupto Calet, encogiéndose de hombros—. Está bien, nada pierdo con acompañaros; mas si ésta es una celada, por la Diosa que junto a mi cabeza rodarán muchas más —auguró de manera tajante—. Permitidme al menos presentarme ante los Doins aseado y vestido...

Cuando hubo dispuesto sus cosas, salió de la habitación: de inmediato, la mujer menuda se situó a su espalda, mientras los otros dos guardias se colocaban cada uno a un lado, en una disposición que al mercenario le molestó sobremanera. Tal parecía que había cometido algún crimen, mas, ¿cuál podía haber sido? ¿Eliminar a una alimaña como el pihas?

Durante el paseo a lo largo de la ciudad la gente se quedaba mirando sorprendida el insólito cuadro: los tres soldados rodeando a Calet con expresiones impasibles, mientras el mercenario, con una insólita apostura a pesar de los estropeados ropajes en los que se envolvía, daba la sensación de estar muy por encima de ellos, como un andrajoso noble escoltado por sus guardias o un tigre entre chacales.

Por fin llegaron al palacio: en realidad, calificar como tal aquella vivienda era poco menos que presuntuoso, pues no pasaba de ser una gran vivienda de dos plantas en granito, sobria en su estilo, con los gallardetes de la casa de Mor Celac colgando flácidos en un día en el que no corría el más mínimo soplo de aire, tan sólo un frío que penetraba en el cuerpo como un helado cuchillo...

Los guardias que se encontraban protegiendo las grandes puertas dobles abiertas miraron a Calet de hito en hito mientras pasaba entre ellos, los puños cerrados en tensión; mas se relajaron al comprobar que el hombre no hacía el más mínimo movimiento hostil.

Cruzaron un amplio vestíbulo y subieron a través de unas pequeñas escaleras a una terraza que daba la vuelta completa al vestíbulo; una vez allí, avanzaron hasta una arcada protegida por un grupo de soldados y se detuvieron.

—¿Qué hacéis aquí? —les interrogó torvo el que parecía el capitán, un sujeto de aspecto duro, con una cicatriz en el rostro que le partía el ojo izquierdo—. ¿Quién es este sujeto?

—Los Doins nos han enviado a buscarlo —explicó la capitana adelantándose—. Es el mercenario del que todo el mundo habla, el que acabó con el pihas del valle de Harman.

—Ah, ¿éste es el hombre? —se mofó su interlocutor, mirando de arriba abajo al guerrero—. No parece nadie especial, yo diría que está mintiendo...

—¿Por qué dices eso, Corval? —inquirió la capitana con gesto hosco.

—Porque como bien sabes, mi querida e ingenua Ternai —explicó paciente el hombre de la cicatriz, sonriendo a medida que la faz de la mujer adquiría un fuerte tono purpúreo—, un hombre solo no es capaz de matar a una criatura como ésa: la última vez que lo intentamos perdimos diez guardias en el empeño.

—Pues no es eso lo que dice Dandral... —aseguró furiosa la morena guardiana.

—Lo encontraron, junto con el resto de la caravana, en un estado demasiado lamentable como para poder decir nada comprensible —aseguró Corval derrochando ironía, aunque al instante su rostro se torció en un gesto pensativo—. Aunque he de reconocer que ninguno de los integrantes había muerto y el cuerpo del monstruo estaba allí, acribillado a estocadas por todas partes...

"No sé qué pudo ocurrir, mas no puedo creer que un solo hombre haya hecho eso.

—Piensa lo que quieras, Corval —le advirtió con severidad Ternai—, pero el hecho es que los Doins me han mandado buscar a este hombre —señaló a Calet—, y me están esperando.

—Muy bien, pasa —aceptó desdeñoso el capitán, sonriendo con abierto cinismo y apartándose del camino de la mujer.

El grupo entró en una amplia estancia, abierta al exterior por amplios ventanales que permitían que la luz se derramara con generosidad sobre una decoración sobria a la par que elegante, con hermosos tapices y cortinajes en las paredes; en el centro de aquella habitación, dos tronos idénticos, tallados cada uno de ellos en una pieza de mármol blanco, indicaban que aquélla era la sala de audiencias.

Los gobernantes de la ciudad se hallaban cada uno junto a su sitial, hablando entre ellos hasta que aparecieron Calet y los guardias, momento en que volvieron sus miradas hacia el grupo y lo examinaron con detenimiento.

—Señor Daeral, Señora Ashura, os presento a Calet dar Gaur, el hombre que mató al pihas de Harman —explicó Ternai con una reverencia.

El mercenario inclinó apenas la cabeza en señal de reconocimiento sin decir una palabra; el Doin torció el gesto, desaprobador, ante aquella aparente muestra de desprecio hacia las formas.

—¿Vos sois entonces el hombre que ha liberado la región de Mor Celac? —inquirió el Señor de la ciudad con semblante adusto; de estatura mediana y complexión fuerte, la buena vida había reblandecido sin duda alguna sus músculos y convertido la dureza de un antiguo soldado en grasa; sus rasgos, de aparente origen khemita[18], eran afilados, duros, en los que brillaban, bajo una larga melena oscura, unos ojos grises acerados.

---

[18] Khemita: referente a la isla atlante de Khemt, la principal y más cercana al continente europeo.

—Sí, señor —admitió el guerrero en tono conciso—. Mas no es algo de lo que deba ufanarme, tan sólo defendí mi vida y pagué una deuda pendiente.

—Veo que sois modesto —advirtió Ashura, impasible; también de talla media, era de complexión fuerte y formas generosas; sus rasgos, morenos, eran suaves, redondeados, en los que relucían unos grandes ojos oscuros bajo una media melena lisa y negra como la pez—. ¿Sois en verdad tan bueno como se cuenta, o tan sólo nos encontramos ante un jactancioso guerrero?

—Señora, me ofenden vuestras palabras —se soliviantó Calet mirándola con fijeza: algo en aquella mujer, en su porte, le resultaba ajeno al lugar, aunque no conseguía precisar con exactitud qué era—. Si necesitáis una demostración de mi valía, no tenéis más que solicitarla.

—Tal vez sea necesario antes de continuar con esta conversación —le advirtió la mujer en tono seco, mientras se sentaba en su trono. Observó a los tres guardias que le acompañaban, e hizo un gesto con la cabeza; al instante, el soldado del grupo se retiró de la estancia—. Si en verdad sois capaz de acabar vos solo con una criatura como el pihas, debo suponer que no tendréis demasiados problemas con tres guardias.

—Depende de la habilidad de vuestros hombres —sugirió el mercenario, descolgando de sus hombros las espadas—. Decidme cuál es vuestra prueba.

—Esperad unos momentos y no seáis tan impaciente —le contuvo la Doin—. Veo que además sois arrogante.

"En esta ciudad no hay crimen, está controlado sin paliativos, tenemos la potestad de los Manes para decidir cómo hemos de castigarlo —su voz se endureció—; sabemos que aún quedan ladrones y asesinos por capturar, se han escondido a conciencia, mas podéis estar seguro de que terminarán apareciendo. Los delitos de sangre se pagan con la muerte.

"Por eso, vuestra demostración no será a espada, sino a madera...

—¿Espadas de madera? —se quejó el guerrero—. ¿De nuevo ese tipo de prueba? Señora, os ruego que me permitáis usar mis armas. Prometo que intentaré evitar en lo posible la sangre...

—La mejor manera de conseguir eso es no usar las hojas de hierro —le interrumpió molesta la mujer—. Entregadlas ahora mismo. Se os devolverán cuando se haya comprobado vuestra valía.

—Señora Ashura, a lo que veo sois una mujer de excepcional valía —admitió Calet con una reverencia y una leve sonrisa sardónica—. Parece que, en efecto, merecéis vuestro título de Doin, mas debo advertiros algo.

Observó a la mujer mientras entregaba sus armas a Ternai.

—Vuestro empeño en conseguir que esta ciudad sea un lugar por completo seguro es muy loable —explicó—, mas se tropieza con un escollo insalvable: por más que lo intentéis, por más que os esforcéis, esa corrupción que pretendéis combatir siempre estará ahí en mayor o menor medida. Mientras exista la pobreza, problema que vos no podéis esperar solucionar a pesar de vuestros desvelos, existirán aquellos que busquen la manera de esquivarla, sea por medios lícitos o ilícitos; y por cada uno de ellos que consigáis atrapar o ejecutar, surgirán otros nuevos que harán que os desesperéis.

"También habéis de tener en cuenta la corrupción que a buen seguro habrá a vuestro alrededor, envolviéndoos como un áspero manto que sólo en ocasiones sois capaz de apartar, una situación en la que recibiréis presiones de todas partes... El poder es algo que consume la honestidad de la gente, y que conlleva una serie de actuaciones que no siempre son demasiado correctas.

Vio cómo el rostro de la Doin adquiría un fuerte tono

carmesí, mientras sus labios se apretaban y su gesto se torcía en una fría expresión de furia.

—¿Cómo os atrevéis a hablar así a una Doin? —exclamó el Señor de Mor Celac encolerizado—. ¡Guardias...

—No —le contuvo su consorte—. No, Daeral, dejadlo estar: al menos podemos agradecer que sea sincero.

"En parte le asiste la razón, de eso hace tiempo que me di cuenta. Mas, Calet, sabed que a pesar de todo tomaré las medidas necesarias para que Mor Celac sea un modelo en el que se reflejen el resto de las ciudades del Imperio.

—Más bien será un espejo de mofas —ironizó el mercenario sin levantar la voz—. Tarde o temprano, hasta los propios Manes os pararían los pies en vuestras aspiraciones: hay demasiados intereses que desconocéis tras todo esto como para conseguir hacerlo desaparecer: mercados de esclavos, de armas, de hierbas alucinógenas... ¿Pretendéis creer acaso que el Imperio se sustenta a base de buenas intenciones?

—En cualquier caso, ésta es mi ciudad y aquí se hará lo que yo ordene —se soliviantó la mujer—. No permitiré que los delincuentes campen a sus anchas por Mor Celac. ¿Acaso no habéis visto la prosperidad que he conseguido? He empleado las arcas en proteger las calles mediante un cuerpo de mercenarios...

—No he visto mayor prosperidad que en otros lugares —aseguró el guerrero en tono paciente—, tan sólo una razonable disminución del crimen: me he encontrado con la diferencia habitual entre los barrios bajos y la zona de la nobleza, una situación repetida hasta la saciedad en cualquier ciudad del Imperio o fuera de él.

En aquel momento volvió el soldado cargado con varias espadas de madera que repartió entre sus compañeros y Calet, mientras Ternai abandonaba las armas del mercenario en una esquina.

—Que comience la prueba... —ordenó Ashura, mas su consorte la interrumpió.

—Esperad un momento —advirtió sombrío Daeral—. Haced venir a Corval, y que tome parte en este... entrenamiento. Tú —señaló al guardia que había ido a buscarlo—, puedes retirarte.

Al cabo de unos segundos, el hombre de la cicatriz se hallaba junto al guerrero, con una sonrisa lobuna, dispuesto a bajar los humos a aquel insolente.

—Podéis rezar porque este duelo sea a madera —aseguró entre dientes—. Si fuera a hierro, vuestro siguiente destino sería el Halasna.

—Sólo son palabras —aseguró Calet con frialdad.

—Que comience la prueba —repitió la Doin enojada—. Guerrero, debéis luchar contra tres de nuestros mejores soldados para demostrarnos vuestra valía.

Casi de inmediato todos se aprestaron para el combate: frente al mercenario, Corval; a su derecha, Ternai; y a su izquierda, la guardiana que lo había escoltado hasta allí.

Durante unos segundos nadie se movió: después, Calet echó atrás con cautela su pie izquierdo, examinando crítico a sus oponentes, buscando sus puntos débiles; aunque era bueno con una espada, lo que veía no le resultaba demasiado agradable, por lo que debía andarse con mucho cuidado si quería salir con bien de aquel trance.

En un repentino giro brusco que pilló por sorpresa a sus rivales, fintó una estocada a Ternai, que se echó atrás intentando bloquearla; Corval creyó ver su oportunidad, por lo que se lanzó hacia delante para encontrarse alarmado ante una puntera de madera que le amenazaba la frente, obligándole a mantener su posición.

Mas todo aquello no era sino una maniobra del guerrero para conseguir su verdadero objetivo, que no era otro que golpear con furiosa violencia la muñeca de su tercer enemigo, la soldado de su izquierda, que se había adelantado a su vez en su busca, obligándola a soltar el arma; casi de inmediato, otro golpe hizo que la espada de madera se hasta una altura de un metro y, al caer, acabara en la siniestra de Calet.

—Supongo que una muñeca herida incapacita para seguir luchando —sugirió arrogante, mientras miraba de reojo a Ashura y Daeral—. Si hubiera sido una espada de verdad, habría perdido la mano.

—Puedes retirarte, Ceara —ordenó el capitán de la guardia, los ojos fijos en su oponente, la faz contraída en una mueca de rabia—. Ternai y yo nos bastamos para dominar a este insolente.

La situación había cambiado de modo notable en cuestión de unos instantes: ahora, las dos espadas del mercenario, con las que se demostraba en verdad letal, se enfrentaban a dos rivales. "Por muy duchos que sean en la batalla, creo que ahora puedo dominarlos con facilidad", pensaba.

Corval se abalanzó sobre su rival con una estocada dirigida a su estómago, que el guerrero detuvo con facilidad, mientras proyectaba su otra arma hacia el desguarnecido cuello del capitán, forzándolo a agacharse para evitar ser decapitado; al mismo tiempo, Ternai intentó golpear a su enemigo en la cabeza, mas éste, girando veloz sobre sí mismo, esquivó la hoja de madera y obligó a la mujer a mantenerse a la defensiva.

Durante unos minutos la sala resonó con el sordo entrechocar de las armas y los jadeos de los combatientes, en un espectáculo que los Doins parecían estar disfrutando sobremanera, hasta que, por fin, una finta de Calet dirigida a Corval lo engañó, haciendo que intentase bloquear un golpe a su cabeza que, de forma repentina, había cambiado de dirección y llegaba con facilidad a su estómago, dejándolo sin respiración por su violencia.

—Sólo quedáis vos —el mercenario señaló a Ternai con

una suave sonrisa, un terciopelo que disimulaba el gélido tono seco, que había empleado—. ¿Queréis seguir luchando, o preferís dejarlo aquí?

—La prueba sólo terminará cuando nos venzáis a todos —gruñó la mujer, lanzando una furiosa serie de mandobles que pusieron al guerrero a la defensiva.

Calet se dio cuenta de inmediato que aquella soldado era la más peligrosa de los tres: ya lo había sospechado antes, pero ahora podía constatarlo con claridad. No había muchos que pudieran cruzar las espadas con él durante el tiempo que lo hizo ella, poniéndole en serios apuros una y otra vez; conocía muchos trucos de maestro, detalles que le hicieron pensar que había estudiado con varios profesores de esgrima, entre los que a buen seguro se encontraba Fiola, la legendaria espadachina de Poseidonia[19]. Tal vez iba siendo hora de ir a visitarla...

—Veo que sois muy buena —admitió serio—. Vuestra técnica es excepcional, lástima que no esté depurada con la experiencia del combate real.

—Me basta y me sobra con esto —gruñó ella, viendo un hueco en la defensa del hombre y lanzándose a fondo para colocar una estocada definitiva en su costado.

Aquello había sido sólo una maniobra de Calet para cazarla por sorpresa: girando sobre sí mismo al tiempo que se ladeaba para esquivar el golpe, extendió el brazo izquierdo y tocó en suave roce con su arma la nuca de su oponente, empujando para hacerla caer al suelo.

—Se acabó el combate —comentó despreocupado, dejando caer la espada de madera y tendiendo la mano a la mujer para ayudarla a levantarse.

Por un momento Ternai lo miró con fiereza, dispuesta en

---

[19] Poseidonia: capital del imperio atlante, situada en la costa este de la isla de Khemt.

apariencia a proseguir, mas poco a poco fue dándose cuenta de la clara diferencia que había entre ambos, por lo que con una ancha sonrisa tomó la mano que se le tendía y se levantó.

—Buena demostración, Calet dar Gaur —admitió con sinceridad—. He de reconocer que estáis muy curtido en la batalla. Mas no puedo reconoceros como superior a mí a pesar de mi derrota, pues os he demostrado a buen seguro que mi técnica es netamente superior.

—Debo admitir que tenéis razón —aceptó el mercenario—. Mis maestros me han enseñado bien, mas no he disfrutado de algunos de los que, a buen seguro, vos habéis dispuesto. ¿Acaso habéis cruzado hierros con Fiola dar Nurat de Poseidonia?

—¿Por ventura la conocéis? —se sorprendió Ternai, entrecerrando los ojos—. Sí, estudié con ella…

—¿Quién no conoce a la mejor espadachina de todo el imperio? —sugirió el guerrero con sorna, mientras recogía sus espadas del rincón en que las había dejado la mujer—. Casi podría apostar a que Ornay el Desalmado se vería en apuros ante semejante rival…

—¿Ornay? —exclamó Ashura, abriendo los ojos como platos—. ¿Osáis mencionar a ese asesino, a ese enemigo del Imperio?

—Sólo era un comentario, señora —se disculpó Calet—. Tengo entendido que ese personaje, suponiendo que exista, deja tras sí un rastro de muerte sin importarle nada, que no hay nadie que pueda oponérsele.

—¿Cómo podéis dudar de su existencia? —se encrespó la Doin—. ¿Tal vez no conocéis sus hazañas? No hace mucho ha asesinado a Galder, el Doin de Mor Falkan, ¿o también creéis que eso es falso?

—No lo sé, señora —aceptó el mercenario encogiéndose de hombros—. Me conformo con vivir el presente, sin tener en cuenta ninguna otra cosa. Si alguna vez llegara a encontrarme con Ornay el Desalmado y su famoso casco de C'Tl, tal vez saliera corriendo en lugar de plantarle cara.

"Mas no es ése el caso: vos me habéis hecho pasar una prueba por algún motivo que desconozco, y a menos que comencéis a ser clara al respecto habré de pensar que tan sólo deseabais burlaros de mí.

—En efecto —admitió la mujer, mirando a su consorte—, necesitamos a alguien tan diestro como para solucionar una cuestión que nos tiene preocupados.

"Al Norte de Celac, cerca ya de las estribaciones, se halla Jerkain, una pequeña aldea dependiente de nuestra ciudad. Desde siempre hemos tenido que tener destacado allí un grupo de guardias, porque hay una extraña tendencia a que la gente desaparezca de forma misteriosa...

—Tal vez se cansaron de la vida de campesinos y decidieron ver mundo —ironizó Calet.

—No os lo toméis a broma —le amenazó Daeral con tono furioso...

—Como os estaba diciendo, la gente desaparece de la aldea —continuó Ashura, observando al guerrero encolerizada—. Da lo mismo que sean campesinos, soldados, mujeres, niños, ancianos...

"Necesitamos a alguien que afronte el problema de forma seria y eficiente. ¿Estáis dispuesto a ayudarnos, Calet dar Gaur?

—Deberíais saber que un guerrero de fortuna vende sus servicios, no los regala —sugirió el mercenario en tono calmo—. ¿De qué tipo de recompensa estamos hablando?

—¿No os resulta suficiente con la satisfacción del deber cumplido? —inquirió la mujer, molesta. Por final, dejó escapar un suspiro de exasperación—. Está bien, os ofrezco veinte sialans. ¿Os parece bien?

—Me parece razonable —admitió el guerrero pensativo—, aunque debéis saber que tengo otros intereses que requieren mi atención, por lo que no puedo garantizaros que me ponga en marcha de inmediato.

—Entonces, marchaos —gruñó la Doin—. ¡Fuera de mi vista!

—No he dicho que no quiera hacerlo —se defendió Calet con una sonrisa—, al fin y al cabo veinte sialans me vendrán bien. ¿Puedo entender que tengo carta blanca para llevar el asunto como lo considere pertinente?

—Siempre y cuando controléis vuestra ansia de sangre, sí —aceptó Ashura resignada, frunciendo el ceño casi de inmediato—. Ya he visto de lo que sois capaz, y temo que vuestro paso por nuestras tierras podría ser nefasto para nosotros. Cobraréis después del trabajo, y si tengo noticia alguna de que os habéis sobrepasado en vuestras atribuciones, haré que os encierren en la celda más profunda que encuentre y que tiren la llave en cualquier sima de las montañas.

—Entonces, permitidme que vaya poniendo en orden mis asuntos para comenzar cuanto antes con vuestra misión —sugirió el mercenario, inclinándose ceremonioso.

—Podéis iros —gruñó Daeral con un displicente gesto de la mano.

—Señores, ¿en verdad consideráis conveniente encargar esta tarea a ese hombre? —intervino Corval—. No parece muy de fiar...

—¿Qué otra opción nos ofreces, capitán Corval? —demandó la Doin contemplándolo con fijeza.

—A buen seguro yo podría resolver este misterio...

—Ya hemos perdido a varios hombres tan buenos o mejores que tú —le advirtió la mujer—. No podemos permitirnos el lujo de desprendernos de tantos soldados válidos, los necesitamos a nuestro lado.

¿Era su imaginación, o Calet podía notar miedo en la actitud de Ashura? Aquellas palabras le daban que pensar, como si la mujer supiera que estaba amenazada. Era lógico, los cambios que había establecido en Mor Celac, y los que pretendía establecer, no eran del agrado de demasiada gente. Sin necesidad de esforzarse demasiado, podía suponer que la Señora local de los delincuentes, aquella tal Entiar, no estaría demasiado contenta con el férreo control que la Doin había establecido.

Cavilando acerca de todo lo que había visto y oído en aquella sala de audiencias, se dio la vuelta y se dejó guiar por Ternai hasta la salida del palacio.

—Señor Calet, diríase que no estáis muy convencido de haber obrado bien al aceptar la misión de los Doins —comentó la mujer con despreocupación, aunque sus ojos parecían desmentir aquella actitud.

—No es algo que haya hecho muy a menudo —explicó el hombre, caminando calmoso—. Una investigación de esas características resulta laboriosa, tal vez imposible, si no se tiene una base sobre la que sustentarla.

"A lo que veo, parecéis preocupada por algo. ¿Es acaso por la seguridad de vuestros Señores, a los que veo sin duda alguna amenazados?

Con una sonrisa de satisfacción notó que la mujer daba un leve respingo de sorpresa. Había dado en el clavo…

—Protegedlos, Ternai —sugirió Calet en tono sombrío—. Proteged a los Doins de Mor Celac. Aunque puedan ser unos inocentes ilusos que crean que pueden cambiar el mundo, son en buena medida tan tenaces como para que tal vez pueda llegar el tiempo en que aparezcan más como ellos que lo consigan.

La guardia se detuvo de forma abrupta, extrañada por las palabras de aquel curioso guerrero, que continuó andando sin preocuparse de su compañera, desapareciendo en las callejas de la ciudad bajo la confusa mirada de una mujer que intentaba entenderlo sin conseguirlo…

De vuelta en "El Jabalí Negro", Calet pidió comida y bebida y se sentó en una mesa, estudiando a los escasos parroquianos que allí se encontraban en aquel momento; al no ver nada que le llamara la atención, terminó con tranquilidad las viandas y subió a la habitación.

Las sombras del atardecer invernal se cernían sobre la tierra, haciendo aún más oscura de lo que ya era la estancia en la que se alojaba; encendió un candil y revolvió en sus alforjas, en busca de dos piezas: un casco con la forma del demonio C'Tl, y un cinturón con trabilla para dos espadas. Las contempló durante unos momentos, indeciso, para al final volver a guardarlas; no era cuestión de que cualquiera que entrara las viera...

A pesar de no sentir cansancio alguno, sabía que necesitaba reposo: no podía mantener aquella doble vida por siempre, Calet el diurno y Ornay el nocturno. Se echó en el camastro y cerró los ojos, más con la intención de descansar que de dormir: no quería volver a pasar por la misma pesadilla de siempre, el hombre oscuro persiguiéndolo, retándolo a duelos absurdos y salvajes, tentándolo con el alma de su mujer... ¿Qué era lo que pretendía aquella criatura de sus sueños? Nada bueno, de eso podía estar seguro.

Pensó en lo que había observado en la sala de audiencias de los Doins: la irredenta idealista que no quería aceptar la realidad, el títere, la guardia leal... Quien no acababa de encajar en todo aquello era el capitán de la guardia, Corval, con aquel permanente malhumor. ¿Estaba del lado de sus Señores, o escondía propósitos más siniestros? ¿Y qué era todo aquello del pueblo del Norte? ¿Jerkain, lo llamaban?

¿Para qué necesitaban a un mercenario?

Se levantó del catre y se asomó al estrecho ventanuco, observando los densos nubarrones que corrían por el cielo ocultando la luna, sumiendo a la ciudad en unas estigias tinieblas que parecían pobladas de criaturas de todo tipo: resultaba el momento adecuado para los moradores de la noche, para todos aquellos que surgían de las sombras para robar, asesinar o desarrollar cualquier otra actividad relacionada con el crimen... En suma, una noche para Ornay el Desalmado. ¿Qué pensaría Gaviol de todo ello?

Dando la espalda a la ventana, recogió de nuevo la alforja y sacó los enseres del asesino: en un momento, Calet dar Gaur, mercenario, dio paso al asesino más odiado y perseguido por todo el Imperio.

Ajustándose las espadas a las caderas, se asomó de nuevo al ventanuco: no era tan ancho como para poder salir por él, por lo que no le quedaba más remedio que utilizar la puerta: con un suspiro de resignación se quitó el casco y lo guardó en el saco, saliendo de la habitación.

Se detuvo a observar su entorno: a su derecha descendían los gastados escalones de madera que llevaban al comedor de la posada, mientras que a su izquierda se extendía un corto pasillo con otras dos puertas hasta una pared en la que pudo distinguir una hoja de madera entreabierta. Acercándose con cautela, se asomó y vio unos nuevos escalones que conducían con probabilidad al tejado...

La solución parecía clara: volvió a su alojamiento a por el casco y subió a la azotea, desde donde podía divisar buena parte de la pequeña ciudad. Recorrió el perímetro asomándose al exterior, con cuidado de no pisar en falso y caer al vacío, en busca de algún punto por el que descender a la calle; sin embargo, la cercanía de otro tejado le brindó la idea de avanzar un poco antes de bajar.

Durante un buen rato, Ornay se dedicó a saltar de un

techo a otro, avanzando hacia el centro de la ciudad, esquivando las miradas inquisitivas de las patrullas de mercenarios que recorrían Mor Celac en busca de indeseables a los que encerrar: la Doin Ashura se había tomado muy a pecho la seguridad de los habitantes.

Cuando por fin descendió de las alturas estuvo a punto de darse de manos a boca con uno de aquellos retenes, mas la fortuna le acompañaba y consiguió esconderse entre las sombras antes de que lo sorprendieran.

A partir de aquel momento fue deslizándose hacia su destino, la vivienda del Señor de los bajos fondos; cada vez que lo pensaba con frialdad le resultaba extraño que los gobernadores no hubieran acabado con aquel sujeto. ¿O es que había alguien que lo encubría desde dentro? Cuantas más vueltas le daba a la idea, mas sospechaba del peligro en que se encontraba Ashura de Celac.

Cuando llegó a su punto de destino llamó a la puerta: de nuevo, un pequeño panel se corrió a la altura de los ojos, mostrando una mirada inquieta.

—¿Quién…

Ornay oyó un gemido ahogado en el interior justo antes de que el ventanuco de madera se cerrara ante él; después, vinieron los gritos de alarma y las carreras.

—Después de tanto tiempo, la gente aún no conoce las costumbres de Ornay —murmuró divertido. Sus manos bajaron hacia la empuñadura de sus espadas, dispuesto a entablar combate; mas no sería él el primero en desenvainar…

En el interior oyó que un numeroso grupo de personas se reunía junto a la puerta; tras la hoja de madera, las voces indicaban temor, sorpresa, incredulidad. ¿Qué podía hacer allí alguien como Ornay el Desalmado?

No podía esperar demasiado tiempo, si le descubría alguna patrulla de mercenarios su búsqueda de venganza se vería comprometida en extremo, por lo que se apartó de la puerta y comenzó a dar la vuelta a la vivienda, escudándose entre las sombras, moviéndose con tanto sigilo como un felino.

Junto a una de las paredes descubrió un carro abandonado; subiéndose a él, vio que el tejado le quedaba casi al alcance de la mano, por lo que de un salto se alzó hasta la parte superior de la vivienda.

Una trampilla abierta, con una escala de madera apoyada en su borde, le mostró la manera de entrar a la casa; sin embargo, las voces que se acercaban lo detuvieron por un instante: de seguro que habían mandado arqueros u honderos para cubrir desde arriba el terreno, por lo que se apostó junto a la abertura.

Vio que la madera se agitaba: alguien trepaba por ella. Cuando una cabeza rapada se asomó al tejado, la recibió un casco de aspecto temible.

—¡Bu! —gruñó Ornay, acercándose a aquel rostro de aspecto porcino.

El hombre se echó hacia atrás asustado, soltando la escala; con un aullido de miedo cayó de espaldas, provocando en el interior de la vivienda una tremenda algarabía de golpes, batacazos y lamentos de todo tipo.

Aquél parecía el momento adecuado: desenvainando sus espadas, obviando por completo la madera, saltó al interior de la trampilla, flexionando los pies al caer.

Apareció en medio de un maremagnum de maleantes derribados, lamentándose, dejando escapar quejidos de agonía... Sonriendo, envainó sus armas mientras a su alrededor se hacía un incómodo silencio, plagado de terror y negros presagios.

—Que Dan'Nan sea con vosotros —saludó con cinismo—. ¿Quién es el que está en mejor estado?

Nadie le contestó, tan sólo brotaron quedos murmullos de protesta y dolor.

—¿Nadie? Entonces elegiré yo —sugirió el mercenario,

observando el entorno—. Tú —señaló a un sujeto de baja estatura, malencarado, cetrino, de cabello oscuro y rasgos de halcón—, levántate y llévame ante el señor de esta casa.

—Sí... Sí, señor —aceptó el elegido tembloroso, poniéndose con visible esfuerzo en pie.

En aquel momento aparecieron varios hombres armados hasta los dientes, que se detuvieron en seco al ver al oponente que tenían enfrente.

—Apartaos de mi camino y nadie sufrirá daño —advirtió Ornay amenazador—. Sólo deseo hablar con vuestro señor.

Nadie se movió: la fama del asesino era tal que paralizaba los nervios de los luchadores más curtidos, el sudor frío corría por los rostros, empapaba las manos cerradas en torno al mango de sus armas...

—¿Es que no oís? —advirtió en tono airado el mercenario, desenvainando una de sus espadas—. Apartaos antes de que pierda la paciencia.

Agarró al guía que había elegido por el hombro y lo hizo avanzar a su lado dirigiéndose hacia sus rivales, que acabaron por apartarse de su camino como el mar ante la quilla del barco. Uno de aquellos ladrones, tal vez pasado el temor reverencial al ver la figura de espaldas a él, levantó su cuchillo y se abalanzó en silencio sobre él; antes de que tuviera tiempo de darse cuenta de lo que ocurría, Ornay se giró a medias y lanzó un golpe contra el hombre con el plano de su arma, alcanzándolo en plena faz y derribándolo de espaldas. Después, sin hacer caso al resto, prosiguió andando.

Pronto llegaron frente a una puerta adornada con el mismo dibujo del tigre que en la fachada de la casa; sin ceremonia alguna, el asesino apartó al hombrecillo y entró en una habitación no muy grande, llena de objetos de todo tipo; en medio de cajones abiertos que mostraban monedas y joyas, armas recargadas de piedras preciosas de todo tipo abandonadas como por azar por todas partes y objetos adornados con gran lujo, se hallaba una mujer de mediana estatura, delgada como un espectro y tan fantasmagórica como éste: de rasgos huesudos, afilados, y la piel apergaminada, semitraslúcida, mostrando casi el hueso que brotaba debajo, sus ojos verdes, esmeraldinos, aparecían brillantes sobre unos rasgos aquilinos tan marcados, con unos labios tan finos, que más parecía un ave de presa surgido del Halasna que un ser humano, todo ello remarcado por una larga cabellera blanca, plateada, que la llegaba hasta la cintura.

—¿Quién eres tú, que te presentas ante mí con dos sombras escoltándote? —exclamó la mujer, mirándolo con furia—. ¿Con qué permiso acudes a mi presencia?

Al parecer Ornay no le impresionaba en lo más mínimo: sus gentes le habían avisado de su presencia, y aun así se mostraba insolente, no mostraba temor alguno ante la legendaria figura que se le enfrentaba.

—Mi nombre, como imagino que sabéis, es Ornay el Desalmado —se presentó el hombre, con una ligera inclinación de su casco—. Y vos, si no me equivoco, sois la dama Entiar, quien controla a todos estos desarrapados.

—¿Cómo sabes mi nombre, desalmado? —inquirió ella entrecerrando los ojos.

—Al igual que vos, también yo tengo mis fuentes de información —explicó el asesino con brevedad—. Mas, antes de continuar, debo rogaros que mandéis a vuestros perros que nos dejen tranquilos —advirtió serio—: hasta ahora he tenido paciencia y me he contenido, mas eso puede acabar pronto.

Mientras envainaba su espada, señaló con un gesto de su cabeza al tropel de rufianes que se arremolinaba ante la puerta de la estancia, sin atreverse a entrar ante la visión de Ornay.

—Si pretendiera algo contra vos estaríais ya muerta, de

eso podéis estar segura —advirtió—. Vengo en busca de información, y en cuanto la consiga me iré de la misma manera.

—¿Es eso cierto? —demandó la dama Entiar con frialdad, mientras con un ademán despedía a sus hombres. Contemplando aquella figura legendaria, evaluándola, llegó por fin a una decisión—. ¿Y si os ofreciera un puesto entre los míos? ¿O, cuando menos, un trabajo por el que seríais bien recompensado? —señaló en gesto indolente el lujoso caos que la rodeaba.

—Lo siento, señora, mas trabajo solo —denegó el mercenario—: y acerca de los encargos, tal vez haya llegado el momento de que empiece a seleccionarlos —bajo el casco, su rostro se endureció—. Exponed vuestro caso, y os diré si me interesa o no: en estos momentos dispongo del suficiente dinero como para no necesitar vender mis espadas durante una buena temporada.

—Tengo entendido que no tenéis escrúpulos a la hora de vuestras tareas —inquirió la señora de la casa con recelo—. Cuando se os contrata, matáis a quien sea. No me digáis que de repente tenéis conciencia…

—Mi conciencia es algo que sólo me concierne a mí —gruñó Ornay—. Exponed vuestro caso, o hablaremos de otro asunto pendiente.

—Está bien —aceptó la mujer con gesto agrio—. ¿Conocéis a los Doins de esta ciudad?

—No —mintió el asesino.

—Entonces, no tendréis problema alguno en eliminar para mí a la Dama Ashura —sugirió Entiar—. De su consorte, ese inútil de Daeral, puedo encargarme yo.

Durante unos segundos pareció que el asesino estaba estudiando la propuesta, el silencio planeando sobre ambos como un gris sudario, envolviéndolos en inefable tensión…

—Creo que no voy a aceptar vuestra propuesta —comentó por fin el mercenario—. Digamos que antes pondría en el gobierno de Mor Celac a un chacal que a vos.

"No hace falta ser muy inteligente para ver vuestro carácter, señora —explicó con tono hosco, sonriendo ante la expresión rabiosa que iba adquiriendo el rostro de la mujer, el tono granate que iba llenando aquella faz blanquecina, cerúlea, y que le daba el aspecto de una criatura de fuego—. Hasta ahora he tratado con casi todos los amos de los ladrones de las Mors, y siempre me había encontrado con gente inteligente, malintencionada, malvada en algunos casos, con una ambición desmedida... Y en algún momento, aunque os resulte sorprendente, incluso uno que se conformaba con lo que tenía y lo que sus gentes eran capaces de "adquirir", sin mayores pretensiones de riquezas...

"Mas vos... No, no podéis pretender engañarme: por más lujos que portéis, por más refinamiento que pretendáis demostrar, siempre apareceréis como lo que sois: un escorpión no podrá jamás negar su destructiva condición.

"Ningún animal hay más salvaje que el ser humano, ninguna criatura más irracional que nosotros; mas en medio de esta sociedad dura en la que vivimos, a veces aparecen faros que pretenden acabar con la oscuridad, aunque al final terminen siendo devorados por las tinieblas o demonios que pretenden destruir toda luz.

—Me halagáis, Ornay —se burló la señora de la casa—, mas no estoy dispuesta a permitiros que sigáis divagando de esta manera. Os habéis atrevido a entrar en mis dominios sin permiso, habéis atacado a mis hombres sin provocación, y por añadidura os erigís en paladín de la luz y la verdad. Vais a ser castigado... Y de qué manera.

Mientras hablaba, el aire a su alrededor comenzó a crepitar, como si de ella brotara una enorme energía; su cabello iba erizándose, elevándose poco a poco, tensándose alrededor de su cabeza, formando un extraño halo blanco de tiesas puntas, mientras las manos se levantaban por encima de la mujer, de cuyos labios brotaron unas palabras ininteligibles.

El mercenario comprendió de inmediato el peligro que entrañaba la dama Entiar: era una hechicera, y por su aspecto desde luego no de las inofensivas; sin apenas pensarlo, desenvainó sus espadas y se lanzó hacia delante, intentando atravesarla antes de que tuviera tiempo de lanzarle un conjuro. Sin embargo, ocurrió algo con lo que no contaba: a medida que se acercaba, los hierros se apartaban de ella, obligándole a hacer un esfuerzo inaudito para mantenerlos frente a sí, hasta que, por fin, se vio impelido a soltarlos, contemplando con sorpresa cómo salían despedidos y se estrellaban contra la pared, cayendo de forma inofensiva al suelo.

Al mismo tiempo, el casco pugnaba por saltar de su cabeza, oprimiéndole el rostro, por lo que de un manotazo se lo arrancó; casi al instante se vio libre de la presión a la que había sido sometido, aunque un molesto calambre le recorría sin cesar el cuerpo, un espasmo contra el que luchaba con desesperación; comprendiendo que no podría utilizar el hierro para acabar con aquella maga, se lanzó hacia delante dispuesto a acabar con ella con sus propias manos si ello era preciso.

—¡Necio! —exclamó ella, mientras sus manos se iluminaban con un fulgor extraterreno—. ¿Cómo puedes creer que tus pobres artes de guerra pueden enfrentarse al poder supremo, a la hechicería surgida de los abismos más profundos? ¿Acaso esperas vencer este combate, Desalmado? Esta vez has afrontado tu destino y has perdido…

Bajó las manos y apuntó al pecho del asesino: los fulgores se concentraron en dos pequeñas bolas blancas, brillantes como soles, que se desprendieron y salieron despedidas hacia su objetivo.

Al contacto con el cuerpo del mercenario, las esferas de

energía chisporrotearon con violencia y provocaron una pequeña explosión que lo arrojó hacia atrás, junto a su casco y sus armas, dejándolo aturdido durante unos breves instantes.

—¿Éste es el rostro de Ornay? —se burló Entiar, acercándose al guerrero que intentaba alzarse con un denodado esfuerzo—. No está mal, podríamos haber hecho un buen papel juntos, mas me has despreciado y eso sólo tiene un castigo: la muerte.

—Sí, la muerte —aceptó el mercenario con los dientes apretados de furia—; mas no la mía, sino la vuestra.

Con un velocísimo movimiento extrajo un cuchillo y lo arrojó contra la mujer, que se rió de él mientras observaba cómo el arma salía despedido en un extraño ángulo.

Mas el asesino no permanecía ocioso: en el mismo instante en que había soltado su arma se arrojaba sobre la hechicera, agarrándola por la cintura y arrastrándola al suelo entre gruñidos e insultos; su cuerpo se estremeció al recibir una tremenda descarga de energía, obligándolo a aflojar su presa, mas sobreponiéndose la agarró por el cuello, apretando con fuerza.

Perdida la concentración, la mujer boqueó desesperada en busca de aire, mientras el poder que parecía flotar a su alrededor se desvanecía como una burbuja; el cabello cayó con brusquedad, medio tapando su rostro, contraído en una feroz mueca de odio, mientras sus largas uñas buscaban los ojos de su oponente y arañaban en el aire, alcanzando a duras penas la faz de Ornay.

—Si prometéis dejar esta lucha sin sentido y ofrecerme la información que busco, dejaré de apretar —advirtió con semblante severo el guerrero—. Limitaos a asentir si estáis de acuerdo.

La cabeza de la mujer se movió en un gesto afirmativo, los ojos saliéndose de las órbitas, la lengua fuera...

—Muy bien —aceptó el mercenario aflojando las

manos—. Tomaré eso por un juramento.

El hombre se levantó, ayudando a Entiar a su vez. Miró a su alrededor, en busca de sus armas: las espadas estaban a su alcance, por lo que recuperó ambas.

—Y ahora, decidme —gruñó fiero—: ¿qué sabéis de unos hombres a los que se conoce como Rekor, Tibar y Augon el lemurio?

—No conozco los nombres de toda mi gente —comentó la hechicera frotándose la dolorida garganta—. Mas puedo indagar por ahí en busca de la información que necesitáis.

—No tengo tiempo para tales vaguedades —se encrespó el asesino—. Seguro que tenéis una manera más rápida de saber lo que os pido.

—Está bien —admitió la maga con un suspiro—, tenéis razón. Mas antes de nada, quiero que me digas algo: ¿cómo es posible que hayas podido soportar el castigo de los relámpagos sin inmutarte? Ningún ser vivo podría resistir semejante descarga, deberías haber muerto de forma instantánea, con el corazón reventado…

Ornay calló por unos momentos: no era la primera vez que se daba cuenta de un detalle como aquél, del hecho de que la mayoría de los hechizos no lo afectaban y las heridas apenas le dolían ni requerían demasiados cuidados para sanar de forma natural. ¿Podía estar relacionado con Gaviol?

—Pensad lo que deseéis —contestó por fin—. Ahora lo que en verdad me interesa es que contestéis a mi pregunta.

La mujer se concentró, cerrando los gatunos ojos, mientras el guerrero recogía sus cosas: tras envainar sus armas volvió a colocarse el casco.

—No, Ornay, ninguno de mis hombres es aquél al que buscas —contestó al cabo de unos minutos, los ojos entrecerrados en un gesto de sospecha, barruntando algo acerca de la naturaleza del hombre que la observaba con fiereza.

—Entonces, temo que todo esto haya sido en vano —aceptó resignado el mercenario, acercándose a la mujer—. ¿Sabéis, dama Entiar? Después de todo, quizás podríais ser una buena consorte...

La expresión de la hechicera cambió sin previo aviso, los ojos dilatados de sorpresa ante las palabras del asesino. ¿Cómo había cambiado tanto de actitud? Tal vez aún existía la posibilidad de que pudieran gobernarlo todo, de que pudieran gozar sobre un imperio forjado por sangre y muerte. Se acercó al hombre, tendiéndole los brazos, esperando una reacción que no llegó.

De repente, un agudo dolor penetró su vientre, una agónica sensación que la alarmó: bajando la mirada, vio cómo Ornay extraía el cuchillo de su cuerpo, mientras una mancha escarlata se extendía cada vez más por sus ropas y la debilidad la invadía, llevándose la fuerza de sus miembros, haciendo que se derrumbase con lentitud, como en un sueño.

—¿Por qué? Prometiste...

—... Mas una alimaña no dejará de ser jamás una alimaña —continuó el guerrero, impasible, como si no hubiese oído sus palabras—. Vuestras ambiciones pasaban por una oscuridad mayor aún que la mía. Además, sólo prometí que dejaría de estrangularos, no que respetaría vuestra vida; y, por supuesto, sabéis a la perfección que nadie que haya visto mi rostro puede sobrevivir: es una de mis reglas más importantes.

"Ahora que vais a morir, puedo decíroslo: sabed que sí conocía a los Doins de Mor Celac, y que ése es uno de los motivos por el que he rechazado vuestra oferta.

Se agachó junto a la moribunda, contemplándola con el rostro torcido en gesto sardónico.

—Y ahora, señora Entiar, decidme. ¿Quién se ha encontrado con su destino? —se chanceó.

Antes de que la encolerizada mujer pudiera responderle,

con un hilillo de sangre brotándole de las comisuras de los labios, el cuchillo cruzó su garganta de lado a lado, dejando tras sí una fina línea carmesí que poco a poco se ensanchó, mientras la que fue señora de los bajos fondos de la ciudad moría entre toses y estertores.

—Saludad a Asm'Dur[20] de mi parte —se despidió mientras limpiaba su arma y se ponía en pie para salir de la casa...

Por primera vez en mucho tiempo, su descanso nocturno fue real, tranquilo, sin la presencia del hombre oscuro; por un momento pensó que la pesadilla se repetiría, esperaba tener que volver a luchar contra aquel ser, mas no fue así: tan sólo hubo un momento a lo largo de sus sueños en que creyó oír un largo aullido de rabia, un alarido de furia descontrolada.

Por la mañana, tras recoger su caballo, Calet salió de la ciudad y tomó el camino del Norte, en dirección a Jerkain, donde tenía una tarea pendiente.

Mientras cabalgaba meditaba acerca de lo ocurrido en la casa de Entiar: aquella maldita hechicera... Había percibido desde el primer momento su maldad, la oscuridad que la envolvía como una mortaja, unas tinieblas que parecían proceder de algo muy distinto a los dioses habituales del Imperio: no era Sat'Hai, de eso estaba seguro, ni N'Fthi[21]. Lo que quiera que fuera que la había corrompido era más malévolo, de una perversidad que escapaba a toda imaginación. ¿Tal vez el legendario C'Tl?

---

[20] Asm'Dur: Señor del Halasna, hijo de Sat'Hai.

[21] N'Fthi: diosa de la oscuridad atlante.

Pero eso no eran más que cuentos de viejas, por más que algunos sabios hablaran de que el dios demonio en verdad existía en algún lugar del océano lemurio, más allá del continente de los Pueblos Rojos. Por el momento, aquella cuestión no le concernía: desaparecido el vínculo el dios, demonio o lo que fuera, no podía hacer nada hasta que creara otro.

Desechó aquellos pensamientos y se concentró en la tarea que tenía pendiente: buscar y acabar con el motivo por el que se producían tantas desapariciones en aquel pueblo. Le resultaba extraño que a pesar de haber una patrulla de soldados de Mor Celac no fueran capaces de solucionarlo: o eran una banda de vagos e inútiles, o el problema los desbordaba por completo. ¿Otro pihas? No parecía probable, aquel depredador no se ocultaba de sus víctimas, de hecho llegaba en su perversa inteligencia a jugar con ellas antes de devorarlas. No, no era tampoco eso...

Tardó un par de días en llegar a la aldea, sin contratiempo alguno en el camino, durmiendo al raso y comiendo la carne que había encargado en "El Jabalí Negro".

Se encontró frente a un grupo de casas, apenas una veintena, de piso bajo, construidas en adobe y madera, con tejados planos de pizarra y paja, sin calles marcadas, y barro y suciedad por todas partes; los habitantes, pobres campesinos a los que poco les quedaba después de pagar el diezmo a la ciudad de la que eran tributarios, vivían de los pequeños huertos y los frutos y plantas que conseguían arrancar a la tierra, con expresiones vacías, amargas, tristes... Tal parecía que la sombra de lo que los acechaba era más larga de la cuenta, o quizás se trataba del gobierno celacan[22]. Vaya con la dama Ashura, que pensaba tanto en

---

[22] Celacan: referente a Mor Celac.

sus súbditos… ¿Acaso no sabía que el diezmo dejaba en la miseria más absoluta a aquellos aldeanos? ¿O es que por fin había aprendido que para poder hacer algo, un Doin necesitaba sacar dinero de alguna parte?

Dirigió sus pasos a una construcción que lo mismo podría haber sido una vivienda que un granero, a juzgar por su estructura y las balas de paja que se acumulaban a su alrededor. No se cruzó con nadie, a excepción de un anciano que lo miró de reojo mientras se dirigía a una de aquellas casas.

Llamó a la puerta y esperó unos momentos: al no recibir respuesta probó a abrirla y entrar, comprobando que se trataba de un hogar bastante confortable, tal vez el de los gobernantes del pueblo.

—¿No hay nadie? —llamó en voz alta, esperando que alguien se dignara presentarse ante él, mas fue en vano: ni un alma contestó a su pregunta.

Volvió a salir entornando la puerta, mirando a su alrededor. Si el señor local no estaba, tendría que presentarse ante el capitán de los soldados apostados en la aldea. Mas, ¿dónde estaban? No veía por ninguna parte señal alguna de actividad militar, tan sólo a los campesinos laborando en sus tierras; sorprendido por aquella situación, se acercó a uno de los hombres.

—Que Dan'Nan sea con vos, campesino —saludó con amabilidad.

—Y con vos, caballero —le contestó el aldeano, levantando la cabeza y observando receloso al mercenario—. ¿Qué se os ha perdido en este lugar abandonado de los dioses?

—¿Por ventura podríais indicarme dónde acampa la patrulla del ejército celacan? —inquirió Calet.

Por toda respuesta, el campesino alzó el brazo y señaló una de las casas con gesto adusto.

—Os quedo agradecido, señor —se despidió el guerrero,

con un vago ademán; le sorprendía la actitud seca, arisca, del hombre, como si prefiriera que nadie fuera a molestarlos.

Mientras se acercaba a la casa examinó cauto los alrededores: fragmentos de cerámica por todas partes, huesos de animales, restos de carne... Alguien se había dado un buen banquete, y no se había molestado en enterrar todo aquello. Un perro le ladró al pasar, mas casi de inmediato escondió el rabo entre las piernas y se apartó de él con un aullido lastimero.

Llamó a la puerta; dentro oyó unas broncas carcajadas, mas nadie acudía a recibirlo; insistió golpeando más fuerte, hasta que por fin se abrió la hoja y apareció una mujer macilenta, baja, delgada, con una larga y lacia cabellera morena que envolvía un rostro agradable aunque avejentado, en el que apenas relucían unos apagados ojos claros.

—Que Dan'Nan sea con vos —saludó el mercenario con una leve inclinación de cabeza.

—¿Qué deseáis? —demandó ella con voz átona.

—Si no os importa, desearía presentar mis respetos al capitán de esta guarnición —explicó el mercenario en tono amable.

La mujer no dijo nada, se limitó a apartarse para que el hombre pasara a una estancia no demasiado grande, en la que un grupo de unos veinte soldados con las armas de Mor Celac se sentaban a una larga mesa, comiendo mientras charlaban y dejaban escapar risotadas una y otra vez.

Toda la algarabía se desvaneció como por ensalmo ante la presencia del desconocido, los ojos se volvieron hacia él con expresiones ceñudas, suspicaces, mientras las manos se alargaban hacia las armas.

—Que Dan'Nan sea con todos vosotros —saludó Calet, observando aquel deplorable espectáculo y buscando al capitán, al que encontró presidiendo la mesa.

—Y contigo, mercenario —le contestó el hombre, un gigantesco atlante de alrededor de dos metros de altura, un enorme corpachón y piel atezada—. ¿Qué buscas aquí?

—Vengo en misión de los Doins de Mor Celac — explicó con brevedad el guerrero sin moverse de su sitio, a unos metros frente a la mesa—. He sido destacado a este lugar para ayudar en el problema que acucia a esta aldea...

—Si sólo se trata de eso siéntate con nosotros —sugirió jocoso el capitán de ojos azules como el mar, arrojándole un pedazo de carne—. Yo soy Raudol, capitán de esta guarnición, y te garantizo que no vas a tener nada que hacer.

"Por más que te esfuerces no vas a poder dar con la causa de las desapariciones, así que lo mejor que puedes hacer es lo que nosotros: sentarte y disfrutar de la vida.

—¿No habéis perdido soldados? —inquirió el asesino cogiendo en el aire el regalo del guardia—. ¿Sólo desaparecen campesinos?

—Al principio, sí —admitió sombrío Raudol, torciendo su rostro, sucio de restos de comida y bebida que salpicaban su oscura y espesa barba—. Poníamos centinelas protegiendo el pueblo, mas por las mañanas descubríamos con sorpresa que alguno de ellos había desaparecido sin un sonido, sin dejar más rastro que unas extrañas pisadas que venían de las montañas y se dirigían a ellas, y se desvanecían al llegar a las rocas...

"Al final me cansé de perder a los míos, y decidí que no merecía la pena esforzarse más en un lugar como éste — extendió los brazos en un ademán que pretendía abarcar toda la aldea—. Al fin y al cabo, sólo son destripaterrones por los que no merece la pena malgastar una lágrima.

Calet lo contempló con furia contenida, tragándose la bilis que amenazaba con subir a su garganta, mordiéndose la lengua para no soltar un crudo exabrupto... ¿Cómo se atrevía aquel hombre a hablar de aquella manera?

—A lo que veo, la situación entonces no es seria —sugirió en tono contemporizador, sin molestarse en morder la carne que tenía en la mano—, aunque todo el pueblo desaparezca no habrá una gran pérdida.

—Así es, hermano de armas —le contestó entre risotadas el capitán de negros cabellos—. Si desaparece este sitio, al menos nosotros podremos volver a Celac a disfrutar de mejores cosas que aquí.

—Puesto que están así las cosas, debo entender que no me necesitáis para nada —comentó con aparente despreocupación el mercenario—. ¿Cuento con vuestra aquiescencia para marcharme de aquí?

—Por supuesto que sí... —Raudol frunció el ceño—. Ahora que lo pienso, aún no has dicho tu nombre.

—Calet dar Gaur —se presentó el guerrero—. Los Doins me contrataron...

—La Dama Ashura, por supuesto —admitió el capitán con indolencia—. No podía ser de otra manera, derrocha casi todo el dinero de la ciudad en ayudar a los ciudadanos y contratar mercenarios para protegerla de los criminales —dejó escapar una seca carcajada—. Como si eso se pudiera conseguir...

El asesino sentía que en su interior crecía la ponzoña, que la flor carmesí de la ira iba abriendo en amarga lentitud sus pétalos, velando su entendimiento, haciendo que todo a su alrededor comenzara a oscurecerse tras una bruma escarlata... Tenía que contenerse, debía controlar aquello que pugnaba por salir...

—Saludos, capitán —se despidió dándose la vuelta—, que la Diosa sea con vosotros.

—Y contigo, Calet dar Gaur.

Mientras salía de la vivienda miró de reojo a la mujer que le había abierto la puerta, su expresión triste, desesperanzada... Las voces y las risas de aquellos soldados penetraban en sus oídos como aguzados cuchillos, clavándose en su mente, evocando recuerdos que hubiera preferido no tener: una granja en llamas, Itzai tendida desnuda, los ojos abiertos en un inocente gesto de horror y sorpresa, una profunda puñalada en el corazón, otras risas igual de macabras... ¿Cómo podían darse ese banquete mientras los campesinos lo pasaban tan mal? Sospechaba que cuando se acabaran las viandas pasarían a sangre y fuego, sin dejar supervivientes, y volverían a Mor Celac con la frente muy alta, asegurando que las desapariciones se habían acabado y que ellos eran unos héroes.

No tenía intención alguna de irse del poblado: había aceptado una misión y la cumpliría o moriría en el intento, su reputación estaba en juego. Y, por supuesto, también aquella situación: tentado estaba de desenvainar sus armas y entrar en el obsceno festín como un huracán: a juzgar por el estado en que los había visto, creía que podía acabar con una decena antes de que pudieran reaccionar en condiciones de ponerle en apuros.

Miró hacia los Akantum[23]: en aquellas escarpaduras había algo que capturaba a los seres humanos por algún motivo que desconocía, algo que escapaba al rastreo de una guarnición de soldados. También era cierto que se habían vuelto muy indolentes, y que ya no les importaba lo más mínimo Jerkain, lo que complicaba un tanto su misión: si debía acabar con lo que quiera que fuera y además bregar con los guardias celacans, a la postre podría terminar todo aquello en un ingente baño de sangre. ¿Serían capaces los Doins de perdonarle semejante acción?

Guió su montura hasta una casa, llamando a la puerta con suavidad. Le abrió un anciano, ya muy entrado en años, de escaso pelo cano, encorvado, sujetándose en un nudoso bastón.

---

[23] Montes Akantum: cordillera del Norte de la isla atlante de Antilea.

—Que Dan'Nan sea con vos, anciano —saludó con semblante amable—. ¿Podríais decirme cuál es la vivienda del señor local?

—Por supuesto, señor —aceptó el hombre con una sonrisa de complacencia—, es aquella de allí —señaló la construcción en la que había estado y donde no había nadie—, mas ahora mismo Solam está trabajando sus tierras. Si queréis verlo, deberéis esperar hasta la hora de la comida.

—Os quedo agradecido, señor —el mercenario miró a su alrededor: junto a la casa había un establo—. ¿Os importa si dejo mi caballo aquí? Puedo pagaros por su alojamiento...

—Si disponéis de una moneda de hierro, podéis llevarlo al establo —sugirió el hombrecillo.

Calet rebuscó en su saquillo y sacó una moneda, tendiéndosela al anciano.

—Gracias, señor.

Después de dejar la cabalgadura acomodada y alimentada, el guerrero se dirigió al Norte, en dirección a las montañas, hasta llegar a un afloramiento rocoso desde el que se divisaba toda la aldea con absoluta claridad; se sentó sobre él y se recostó contra una piedra, mirando a su alrededor, observando todo lo que le rodeaba: un águila solitaria se cernía entre graznidos en el cielo, dando algunas vueltas sobre un punto de las montañas antes de volar en dirección Este, un gran lagarto tomaba el poco sol que caía a unos metros de él...

Durante unos minutos se quedó adormecido, acunado por el silencio de la región, roto sólo por las criaturas salvajes, hasta que abrió los ojos y levantó la mirada hacia el cielo: ya iba siendo hora de tomar algo, el estómago estaba comenzando a protestar. Había dejado las viandas en las alforjas, por lo que bajó del peñasco y volvió al pueblo, encontrándose con un par de soldados que se dirigían a una de las casas mientras le observaban con gesto sombrío.

Tras recoger la alforja en la que tenía la carne se dirigió de nuevo a la casa del gobernador de la aldea: esta vez le recibió un hombre mayor, alto, delgado, de largo cabello canoso y piel curtida por el sol, con unos rasgos anodinos en los que destacaban unos brillantes ojos azules.

—Que Dan'Nan sea con vos —saludó.

—Y con vos, señor. Mi nombre es Calet dar Gaur, mercenario enviado por los Doins de Mor Celac para...

—¿Más bocas que alimentar? —se quejó el anciano frunciendo el ceño—. No necesitamos a nadie que nos ayude, ya es suficiente con esa patrulla de... soldados.

—¿Le importa si hablamos en privado, señor? —sugirió el guerrero—. Tal vez lo que tengo que decirle pueda resultar de su interés.

El hombre lo miró de arriba abajo, dudando de él durante unos momentos, el recelo pintado en su mirada, hasta que por fin, con un encogimiento de hombros, se apartó e invitó a entrar a Calet, quien, tras echar una ojeada a su alrededor y comprobar con una leve sonrisa que Raudol lo contemplaba desde el umbral de la vivienda en la que se celebraba el banquete.

Se sentaron frente a frente, los brazos apoyados en una mesa, observándose sin decir una palabra; el anciano carraspeaba y fruncía el ceño, esperando a que fuera el mercenario el primero que comenzara a hablar.

—¿Y bien? —comentó al cabo de un rato con exasperación—. ¿Qué es eso que teníais que decirme?

—Con respecto a mí, podéis restar tranquilo —sugirió el guerrero con voz suave, levantando la alforja—. He venido a cumplir una misión, y mientras no necesite de vuestra ayuda no os la solicitaré. A lo que veo, hay quienes prefieren eludir sus responsabilidades y dedicarse a... tareas más placenteras, olvidando que tienen unas órdenes que cumplir.

"Si no os importa, me gustaría que me explicarais la situación real en este lugar —su énfasis hizo que su interlocutor entrecerrara los ojos—: he hablado ya con el capitán de la guarnición, y no me ha dado pista alguna sobre la que trabajar, excepto un misterioso rastro que se pierde en las montañas. Necesitaría algo más de información para poder llevar a cabo mi cometido.

—Llevamos en esta situación más tiempo del que puedo recordar —comenzó a explicar el hombre con gesto resignado—. Mi nombre es Solam dar Niar, y me encargo de Jerkain desde que el anterior señor, Tamerius dar Verkon, se convirtió hace unos diez días en uno de los desaparecidos.

"No es mucho lo que puedo contaros, señor Calet: la población ha quedado reducida a la mitad entre los que se han desvanecido y la gente que ha decidido marcharse con sus familias para evitar un destino desconocido.

"Siempre ocurre por la noche, cuando alguien vaga por entre las casas, aunque en una ocasión oímos ruido de maderas rotas: al día siguiente comprobamos espantados que la puerta de una de las viviendas había sido destrozada, y la mujer que habitaba en ella se había desvanecido.

"Nunca hay gritos de socorro, ningún signo de lucha, tan sólo unas pisadas que no parecen humanas que llegan desde las montañas y se vuelven a ellas. Aunque al principio los perros ladraban, ahora se limitan a esconder el rabo entre las piernas y esconderse acobardados entre gañidos asustados.

El mercenario pensó con calma en lo que el anciano le estaba contando, especulando acerca de la criatura o criaturas que podían estar detrás de todo aquello; no parecía cosa de animales comunes, puesto que los lobos, los osos o los tigres no actuaban de aquella manera, ni mucho menos dejaban unos rastros tan extraños: un depredador normal habría arrancado algún alarido de agonía de su víctima, y dejado manchas de sangre por todas partes; mas, al parecer, ésa era una característica fundamental de las desapariciones.

—Cuando llegaron los soldados pensamos que la pesadilla acabaría por fin —continuó Solam con gesto amargo—, mas cuan grande fue nuestro error ante tal suposición.

"Al principio el capitán ordenó una investigación, tal y como vos estáis haciendo ahora; después estableció una guardia nocturna, esperando atrapar con facilidad y rapidez a quienquiera que nos estuviera haciendo aquello, mas lo único que consiguió fue perder a un par de hombres, uno cada noche; furioso, duplicó las guardias, los centinelas patrullaban de dos en dos o de tres en tres, mas todo era en vano: los aldeanos seguían desapareciendo, y lo único que se llegó a ver en alguna ocasión fue una sombra de gran tamaño, que se movía con una agilidad pasmosa, desvaneciéndose en la oscuridad como si sólo hubiera sido un producto de nuestra imaginación.

"Con el tiempo el capitán retiró a sus hombres, explicando que no tenía capacidad para resolver aquello, y desde entonces están tal y como los ha visto: pasan el día comiendo y bebiendo, acabando con las pocas existencias que nos quedan después de pagar el diezmo a Mor Celac, tomando a hombres o mujeres del pueblo sin importarles que estén casados, prometidos o solteros... Se limitan a mandar un mensajero cada quince días, explicando a los Doins de Celac que siguen con la investigación y que están a punto de capturar al responsable.

Calet contemplaba con gesto impasible al señor local, la ira brotando de nuevo en su pecho; consiguió controlarse, dominar aquella furia que le irritaba. ¿Qué le importaban a él todas aquellas gentes y sus problemas? A él sólo le importaban su venganza y la misión por la que le pagarían: si los aldeanos no se rebelaban contra aquella situación era cuestión suya…

—Muchas gracias, señor —aceptó, interrumpiendo al anciano y levantándose—. Veré qué puedo hacer.

Solam le observó con expresión incrédula, alzándose de la silla a su vez.

—¿Señor Calet?

—Haré lo que pueda —comentó tajante, molesto por los pensamientos que afloraban a su mente…

El mercenario había vuelto a su posición entre las rocas, a la espera de que cayera la noche; suponía que desde el momento en que había sido visto hablando con el señor local los soldados lo habrían sometido a una vigilancia exhaustiva, para ver qué se traía entre manos.

Mientras no intentaran nada contra él procuraría mantenerse al margen: ésa había sido su norma durante mucho tiempo, y no pensaba cambiarla ahora. Que cada cual se las apañara como pudiera, él ya tenía sus propios problemas con su misión principal y con tener dinero en el bolsillo…

Desde su situación podía distinguir las casas de Jerkain, comprobar si en verdad Raudol estaba dispuesto a arriesgar la vida de sus hombres enviándolos a espiarlo, o incluso a asesinarlo: aquel capitán no le inspiraba la más mínima confianza, sus maneras eran tan groseras, tan directas, que no le cabía la menor duda de que se traía algo entre manos.

Oteaba las montañas, examinando los más mínimos recovecos que podía distinguir desde aquel lugar, tratando al mismo tiempo de no perder de vista el pueblo; era una zona bastante escarpada, llena de grietas que podían extenderse por el interior y convertirse en grandes cavernas, guaridas de cualquier criatura conocida o desconocida; no tenía sentido intentar buscar en aquel lugar, era preferible que los propios autores de las desapariciones lo guiaran hasta su nido: después tendría tiempo de planificar una estrategia adecuada.

Mientras masticaba un pedazo de carne no hacía más que darle vueltas a lo que le había contado Solam: los perros asustados, el silencio más absoluto, huellas desconocidas... ¿De qué clase de criatura podía tratarse? ¿Cómo era posible que pudiera capturar o matar a seres humanos sin que dejaran escapar el más mínimo lamento?

Se arrellanó buscando acomodo y se dispuso a esperar. Aunque tenía prisa por acabar con todo aquello y proseguir con su búsqueda, no podía precipitarse en sus acciones: debía tener cuidado de evitar los errores cometidos en Mor Falkan, o podría costarle caro...

Notó movimiento en la base del peñasco: cauteloso, echó mano a sus espadas y las descolgó en el más absoluto silencio, aguardando con paciencia a que se mostrara quién quiera que anduviera por ahí debajo.

La tarde iba avanzando, las sombras del crepúsculo comenzaban a alargarse, mientras Calet esperaba atento a cualquier eventualidad. Un nuevo sonido, esta vez, reconocible sin duda alguna: metal contra piedra. Así pues, Raudol había decidido tomar la iniciativa y quitarlo del medio; pues bien, si creía haber tropezado con un conejo, pronto descubriría que se hallaba ante un dientes de sable...

Un casco asomó por el borde de la roca, dando paso un instante después a un rostro curtido, lleno de cicatrices, que lo observaba con gesto ceñudo.

—Sorpresa, soldado —se mofó, poniéndole la espada en la garganta—. Hazte un favor a ti mismo, y vuelve a la aldea. Y dile a tu capitán que esto le va a costar muy caro.

El hombre tragó saliva, la faz desencajada por el miedo,

mientras observaba el filo cerca de sus ojos.

—No os atreveréis —murmuró sin poder contener el temblor de su voz.

—Será mejor que no me pongas a prueba —insistió el mercenario, azuzando al guardia con ligereza, que se descolgó del afloramiento rocoso y salió corriendo hacia el pueblo bajo su divertida mirada.

Con la llegada de la noche, Calet se dispuso a afrontar la misión que le había sido encomendada: sabedor de que tal vez los soldados no fueran los únicos que lo vigilaban, decidió cambiar de ubicación e internarse más en las montañas en busca de un lugar que le permitiera defenderse con mayor eficacia. Encontró una pequeña meseta, una superficie en la que apenas había sitio para que cupiera él, a unos tres metros de altura, donde se arrellanó cómodamente mientras oteaba el panorama a su alrededor: el silencio se enseñoreaba de la región, un silencio tenso, roto tan sólo por los graznidos de las aves y los chirridos de los insectos; en algún lugar, un lejano rugido indicaba la presencia de un depredador…

Todos los instintos del guerrero le alertaban de una presencia desconocida, oculta entre las sombras de las rocas, de algo que se deslizaba y acechaba en un mortífero sigilo, dirigiéndose hacia la aldea en busca de otra presa, algo cuya ignorada naturaleza le ponía los pelos de punta, como si se encontrara ante la presencia de un enemigo natural, de una criatura hacia la que existía un odio ancestral.

Pensó en los gorgones[24], aquellos seres reptiles que caminaban como los hombres pero que no tenían nada que ver con ellos, que vivían en los más recónditos lugares a los que habían sido expulsados por una humanidad incipiente. Si aún no habían sido exterminados era porque se habían hecho fuertes en los Pantanos del Sur de Antilea, en Tritho: el último ejército enviado contra ellos por el Imperio había sido masacrado sin conmiseración alguna, a pesar de la maquinaria bélica movilizada, a pesar de haber intentado quemar la cenagosa jungla sin éxito.

Mas no creía que pudiese tratarse de aquellas criaturas: su naturaleza las impulsaba a los climas cálidos, húmedos, aunque había oído por viajeros que existían grupos aislados en algunas zonas de Otzaan[25] o en el sudeste del continente del Oeste, entre los Pueblos Rojos.

Además había un hecho añadido en todo aquello: desde que tenía uso de razón, nadie había oído hablar de ataques u hostilidad por parte de las criaturas reptiloides hacia los asentamientos humanos por muy cercanos que estuvieran éstos a su territorio. Así pues, ¿a qué se iba a enfrentar?

Un leve sonido lo sacó de sus pensamientos: un suave roce por debajo de él, entre las piedras, lo que parecía una pesada respiración, sibilante, le hizo ponerse en alerta y recoger sus armas, que había dejado sobre la roca; con suma cautela se acercó al borde y se asomó, buscando el origen de aquel ruido hasta encontrarlo: una furtiva sombra se alejaba de su posición en dirección a la aldea, una figura grande, encorvada en forma extraña, de apariencia humanoide; tras ella, entre las sombras, se agitaba algo que

---

[24] Gorgones: pueblo de aspecto reptílico que habita en el pantano Tritho, en la desembocadura del río Stigium, al Sur de la isla de Antilea.

[25] Otzaan: isla principal del imperio lemurio, la actual Australia.

podría haber sido una cola...

—¿Por qué no pruebas a enfrentarte a alguien que devuelva los golpes? —exclamó, poniéndose en pie.

El efecto de aquellas palabras sobre la criatura fue instantáneo: con un movimiento vertiginoso, fluido, ésta se dio la vuelta hacia el origen de la voz.

Calet se estremeció ante la visión, una imagen de pesadilla que tardaría en olvidar: unos ojos brillantes, rasgados, de pupila vertical como las serpientes, en unos rasgos que no conseguía distinguir por encontrarse entre las sombras, una mirada letal, abominable, un odio infinito, perverso más allá de toda razón...

El mercenario comprendió de inmediato el peligro: se hallaba ante un gorgón más grande de lo habitual que alzó una espada curva, aserrada, en medio de ominosos siseos; casi antes de que pudiera darse cuenta de lo que ocurría, aquel ser se plantó en la base del peñasco en dos grandes saltos, dejando entrever su cuerpo cada vez que cruzaba lugares iluminados por la luna: de alrededor de dos metros de altura, su rostro era escamoso, de reptil, con un hocico más marcado que el de los habitantes de Tritho; su cuerpo se cubría con un peto de cuero, y sobre él unos cinturones cruzados en bandolera; las garras brillaban afiladas como cuchillas al final de unos brazos musculosos, en apariencia capaces de partir el espinazo a un oso.

Mas el peligro real estaba en los ojos, el auténtico poder de aquella raza no humana era el de los ofidios: al igual que sus parientes reptadores, poseían la capacidad de paralizar a su presa, inmovilizarla en base al miedo y una influencia hipnótica que dominaba a la víctima y la dejaba expuesta al depredador.

Por un momento, el guerrero se sintió abrumado, incapaz de reaccionar ante la mirada del ser, que era un tanto distinto de sus hermanos del pantano, como si en realidad fuera más antiguo, lo que estuvo a punto de costarle la vida: de un formidable salto el ser apareció ante él, contemplándolo con una ominosa fijeza que sabía que debía evitar a toda costa, o estaba perdido.

El gorgón no hizo ningún movimiento, tan sólo quedarse allí, al borde de la roca, clavando sus ojos en su pretendida víctima, la espada baja, con un susurrante siseo y la lengua bífida brotando como un látigo de una boca repleta de aguzados colmillos inclinados hacia el interior.

Calet podía comprender ahora por qué nadie se había resistido, ni siquiera los soldados; hasta podía entender la actitud de los perros, atemorizados ante el olor almizcleño de una criatura tan mortífera...

Con un esfuerzo inaudito consiguió sacudirse el yugo de aquella mirada, mas no se lanzó a la carga: si bien sabía que sus parientes de la ciénaga eran más huidizos y habían aprendido a temer el poder de la raza humana, no estaba seguro de cuál era el carácter real de aquella nueva especie, por lo que esperó para averiguar todo lo que pudiera.

No tuvo que esperar mucho: relamiéndose de placer, regodeándose en su sencilla victoria, el hombre ofidio, resto de una antigua era en que su especie había dominado por completo el planeta, se acercó en ademán confiado al mercenario, envainando su arma y extrayendo de un saquillo un pedazo de cuerda con el que a buen seguro pretendía atar las manos de su presa.

Conocedor de las leyendas sobre aquellas criaturas, no dudó en pasar al contraataque: antes de que la criatura reptílica tuviera tiempo de reaccionar, una espada se había hundido en su estómago, mientras otra se deslizaba por su brazo derecho, inutilizándolo.

—¡Maldito seas! —gruñó, mientras el ser retrocedía sujetándose el vientre con la zarpa izquierda; con un rugido de rabia, alzó la zarpa izquierda y se abalanzó sobre Calet, que lo recibió con una estocada hacia el cuello que el escamoso reptil esquivó a duras penas, lastrado por la profunda herida que había recibido, alcanzando a su rival en el pecho mas sin apenas hacerle daño; consciente de haber sido cogido por sorpresa por aquel condenado humano, bajó del peñasco de un salto y huyó hacia las montañas.

Eso era sin duda lo que Calet esperaba, que lo condujera hasta su guarida: si había más de aquellos lagartos humanoides, tal vez tuviera que congraciarse con Raudol para poder efectuar un ataque combinado.

A duras penas consiguió seguir al gorgón entre las rocas, perdiéndolo de vista de vez en cuando y volviendo a verlo cuando se mostraba por momentos a la luz de la luna, agitando su larga cola mientras huía del humano que había conseguido herirlo, y que sufrió varios traspiés al intentar mantener el equilibrio en la oscuridad en un terreno tan escabroso.

La persecución duró casi una hora: los pulmones del guerrero ardían, parecían a punto de estallar mientras intentaba mantener el ritmo en apariencia incansable del ofidio, que saltaba de un peñasco a otro hasta llegar a un farallón en el que se abría una gran grieta.

El asesino se asomó cauteloso al interior de la gruta, esperando que el monstruoso saurio se abalanzara sobre él, mas nada vio en el interior que le advirtiera de la presencia de la criatura; con las espadas preparadas avanzó con precaución, hasta llegar al final de la caverna...

Un suspiro de asombro se escapó de sus labios al asomarse a un rellano sobre un recogido valle: siguió con la mirada al reptil herido, descendiendo por una rampa natural, hasta un anfiteatro en el que se erguían, imponentes, unas construcciones de arquitectura imposible, de geometría tan retorcida que no podía haber sido imaginada por humano alguno, llenas de curvas por todas partes, con una poderosa sensación serpentina en el ambiente... Aquello era tan ajeno a la raza de Calet que no pudo por menos que detenerse alarmado.

Una ciudad de gorgones... Más le valía retroceder, ahora que había conseguido ubicar la situación real del problema, y solicitar la ayuda de Raudol y sus hombres; aunque, tras pensarlo unos momentos, se dio cuenta de que no tendría demasiada ayuda de aquellos soldados, que habían abandonado sus entrenamientos y habían permitido que la buena vida acabara con sus capacidades; no, a buen seguro le resultaría más factible explorar un poco más antes de dar la alarma: si en verdad había tantos como parecía indicar aquel lugar no bastaría con la guarnición de Jerkain, ni siquiera con la de Mor Celac. Haría falta el ejército.

Había algo sorprendente en todo aquello: ¿cómo era posible que hubieran dejado sin vigilancia aquel acceso? ¿Tan seguros y confiados estaban como para despreocuparse de aquella manera?

Con extrema cautela, descendió por la rampa mientras vigilaba a su alrededor, pendiente de cualquier movimiento que pudiera indicarle una emboscada: aquella especie no se caracterizaba por su irracionalidad, su inteligencia era pareja a la de humana, por lo que debía estar alerta ante cualquier rastro.

Sin embargo, llegó a las primeras casas sin que nadie se interpusiera en su camino, en medio de un silencio sepulcral, tenso, agobiante, tan palpable que se podía cortar con un cuchillo.

Aquellas viviendas... Sus formas eran cualquier cosa menos lógicas: serpenteantes, retorcidas como pecados, las puertas y ventanas no tenían hojas que las cerraran, ni siquiera cortinajes; se abrían como bostezantes bocas, malignos ojos que parecían vigilar todas sus acciones.

Las fachadas estaban agrietadas, algunas de ellas incluso medio derrumbadas; la impresión de gran antigüedad calaba con profundidad en el ánimo de Calet... Era como si los constructores hubieran dejado de preocuparse por cuidar los edificios, como si su preocupación hubiera sido otra más importante, más necesaria.

Entro en algunas de aquellas viviendas, con la indefinible sensación cada vez que trasponía el umbral de estar siendo devorado, para encontrarse con unas estancias austeras, sin apenas muebles, y los pocos que veía apenas reconocibles o en un estado tan lamentable que no pudo dudar de que aquel lugar llevaba tiempo abandonado; y, a pesar de todo, había visto a la serpiente a la que había herido internarse en esta ciudad.

Llegó por fin al centro de aquel nefando conjunto, una plaza alrededor de la cual se alzaban los edificios más grandes y ornamentados: lo que creía que era el palacio de los gobernadores era una estructura de dos plantas, construida en piedra blanca, con relieves de serpientes en la fachada e intrincados diseños geométricos alrededor de dichos relieves; el gran templo, de una altura desusada para lo que estaba acostumbrado a ver, con forma redonda y una cúpula semiesférica sobre la que se erguía la cabeza de un gran cocodrilo con las fauces abiertas en un ominoso gesto de advertencia, todo ello construido con una piedra de tonos verdosos...

Prefirió no entrar en ninguno de aquellos complejos: a buen seguro se tropezaría con algún habitante, lo cual de momento no le convenía en lo más mínimo. Se dedicó a vagabundear sigiloso, deslizándose entre las sombras, atento a cualquier sonido o movimiento, hasta asegurarse de haber recorrido la ciudad completa.

Accedió por fin a una amplia zona vallada con toscas estacas de madera, en cuyo interior descubrió una gran cantidad de cruces clavadas en el suelo en forma de aspa, por dos de los vértices, colocadas de forma ordenada. Tal vez fuera el cementerio de aquel lugar, mas, si de tal se trataba, los enterramientos habían sido muy numerosos, tanto que podían explicar el despoblamiento.

Por fin, sospechando que no tenía nada que temer, volvió sobre sus pasos hacia la plaza central y se dirigió hacia el palacio, introduciéndose en él en busca de respuestas. La falta de luz permitía que las sombras se adueñaran de todos los rincones, envolviéndolo todo en un ambiente de irrealidad, de pesadilla surgida de la mente de un loco peligroso...

Casi de inmediato tuvo la sensación de que fuerzas hostiles lo vigilaban con sus ojos rasgados, reptílicos, llenos de un odio visceral hacia lo que él representaba, con una maldad tan concentrada, tan presente, que casi podía sentir como un golpe físico.

En un instante, cuando cruzó una arcada y se encontró ante lo que parecía la sala de audiencias del palacio, notó movimientos a su alrededor al tiempo que varias figuras surgían de diversas aberturas en las paredes y lo rodeaban: eran gorgones, de ello no cabía duda, mas, tal y como había tenido ocasión de comprobar cuando se enfrentó a uno de ellos entre las rocas, eran en efecto diferentes de sus hermanos de los pantanos, más grandes y pesados, armados hasta los dientes a juzgar por los destellos de hierro que podía distinguir de vez en cuando, siseando de furia, articulando rasposas palabras en su ininteligible lenguaje.

Aunque no conseguía distinguir con claridad en medio de la oscuridad reinante los cuerpos, los brillantes ojos le indicaban que se trataba tan sólo de tres ejemplares, mas no parecían fáciles de eliminar; a pesar de haber herido a uno de ellos: su dura piel escamosa bien podía desviar una estocada que no fuera directa, por lo que debía tener sumo cuidado a la hora de golpear.

No podía quedarse en el medio de aquella amplia estancia: si le atacaban todos a la vez podía darse por muerto, por lo que se lanzó hacia delante en un rápido movimiento que cogió por sorpresa a sus enemigos, apoyándose de espaldas contra una pared con las espadas en alto.

—Venid ahora, engendros —gruñó—. Venid ahora si os atrevéis.

Oyó el sonido de pies garrudos lanzándose a la carrera: cruzó sus armas, y se dispuso a vender cara su vida. Tenía que confiar en sus instintos, puesto que apenas era capaz de distinguir a sus oponentes.

Una espada se estrelló contra sus hojas con un estrépito que le pareció ensordecedor, con una fuerza casi imparable, al tiempo que se agachaba para evitar el filo de una lanza dirigida hacia su garganta. Vio llegar el reflejo azulado de otra espada, mas no había tiempo para esquivar, por lo que interpuso en acto desesperado uno de sus hierros, desviando el arma contraria hacia el suelo.

Durante unos segundos recibió un incansable martilleo que le impidió lanzarse al contraataque, deteniendo y esquivando, fintando, intercalando un intento de estocada cuando podía, sin poder hacer otra cosa que defenderse, ya que no era capaz de alcanzar a sus rivales. Y no podía mantener aquellas miradas durante demasiado tiempo seguido, o de lo contrario su sangre se volvería agua y sería presa fácil.

Un gruñido de dolor le indicó que uno de sus golpes había tenido la fortuna de alcanzar a uno de sus enemigos, mas no tenía forma de saber si había sido grave o no, por lo que procuró no bajar la guardia y mantener la cabeza fría.

Pronto notó que los golpes de uno de los gorgones eran más débiles que los de los otros: sin duda, el que había combatido entre los peñascos. Venían de su derecha, por lo que decidió intentar una jugada desesperada, puesto que no podía mantener su posición de forma indefinida. Dejando al descubierto su flanco izquierdo, a sabiendas de que sus rivales aprovecharían la circunstancia, se arrojó hacia su derecha con la diestra por delante, esperando conseguir un golpe que acabara al menos con una de las criaturas.

Su arma fue desviada sin dificultad, mientras agitaba su siniestra para bloquear las estocadas que llegaban por el costado; tropezó con un voluminoso cuerpo, sintió en su rostro un fétido aliento a matadero, y se arrojó al suelo, rodando, entre lo que creyó serían las patas del reptil: lanzó de nuevo la espada, esta vez hacia arriba, y sintió una satisfacción malsana cuando oyó un aullido de dolor y agonía y sobre su espalda cayó un líquido cálido. Pasando por detrás se alzó y apuñaló de nuevo, a la altura de lo que creyó sería el corazón, mas no había tenido en cuenta el gesto instintivo de encogerse ante una herida en la parte inferior del cuerpo, por lo que su hoja se deslizó por encima de la clavícula; al notar aquello, tomó rápido impulso y golpeó a aquella altura de izquierda a derecha, procurando mientras mantener a raya a los otros dos gorgones, que habían conseguido provocarle ya varias heridas superficiales en el cuero cabelludo, el costado y el brazo izquierdo.

Más que ver sintió que el hierro alcanzaba la carne a la altura del cuello del ofidio, mordiendo con furia, aunque no lo suficiente como para decapitarlo; mas sí para dejarlo tendido, un enemigo menos a tener en cuenta en aquella batalla en las tinieblas.

Cumplido aquel objetivo huyó de sus oponentes en busca de una pared contra la que resguardarse; cuando lo consiguió se dio la vuelta y detuvo un lanzazo a su estómago. Ahora, con tan sólo dos rivales, podía luchar con más posibilidades de éxito, usando una espada para cada uno, cruzándolas una y otra vez para confundirlos y que no tuvieran una ocasión clara de tomar la iniciativa a pesar de mantenerse a la defensiva.

Intuyó que una de las criaturas, la de la espada, se lanzaba en un ataque a fondo, por lo que creyó que su oportunidad había llegado: en lugar de bloquear la esquivó, permitiendo que el arma arrancara chispas de la pared, golpeando con su izquierda el lugar en el que intuyó que se encontraba el brazo escamoso, consiguiendo un aullido de dolor al sentir que su hoja lo atravesaba de lado a lado. Al mismo tiempo, su diestra detenía de nuevo un maligno lanzazo.

Se apartó de la pared, mirando a su alrededor, tratando de evitar que el tercer gorgón lo sorprendiera; y esta vez no podía huir para llevarlo a su terreno: podía terminar, si se le acababa la suerte, con varios palmos de hierro clavados en su espalda.

Ahora eran uno contra uno; casi podía percibir la mezcla de odio y miedo que emanaban de la serpiente, lo que le daba incluso más ventaja: un oponente sin concentración era mucho más fácil de eliminar.

Mientras contenía los golpes colgó su espada izquierda tras los hombros, dispuesto a jugarse el todo por el todo: cuando intuyó un golpe a su vientre lo esquivó y sujetó el astil de la lanza, mientras avanzaba siguiendo la dirección de la madera y lanzaba un feroz embate lateral con su arma: sintió que la piel escamosa cedía ante la embestida y, mientras escuchaba la voz del gorgón y notaba que la presión sobre el arma enemiga disminuía al haber perdido fuerza en el brazo izquierdo, sin soltar el mango de su rival, extrajo de nuevo su espada y volvió a lanzar un tajo un poco más arriba, golpeando en lo que creía sería el hombro.

Notó que la lanza se inclinaba hacia abajo, por lo que recuperando su arma se lanzó de nuevo hacia delante y hundió su filo en el lugar en el que distinguía la brillante y malévola mirada, ahora opacada por el dolor agónico. Mientras el arma penetraba en la cabeza, los ojos se cerraron...

Y, por fin, Calet pudo respirar aliviado: a su alrededor, entre las sombras, sólo percibía la respiración entrecortada de un oponente, a buen seguro aquél al que había cortado la garra; guiándose por el sonido se acercó y se dispuso a descargar el golpe final. Su intuición le guió con tino, mas su rival esquivó el golpe con facilidad; sin embargo, éste no parecía contar con que el humano luchaba con dos espadas, por lo que cuando intentó de nuevo hurtar su cuerpo ante una acometida lateral, se encontró con una hoja que le llegaba desde el lado contrario, buscando su cuerpo y mordiendo con extrema fuerza, penetrando más allá de las escamas hasta dañar los órganos vitales de la criatura.

Tras limpiar las hojas, miró confundido a su alrededor: durante la pelea había perdido hasta tal punto el sentido de la orientación, que no era capaz de ubicar la abertura por la que había llegado hasta aquel lugar; así pues, decidió vagar de un lado a otro hasta encontrar una salida: aquella oscuridad comenzaba a ser opresiva, aunque la sensación de vigilancia, de acechanza, se había desvanecido con la muerte de aquellos gorgones. ¿Acaso eran los únicos habitantes de la ciudad?

Caminó durante varias horas por aquel laberíntico edificio, seguro de pasar por el mismo sitio varias veces, evitando las arcadas, puertas o rampas que condujeran hacia abajo, hasta que por fin consiguió ver las estrellas sobre su cabeza.

Se encontraba en la plaza central de nuevo, mientras el sol del amanecer comenzaba a asomar tras las montañas. Miró a su alrededor pensativo, estudiando la posibilidad de internarse en el templo, mas la desechó hasta más adelante: necesitaba una fuente de luz, y no estaba seguro de que no quedaran más gorgones con los que enfrentarse. Aunque bien mirado, si no se le habían echado ya todos encima, era probable que sólo quedaran aquellos tres a los que había matado.

Por lo que podía ver, su misión había finalizado: ahora sólo debía volver a Mor Celac y presentar un informe a la Dama Ashura acerca de lo ocurrido; mas aún tenía que resolver un cierto inconveniente en Jerkain...

Cuando entró en el pueblo el sol ya estaba alto en el horizonte: la guarida de las serpientes estaba más lejos de lo que había pensado. Los campesinos lo miraron con suspicacia, sin apenas levantar sus cuerpos de las tareas que realizaban a diario en sus campos, mientras algunos soldados, al verlo, discutían entre ellos y se dirigían por fin a la vivienda en la que todos juntos celebraban sus banquetes y orgías cotidianas.

Calet se dirigió en primer lugar a visitar a Solam, el señor local, para explicarle la situación. Cuando llamó a la puerta nadie salió a recibirlo, por lo que se acercó a un anciano y le preguntó cuáles eran las tierras del gobernante.

—Si se dirige hacia el este, lo encontrará de inmediato —le contestó.

Tras agradecer la información, el mercenario se dirigió hacia el lugar que le había señalado el hombre: en pocos minutos encontró a Solam cultivando un pequeño huerto.

—Que la Diosa sea con vos, señor Solam —le saludó con gesto amistoso.

—Y con vos, Calet —saludó a su vez el anciano, observando las manchas de sangre en sus ropas—. No se os ve por aquí desde ayer. ¿Qué habéis estado haciendo?

—Liberaros del problema que teníais —explicó con brevedad el guerrero mientras se encogía de hombros—. Las únicas desapariciones que debéis temer a partir de ahora serán las de aquellos que quieran marcharse.

Por un momento, la expresión del hombre se contrajo en un gesto de incredulidad, de recelo ante semejante afirmación; sin embargo, contemplar la visión de Calet con las ropas ajadas y los cortes en el cuerpo, hicieron que la esperanza comenzara a aflorar en él.

—Muchas gracias, señor —el rostro del gobernante se distendió en una ancha sonrisa, la felicidad irradiando de aquella arrugada faz como una esfera de luz[26]—. No sé cómo podría agradecéroslo...

—No tenéis por qué —aseguró el asesino dándose la vuelta para volver al pueblo—: los Doins de Celac se encargarán de ello.

—Mas estáis herido —insistió Solam—, permitidnos al menos ofreceros una comida y cuidar de vuestras heridas.

—No son graves —advirtió Calet—, mas si así lo deseáis no os haré el desaire.

"Sin embargo, esperad unos momentos antes de festejar nada —aconsejó con el ceño fruncido—, aún me resta pendiente una deuda por cumplir.

Caminó despacio, con paso calmo, de regreso a Jerkain bajo la mirada sorprendida del anciano. Cuando llegó junto a la vivienda en la que se había acomodado la guarnición celacan, golpeó con fuerza la puerta.

Casi de inmediato salió un soldado con la espada desenvainada, un joven de cabello corto y rubio y rostro agradable.

—¿Quién...

El puñetazo lo tumbó de espaldas antes de que tuviera tiempo de ver lo que ocurría; a continuación, Calet pasó por encima del cuerpo caído sin dedicarle ni una mirada, y se plantó delante de la mesa de banquetes, donde el resto de los guardias comían y bebían como si se tratara del último

---

[26] En el Imperio Atlante han inventado unas esferas que se iluminan a medida que se va oscureciendo el día o la habitación en la que se encuentran, a base de conocimientos mecánicos, magia y una energía misteriosa a la que denominan vril.

día sobre la tierra.

—¡Raudol! —exclamó airado—. Creo que vos y yo tenemos una cuenta pendiente.

—¿Otra vez vos? —demandó el capitán frunciendo el ceño—. ¿Cuál era vuestro nombre? ¿Colat? ¿Calat?

—Calet dar Gaur, capitán —gruñó con desprecio el mercenario—. Haríais bien en tomaros las cosas más en serio, porque temo que hoy vais a encontrar vuestro destino.

—¿De qué estás hablando, perro? —los ojos del soldado se entrecerraron mientras sus soldados se ponían en pie con las manos en la empuñadura de sus armas—. ¿Acaso quieres morir, que vienes aquí hablando de una cuenta pendiente?

—¿Tan floja es vuestra memoria que ya no recordáis haber mandado a uno de los vuestros a matarme?

La faz de Raudol perdió en un instante todo el color.

—¿Y? —demandó furioso—. ¿Crees acaso que voy a permitir que vengas a estropear la vida que llevamos aquí?

—Entonces, he de llegar a la conclusión de que no sois más que un rastrero cobarde —aseguró el asesino, descolgando sus espadas con amenazadora parsimonia—, una canalla que no merece vivir en la misma tierra que gentes más honestas que vos.

"Os escudáis en vuestros guardias para cometer toda clase de felonías y tropelías sin importaros lo más mínimo lo que pueda ser de los demás. ¿Seréis tan chacal como para negaros a concederme el placer de un combate a muerte entre ambos?

—No tengo por qué hacer tal cosa —se encrespó el capitán.

—Al contrario, debéis hacerlo —concluyó Calet, señalándolo con sus armas—, a no ser que prefiráis perder el respeto de vuestros seguidores. Habéis ordenado mi muerte de forma gratuita y arbitraria, y eso supone una afrenta que no pienso permitir. Defendeos, Raudol.

Con un rugido de rabia, el soldado se levantó de un salto y, tomando su espada, se arrojó sobre su rival en un salvaje remolino de molinetes.

Sonriendo como un lobo, el mercenario esperó con paciencia a su oponente y detuvo todos sus golpes con facilidad, conteniéndolo y obligándolo a retroceder unos pasos; tras comprobar el estilo y la técnica del capitán, le obligó a retroceder unos pasos más y, en una acción relampagueante, lanzó una estocada al pecho que su rival detuvo a duras penas; la espada izquierda salió disparada como una flecha por debajo de la defensa, alcanzando a Raudol en el vientre, arrancándole un gemido de agonía al notar que la vida se le escapaba por momentos.

—Deuda pagada —comentó Calet sin ceremonias, tirando de su arma hacia arriba y fuera, rasgando la carne y dejando al descubierto las vísceras, que comenzaron a desparramarse con lentitud mientras el soldado intentaba evitarlo en vano—. Supongo que ninguno de vosotros querrá vengarlo... —advirtió severo, mientras el cuerpo caía fláccido al suelo.

Nadie movió un dedo, aunque los puños crispados en torno a las empuñaduras de las armas le indicaban a las claras que la tensión estaba a flor de piel y que la situación podía descontrolarse de un momento a otro.

—Lo suponía —volvió a colgar sus armas a la espalda con indiferencia—. Ahora, va siendo hora de que esta guarnición levante el campamento y vuelva a Mor Celac. Ya habéis abusado en demasía de estos campesinos...

—Dama Ashura, Señor Daeral, he cumplido vuestras

órdenes —aseguró Calet, inclinándose ante los Doins de Mor Celac—. Si deseáis comprobarlo por vos mismos, podéis enviar un destacamento a las montañas, yo os indicaré el lugar exacto donde se halla una ciudad antigua de gorgones, un nido que creo haber limpiado para siempre, un refugio de unos guerreros de un mundo perdido y olvidado hace eones.

—¿Podéis demostrarlo? —sugirió la mujer desconfiada. En su actitud parecía haber algo más, algo que la molestaba sobremanera.

—A buen seguro habréis recibido las nuevas de vuestra guarnición de Jerkain —comentó con despreocupación—, la muerte del capitán Raudol a mis manos.

"Ignoro la versión que os habrán contado, mas antes de tomar alguna decisión equivocada deberíais hablar con los aldeanos.

—No teníais derecho alguno a enviar al Halasna a ningún soldado celacan —gruñó Daeral—. Existe un castigo para semejante crimen, y es la muerte…

—Callad, Daeral —le interrumpió molesta la Doin—. Las leyes no han de ser rígidas como tablas, que se partan al primer golpe fuerte que reciban; han de ser como los juncos, flexibles, mas siempre ahí, siempre cumplidas en la medida de la propia justicia.

"Tomad vuestra recompensa, Calet dar Gaur —le arrojó un saquillo con las monedas—, y marchad con nuestras bendiciones. ¿Aceptaríais un cargo de capitán de la guardia en nuestra ciudad? Se acabarían vuestras tribulaciones, tener que vender vuestras espadas al mejor postor…

—Agradezco vuestra oferta, señora —aceptó con amabilidad el guerrero tras una inclinación—, mas debo declinarla: aún dispongo de algunos cometidos que no puedo dejar pendientes, tareas ineludibles como las vuestras.

Se volvió sin esperar a que Ashura le contestará, y se

dirigió hacia la salida bajo la mirada desaprobadora de todos los presentes: el capitán Corval, Ternai y los propios Doins. Con una suave sonrisa en el rostro salió del palacio y se dirigió a "El Jabalí Negro".

La noche era tranquila, una ligera llovizna empapaba el suelo de la ciudad; en el palacio, salvo los guardias, nada se movía, todo el mundo dormía...

Las oscilantes sombras creaban extraños efectos, danzantes figuras a medida que las nubes ocultaban la luna o la dejaban atrás, mientras las llamas de los fuegos bailaban en sus nichos, dando calor a los Doins, que yacían tranquilos en su habitación.

Sin previo aviso, unas sigilosas manos se tendieron sobre ambos, una de ellas sellando los labios de la Dama Ashura para evitar un grito involuntario y la otra empuñando un cuchillo, que volteó veloz para estrellar su mango en la frente del Señor Daeral; los ojos de la mujer se abrieron desorbitados, la gobernante de Mor Celac intentó gritar, mas le resultó imposible, mientras el cuchillo se apoyaba con suavidad sobre su garganta.

—Calmaos, señora, no busco vuestro mal —advirtió una serena voz con timbre metálico desde las sombras—. Sólo pretendo tener una breve charla con vos. Si juráis por la Diosa que no daréis la alarma, apartaré mi mano; pensad que vuestro consorte sigue vivo, tan sólo inconsciente.

La mujer, aterrada, asintió con la cabeza. La mano se apartó con extrema cautela, mientras el cuchillo se mantenía sobre la tersa piel; los labios se mantenían apretados, el rostro demudado.

—Haced el juramento por la Diosa.

—Juro por Dan'Nan... que no daré la alarma —susurró la Doin.

El arma se retiró de la carne, desvaneciéndose como por ensalmo; después, la figura se adelantó sin vacilar, mostrando un casco metálico con la pavorosa figura de C'Tl.

—¡Ornay! —se lamentó la mujer con un gemido ahogado, pensando que había llegado su última hora.

—Sí, Señora, Ornay el Desalmado —se anunció el hombre, con una reverencia—. Aunque no os lo creáis, no tenéis nada que temer de mi presencia a vuestro lado... aún.

"En realidad, son ciertas nuevas acerca de vuestras... ideas, que han llegado a mis oídos, las que me han impulsado a presentarme ante vos. ¿Es cierto acaso que pretendéis acabar con todos los criminales de vuestra ciudad?

La Dama Ashura era incapaz de decir una palabra, enmudecida por el pánico; aquella formidable presencia la paralizaba igual que la mirada de una serpiente, el terror recorriendo su cuerpo en un helado estremecimiento...

—Deberíais reconsiderar vuestros planteamientos —continuó impertérrito el mercenario, sonriendo detrás de la metálica máscara—: jamás podréis acabar con ellos, siempre habrá alguien que se os escape.

"Aún os diría más: vuestra actitud podría ser considerada tan hostil como para conseguir que la peor canalla de la ciudad decida pasar a la acción y deponeros, por lo que, a pesar de vuestros loables esfuerzos, el consejo que os ofrezco es que controléis las actuaciones más graves y apartéis la vista ante las menudencias diarias.

La Doin le miraba de hito en hito, sorprendida ante la suavidad de sus palabras, perdiendo poco a poco el temor a la leyenda que se cernía sobre ella.

—¿En verdad vos sois el Desalmado? —atinó por fin a articular—. No lo parecéis, vuestras palabras van en una dirección distinta por completo a vuestra fama. Tal vez sólo seáis un impostor...

—Si deseáis evitaros disgustos, mejor será para vos que no me pongáis a prueba —el tono del guerrero se endureció, su voz se volvió implacable—. Pensad que no tengo el más mínimo reparo a la hora de ejecutar las tareas para las que se me contrata...

Calló: durante unos instantes Ashura contempló el repulsivo casco que ocultaba la identidad de Ornay, meditando acerca del extraño sujeto.

—Parece que vais a tener visita —sugirió el asesino, apartándose apenas de la cama.

—¿Qué...

En aquel momento se abrieron con inusitada violencia las puertas de la cámara, y dos figuras cayeron en el interior con sendos golpes sordos; en el umbral, silueteadas contra unas esferas de luz, podían verse varias figuras armadas con espadas y cuchillos, que se detuvieron al momento al ver al guerrero junto al lecho de la Doin, cruzado de brazos en un gesto insolente. Un murmullo de temor se extendió entre aquellos malencarados, que se apartaron cuando alguien intentó pasar hacia delante.

—Saludos, Dama Ashura, venimos a...

Ternai se detuvo sorprendida al contemplar la ominosa figura de Ornay, muriendo las palabras en sus labios mientras su tez palidecía hasta devenir blanca como la cal.

—Ornay el Desalmado... —murmuró con temor, intentando sobreponerse al temor reverencial que el mercenario provocaba en todos los que lo conocían.

Durante unos momentos el silencio se cernió sobre la habitación como un denso sudario de horror, una ola de tensión que amenazaba con romper sobre todos los presentes en una orgía de sangre y destrucción...

—Así pues, esta noche se presenta entretenida —sugirió el guerrero con tono mordaz mientras observaba su entorno—. Puedo suponer que cuando salgáis de vuestro estupor pensaréis en utilizarme para resolver vuestras cuitas. Pues bien, estoy abierto a ofertas.

"Ahora bien, debéis saber que me reservo el derecho a decidir cuál es la mejor proposición.

—¿Acaso no os ha mandado la Dama Entiar? —inquirió sombría la guardia, aprestando su arma—. ¿No se os ha pagado para acabar con la miserable vida de esta necia? —señaló a Ashura.

—Temo que habéis incurrido en un crucial error —se burló el asesino—: pensáis que mi presencia significa siempre la muerte pagada de alguien, mas tal cosa no es siempre cierta.

"En este caso, alguien me ha sugerido que hiciera una pequeña visita a los Doins y hablara con ellos; mas, como bien podéis imaginar, he de mantener mi reputación, por lo que estoy abierto a cualquier trato que deseéis proponer...

—Treinta sialans por la cabeza de Ashura —exclamó rápida la mujer—. La Dama Entiar...

—Temo que esa bruja ha sufrido un desgraciado accidente —advirtió mordaz Ornay—: pretendió tomar más de lo que podía abarcar, y no pudo con ello.

—Cien sialans por nuestra protección —intervino la Doin, mirando de reojo a su desvanecido consorte.

—¿De dónde los vais a sacar, señora? —se chanceó Ternai, encogiéndose de hombros—. Habéis vaciado las arcas de la ciudad en vuestras empresas imposibles, apenas disponéis de dinero para vos misma...

"Ved, Ornay, que los gobernantes de esta ciudad dilapidan los fondos de sus gentes en inútiles intentos de alcanzar una utopía...

—Tal vez sea cierto —admitió el mercenario, volviendo el casco a unos y otros—, mas no por ello es menos loable tal empeño.

"Soy el menos indicado para hablar de esta manera, mis acciones lo demuestran, mas el hecho de que esta sociedad sea un reflejo del alma humana no significa que no deba intentarse siempre un cambio, una evolución; por ello, aplaudo gestos como los de la Doin Ashura aunque no comparta sus ideas...

"Y, puesto que estamos insertos en tal tesitura, creo que cien sialans son demasiado apetitosos como para dejarlos escapar.

Desenfundando sus espadas, se plantó delante de la mujer y se dispuso al combate: con una velocidad que Ternai creía impropia de un ser humano, el guerrero cayó sobre ella obligándola a retroceder bajo una implacable oleada de golpes; cuando por fin consiguió recuperar el equilibrio, descubrió para su sorpresa que el asesino la había rebasado y se abalanzaba como una tromba sobre los hombres que la habían acompañado, alrededor de una veintena de sujetos de pésima catadura que echaron a correr para darse de manos a boca con un grupo de guardias que llegaban a la carrera encabezados por el capitán Corval.

Lo que la desconcertada Ternai no sabía, ni tenía forma de saber, era que Ornay había visto tras ella, entre los hombres que la seguían con las armas en la mano, un rostro que conocía y aborrecía, una morena faz picada por la enfermedad, unos ojos negros como la pez, un revuelto cabello rubio... El mercenario no necesitaba más acicate que aquella imagen para olvidarse del contrato que acababa de aceptar, para saltar hacia el grupo de escoria que había entrado en la mansión, en busca de aquel sujeto que parecía esconderse detrás de sus compañeros.

Cuando vio correr hacia ellos al asesino, su víctima se dio la vuelta y echó a correr, deteniéndose en seco al ver a los guardias: el ladrón había oído rumores acerca de la persecución que estaba llevando a cabo contra sus antiguos compañeros de bandidaje, y no se hacía demasiadas ilusiones acerca del destino que le esperaba si caía en sus manos, por lo que dejó caer su espada y levantó los brazos en resignado gesto de rendición. Un agudo chillido de dolor brotó repentino de su garganta mientras un ramalazo de agonía recorría su pierna; bajó los ojos dilatados por el asombro y observó la sangre que brotaba de una herida en su muslo. Dolorido, consciente de tal hecho, se tambaleó mientras intentaba comprender qué era lo que había ocurrido: tan sólo pudo contemplar la espalda de Ornay lanzándose en medio de la refriega de nuevo...

Tras reponerse del asombro al ver que el mercenario la dejaba atrás, Ternai se volvió hacia la Dama Ashura, que contemplaba la escena con pánico.

—Vaya, parece que vuestro protector os ha abandonado —se burló mientras alzaba su arma. Tras ella, el entrechocar del hierro, los gritos y lamentos de agonía, parecían crear un contrapunto de sangre, de violencia, que hicieron que una torva sonrisa aflorara a los labios de la guardia.

—No, maldita traidora, aún no —exclamó una airada voz tras ella: al volverse, vio a Corval cruzando entre sus bandidos, dejando a su alrededor una estela de destrucción aumentada por la masacre que provocaba Ornay, que danzaba en medio de aquella barahúnda agitando sus espadas, provocando un caos tan brutal que todos se apartaban empavorecidos de él...

El capitán lanzó una estocada al cuello de la mujer que ésta detuvo con facilidad, contraatacando a su vez con fiereza. Durante unos minutos, en la estancia sólo se oyó el ruido de la formidable pelea...

Cuando pareció que todos los malhechores habían caído, los soldados se volvieron hacia el mercenario, que retrocedió con la clara intención de interponerse entre Ashura y los demás, dispuesto a todo con tal de escapar de aquel malhadado lugar.

—¡Ya basta! —exclamó la Doin, mirando a su alrededor con desesperación; tan sólo seguían luchando Corval y Ternai, el sudor brotando de sus jadeantes cuerpos, igualados en técnica, incapaces de romper sus defensas...

Por un momento ambos contendientes volvieron apenas su mirada hacia ella, mas casi de inmediato reanudaron la lucha, dispuestos a degollarse en cuanto pudieran. Mientras tanto, el resto de los soldados habían rodeado a Ornay, poco dispuestos a atacarlo.

—Dejad en paz a este hombre —ordenó Ashura, sujetando a Daeral mientras éste iba recuperando la conciencia poco a poco.

Al comprobar que la situación se iba aclarando, el guerrero se volvió hacia el combate que seguía desarrollándose sin pausa; comprobó que ambos rivales estaban demasiado igualados, por lo que antes de que nadie se diera cuenta saltó entre dos de los guardias y blandió sus armas contra los contendientes, tomándolos por sorpresa y golpeando sus espadas con tal dureza que los obligó a bajarlas; a continuación giró la muñeca y estrelló la empuñadura contra la frente de la mujer, que se desplomó con un gesto de sorpresa.

—Ya acabó todo —aseguró en tono neutro, mirando a su alrededor en busca del hombre que había visto.

Lo encontró en el pasillo, quejándose con amargura de la herida en el muslo que le había producido el propio mercenario para evitar que pudiera escapar.

—¿Dónde creéis que vais, señor Ornay? —demandó Corval, furioso, a sus espaldas.

—Donde me guíen mis espadas —aseguró tajante el asesino, dándose cuenta de una extensa mancha de sangre que brotaba en su costado izquierdo; no sentía dolor alguno, como era ya costumbre en él en aquellos casos, lo que le hizo reflexionar y tomar la decisión de hacer una visita a Gaviol, el nigromante que le había salvado la vida cuando lo había perdido todo—. Os puedo asegurar que no seréis vos quien me detenga en mis designios…

—No, no seréis vos, Corval —aseguró Ashura, haciendo que ambos se volvieran hacia ella—. Limpiad todo esto, y que alguien mande venir al tesorero con cien sialans…

Dejando de lado aquella conversación, el asesino se apoyó en la pared, junto a su víctima, cruzado de brazos, mientras lo observaba con rabioso desprecio.

—¿Quién sois vos? —demandó con ferocidad—. ¿Tibar, Rekor? Es evidente que no sois lemurio, no sois Augon…

—¿Por qué hacéis esto? —se quejó el hombre—. ¿Por qué nos perseguís?

—Soy un fantasma de vuestro pasado —aseguró con voz lobuna el mercenario—, un demonio encargado de lograr una venganza largo tiempo postergada. No os vayáis muy lejos —se burló—, esperad a que termine mis asuntos con los Doins, y podremos disfrutar de nuestra mutua compañía…

Con un alarido de miedo, el hombre intentó ponerse en pie y huir, mas una seca patada en la pierna herida lo hizo derrumbarse de nuevo entre sollozos de dolor.

—¿Es que acaso no habéis oído lo que os he dicho? —insistió Ornay—. Restad tranquilo, o haréis que me enfade.

Cuando todo estuvo recogido, Ornay volvió a entrar en la habitación, presentándose ante los Doins: todos los soldados se habían ido, llevándose con ellos a Ternai para encerrarla en prisión.

—Aquí tenéis vuestra recompensa —sugirió Ashura arrojando un par de saquillos tintineantes hacia el mercenario—. No puedo negar vuestra eficacia, mas no consigo entenderos...

—Ni siquiera lo intentéis —aseguró el guerrero, recogiendo las bolsas en el aire y devolviéndolas en un único movimiento a la cama en la que habían yacido los señores de Mor Celac—. En ningún momento tuve dudas acerca de mi decisión, la recompensa no fue más que una excusa para mantener mi reputación intacta.

"Señora Ashura —sonrió al ver la expresión entre sorprendida y furiosa de la mujer—, vuestros ideales me resultan por completo ajenos, tanto como los gorgones que asesiné cerca de Jerkain; cada uno a nuestra manera somos extraños, guerreros de mundos olvidados, seres salidos de una época que no es la nuestra, intentando mantenernos a flote contra viento y marea, tratando de imponernos a los demás...

"Por esta vez no voy a tomar recompensa, y pensad que será la primera y la última en que me veréis hacer tal cosa; mas a cambio sí voy a solicitar de vos un favor: nadie debe saberlo, todos deben creer que sólo trabajo a cambio de un precio, que me vendo al mejor postor.

—Vos no podéis ser Ornay —intervino Daeral, frotándose la frente aun dolorida por el golpe recibido—. Ornay el Desalmado no deja tras sí a nadie que pueda dar fe de sus hazañas...

—Entonces, ¿cómo explicáis mi fama? —se chanceó el asesino.

El Doin calló con gesto culpable, meditando acerca de aquella circunstancia.

—No os molestéis en buscar una explicación —sugirió el mercenario, dándoles la espalda y dirigiéndose hacia el herido—. Tomad todo esto como un regalo de los dioses: habéis salido bien librados de un intento de asesinato, y podéis contar a vuestros descendientes que os encontrasteis con Ornay el Desalmado y pudisteis contarlo.

"Ahora, si no os importa, debo recoger a este hombre —señaló al caído, que intentaba arrastrarse a duras penas alejándose de su perseguidor—. Tengo una deuda que saldar con él, y otros dos compañeros suyos. Os agradezco que hayáis dado la orden de permitidme el paso...

En su mente, una conocida voz procedente de sus sueños parecía jurar una y otra vez "Maldito seas, Ornay... Maldito seas...".

ARENAS DE MUERTE

E l jinete llegó a lo alto de la loma, y allí detuvo su montura; desde aquel punto disfrutaba de una vista excepcional, un extenso páramo con una aldea rodeada por pequeñas plantaciones y escasas arboledas; la gente se afanaba en los campos, intentando arañar lo que la tierra les daba, a sabiendas de que el suelo de Antilea no era demasiado fértil.

Más allá, unos cuantos kilómetros hacia el Oeste, el guerrero podía distinguir las líneas que marcaban el comienzo de las junglas de los gorgones, rodeando el Stigium, el gran río de la isla, al que llegaba una corriente que corría muy cerca del pueblo…

Los avezados ojos del guerrero distinguieron algo más: una masa de hombres que se movía hacia las casas desde el Sudoeste, llamando la atención de los campesinos, que de inmediato dieron la alarma y tomaron las armas, refugiando a los niños en los hogares: todos, desde el más anciano hasta el más joven que pudiera sujetar una espada, se

josé Francisco Sastre García

situaron en las afueras, intentando formar un conato de defensa contra lo que a todas luces era una extensa banda de salteadores.

Sin embargo, el jinete sabía que no tenían nada que hacer: por muy organizados que estuvieran, aquellos hombres y mujeres eran superados no sólo en número, sino también en destreza y ferocidad; si los bandidos atacaban, aquello no sería una batalla, sino una mera carnicería.

En la distancia vio que los asaltantes se detenían a unos cien metros de la improvisada barrera, y que uno de ellos se adelantaba para hablar con los aldeanos. No necesitaba estar allí para saber cuál sería la condición, era evidente que exigirían un elevado pago en tributos para permitir que el pueblo siguiera existiendo. La cuestión estribaba en la respuesta que los defensores les darían...

Aquella respuesta quedó por completo clara cuando el bandido volvió junto a los suyos y, tras unos segundos, de aquella caterva de canallas se elevó un clamoroso rugido de furia y comenzaron a moverse, a un ritmo implacable, en una marea que atenazó los corazones de los campesinos con la helada garra del miedo.

¿Qué súbito impulso llevó al observador a azuzar su caballo y saltar de la elevación desde la que contemplaba aquel pavoroso drama? ¿Qué misterioso pensamiento le empujó a abalanzarse, aullando como un poseso, en medio de la refriega, dando tajos a diestro y siniestro entre los asaltantes?

Por un momento, la batalla se congeló al escuchar ambos bandos los rugidos de aquel extraordinario personaje: todos contemplaron la alunada aparición con las manos llenas de hierro, que se les enfrentaba con una ira sin límites, reflejada en una expresión alienada en sus negros ojos... Las rodillas apretadas al cuerpo de su montura, la brida arrollada al brazo izquierdo, las espadas alzadas ante sí como una espectral aparición del más allá...

En unos instantes el guerrero estaba entre los saqueadores, repartiendo estocadas sin cuento, dejando a su alrededor cuerpos ensangrentados, mutilados, mientras el resto de la banda comenzaba a reaccionar y se cerraba de manera inexorable sobre él.

Al ver el caos que se había organizado con la llegada del desconocido, los aldeanos aprovecharon la situación para atacar a los bandidos, acosando a los que estaban más cerca del pueblo, en una vorágine de destrucción que amenazaba con arrastrarlos a todos al Halasna.

Durante unos minutos la lucha estuvo en el fiel de la balanza: la aparición del mercenario parecía haberla igualado, mas la presión era muy fuerte y los habitantes de la aldea comenzaban a ceder terreno, mientras los asaltantes procuraban alejarse del punto en que luchaba el terrible enemigo surgido de nadie sabía dónde, dejando un cuerpo tendido con cada movimiento de sus espadas.

El guerrero se abrió paso para situarse entre los defensores, deteniendo la marea con su sola presencia: aquella figura ensangrentada, con las ropas hechas jirones, las armas en alto, derribando a cada uno de los rivales que se le enfrentaba, había conseguido provocar una oleada de terror cerval entre aquellos endurecidos miserables, haciendo que se desviaran de su posición hacia otros puntos del conflicto, por lo que él, con una seca sonrisa en el rostro, se desplazaba de un lado a otro del campo de batalla, sajando, mutilando, degollando... En un abrir y cerrar de ojos se encontró ante un hombre que repartía órdenes a gritos, intentando evitar el caos en que amenazaba convertirse el combate.

—¿Eres el líder de esta canalla? —demandó imperioso, lanzándose sobre él como un torbellino.

—¿Quién lo pregunta? —inquirió a su vez el bandido, apartando de un golpe de su escudo a un campesino y disponiéndose a atravesar a su oponente.

El mercenario no contestó: sus armas se lanzaron hacia delante a distintas alturas, buscando la garganta y las piernas de su rival, obligándolo a bloquear y esquivar, sin perder en ningún momento aquella diabólica sonrisa; a continuación, al comprobar que el hombre retrocedía un paso ante la violenta embestida, hizo una finta y le obligó a descubrir su pecho, lanzando una estocada que el bandido detuvo a duras penas, dejándolo desequilibrado y dispuesto para un golpe con su diestra.

El saqueador boqueó agónizante, con los ojos dilatados por la sorpresa, al notar el frío hierro penetrando en su garganta, golpeando con brutalidad en las vértebras, partiéndose en su interior… Estaba muerto antes de caer al suelo. Al mismo tiempo, soltando la empuñadura con el resto de la hoja, se inclinó y recogió otra arma caída, dispuesto a proseguir con la matanza.

Al ver caer a su jefe, el resto de la banda perdió su empuje: poco a poco se retiraban del combate, hasta que por fin, tan sólo una docena de asaltantes huían de la escena de la batalla.

Los supervivientes del pueblo se volvieron en aquel momento hacia el que en un principio parecía haber sido su salvador, con expresiones de agradecimiento en sus rostros, aunque algunos de ellos lo observaban desconfiados al contemplar la estampa que presentaba.

—Que Dan'Nan sea con vos, señor —le saludó una mujer fornida, de alta talla, cabellos morenos y tez aceitunada, en la que relucían unos negros ojos—. Gracias por vuestra ayuda…

El mercenario se agachó sobre uno de los cadáveres y limpió sus espadas en las ropas, para colgarlas a continuación tras sus hombros.

—No me deis las gracias —gruñó molesto, sin dar más explicaciones ante la sorpresa y la alarma de los que le rodeaban.

—Estáis herido, permitidnos ayudaros —sugirió la mujer intentando congraciarse con él.

—Permitidme asearme, y continuaré mi camino —sugirió el guerrero encogiéndose de hombros.

—Entonces, seguidme —pidió la mujer con amabilidad—. Mi nombre es Dera dar Marut, y ahora mismo soy la gobernante de Camtial, tributario de Mor Falkan.

—Mi nombre es Calet dar Gaur —se presentó el hombre.

—¿Puedo preguntaros de dónde venís, y por qué nos habéis ayudado? —demandó ella en un hilo de voz, al comprender que había de habérselas con un personaje de carácter difícil—. No es habitual en los tiempos que corren...

—Debo advertiros que las respuestas a esas cuestiones son asunto mío —aseguró tajante el guerrero—. Espero que os baste con saber que, al menos de momento, no os deseo mal alguno.

Lo que el asesino se guardaba para sí era que ni él mismo era capaz de entender por qué había hecho aquello: tal vez había sido el ver la gran desproporción del combate lo que le había hecho recordar la situación que había vivido, cuando los saqueadores habían pasado a sangre y fuego por su granja, acabando con cualquier ser vivo que encontraron, masacrando a su mujer y a sus hijos, dejándolo a él moribundo, riéndose mientras se alejaban de sus vanas protestas de venganza...

Recordaba con todo lujo de detalles aquellos odiosos rostros, aquellas facciones despiadadas, sin asomo alguno de compasión, con la impotencia de no poder hacer nada contra ellos, maldiciéndolos una y otra vez... Hubiera muerto de no ser por aquel hechicero, Gaviol, que lo recogió y lo cuidó hasta que se recuperó.

Mas en todo aquello había habido algo más que lo que

se veía a simple vista: desde aquel momento en que las llamas de la venganza se habían enseñoreado de su mente a pesar de los intentos del nigromante por convencerle para que rehiciera su vida, desde que los entrenamientos con las armas habían ido reforzando aquella obsesión, algo había cambiado. Se había hecho fabricar el casco de C'Tl, se había asignado el nombre de Ornay el Desalmado, y había comenzado a labrarse la fama que en aquellos momentos tenía de cruel y despiadado.

Era en aquel momento también cuando habían aparecido aquellos malditos sueños en los que el hombre oscuro lo perseguía, lo acosaba, combatía con él, con aquel condenado sonsonete de que le pertenecía... Y aquella otra sombra que podía percibir en la lejanía acercándose a él, una silueta que creía reconocer, aunque se le escapara su significado.

¿Y las heridas? A lo que veía, era otra cuestión relacionada con su mentor: no sentía dolor ante ninguna de ellas, y la curación era más rápida de lo normal por muy graves que resultaran. Hasta el momento, a lo largo de su carrera no había sufrido ninguna estocada mortal, mas eso podía cambiar si no era capaz de comprender por qué ocurría aquello.

Todo aquello era lo que le había impulsado a desviarse de su ruta desde Mor Celac hacia Mor Suldur, en busca de Gaviol: tarde o temprano había de enfrentarse a él y solicitar respuestas a las preguntas que bullían en su cabeza, al hecho de que hiciera lo que hiciera parecía inmortal...

Tras un buen baño para quitarse la sangre de encima

permitió que un sacerdote revisara sus heridas y las restañara de modo somero, cosiendo las más graves, mientras otros aldeanos le buscaban ropa nueva con la que cubrirse. Había prohibido en tono terminante que nadie se acercara a sus alforjas, manteniéndolas muy cerca de él: si descubrían el casco tendría que acabar con todos ellos, cosa que no le agradaba en demasía: por una parte se sentía identificado con aquellas gentes, con los campesinos que siempre recibían los golpes de todo el mundo, que nunca tenían derecho a quejarse…

¿Qué es lo que estaba cambiando en él? Desde que encontró a Targ en Mor Talir había notado algo distinto, algo que se le escapaba, una sensación en el estómago, en su interior, que lo acosaba una y otra vez. Recordaba con nitidez las últimas palabras que había oído en su cabeza durante la estancia en Mor Celac: una interferencia del hombre oscuro mientras cumplía su venganza sobre Tibar, uno de los bandidos que habían acabado con su familia y su vida, algo que le había sorprendido y alarmado. "Maldito seas, Ornay. Sin embargo, por más que te esfuerces, jamás conseguirás escapar de tu destino. Eres mío, y lo serás por siempre". ¿Qué quería decir con aquello? ¿Acaso empezaba a tener algún tipo de ascendiente sobre aquella sombra que lo perseguía en sueños una y otra vez?

Irritado consigo mismo por aquellos pensamientos, apartó al sacerdote y se levantó de la cama en la que yacía.

—Es suficiente —gruñó, buscando las ropas que le habían traído los aldeanos: una sencilla blusa de tela, un faldón, un gastado peto de cuero con una rosa grabada en el pecho y una capa de lana basta—. Debo irme cuanto antes.

—Aún no estáis restablecido de vuestras heridas, señor —le advirtió en tono quejumbroso el hombre—; y además la noche está ya muy cercana.

Durante unos instantes Calet estuvo a punto de soltar un exabrupto al sacerdote, mas al ver aquel rostro contrito, deseoso de agradarle, consiguió contenerse a tiempo.

—Está bien —admitió de mala gana—. Pasaré la noche en el pueblo, mas al amanecer recogeré mis cosas y partiré. No deseo resultar una carga para vosotros —mintió, sabedor de que cuanto más tiempo pasara entre ellos más se despertaría su curiosidad.

Salió de la casa sujetando con fuerza sus alforjas, mirando a su alrededor con absoluta desgana: tras recoger todo lo que pudiera aprovecharse de entre los muertos y enterrarlos, los campesinos se dedicaban a sus quehaceres diarios mientras la oscuridad del crepúsculo comenzaba a mostrar su manto en la región.

—¿Es usted un mercenario, señor? —inquirió un niño que salió de detrás de una casa y se quedó mirándolo con expresión inocente—. ¿Es de esos que matan a la gente por dinero?

Por un momento, el guerrero no supo que contestar ante la candidez de aquel infante; le recordaba a su hijo Terman, de diez años, un travieso pecoso al que había que tener vigilado de continuo, pues siempre se metía en algún lío del que habían de sacarle su padre o su madre...

—Sí, hijo —respondió al final, alargando la mano hacia la cabeza del muchacho; mas, casi de inmediato, se arrepintió de tal acto y la retiró con presteza—. Ahora no lo entiendes, a medida que te hagas mayor comprenderás por qué los mayores hacemos ciertas cosas.

Le dio la espalda y se dirigió al establo donde habían acomodado su caballo, procurando no mirar atrás, intentando evitar la cándida mirada de incomprensión que sabía que el arrapiezo mantendría clavada en su espalda.

—Maldito sea... —gruñó con hosquedad por lo bajo cuando estuvo lo bastante lejos de él.

Tras entrar en la construcción que buscaba, recogió un montón de paja y la acumuló en un rincón, donde se tumbó a la espera de que sus viejos demonios acudieran de nuevo...

Cuando comenzaba a adormilarse, su instinto lo alertó de una presencia; un carraspeo le hizo levantarse de un salto espadas en mano: a unos metros de él, junto a la puerta de las cuadras, vio a la gobernante del pueblo.

—Disculpe, señor Calet —le saludó con suavidad, sin saber muy bien cómo dirigirle la palabra: aquella presencia le resultaba tan imponente, destilaba tal aura de misterio y peligro, que no era capaz de atinar a hablar con claridad—, hemos preparado algo de comida y nos gustaría compartirla con vos.

—¿Cuánto me va a costar? —demandó el hombre, dejando de lado sus armas y echando mano de un saquillo.

—Habernos ayudado a librarnos de esos bandidos es suficiente pago —comentó la mujer agitando las manos en un gesto de negativa—. Acompañadme si lo deseáis.

Tras unos instantes de vacilación, el hombre recogió de nuevo sus espadas y sus alforjas y se acercó a Dera, que lo observó con recelo.

—No necesitáis vuestras armas —sugirió—, estáis entre gente amiga.

—Os ruego disculpéis mi desconfianza —se defendió Calet, inclinándose ante ella y esperando a que saliera del establo—, mas un mercenario jamás se desprende de sus espadas de forma voluntaria. Cualquier descuido en ese aspecto supone la diferencia entre la vida y la muerte.

—Haced lo que debáis —murmuró la gobernante, dándole la espalda y saliendo de la construcción.

Lo guió hasta una casa un poco más grande que las demás, de dos plantas, edificada en madera, adobe y piedra, de amplio comedor.

—Sentaos donde gustéis —le invitó, señalando una mesa grande, dispuesta para una docena de comensales, con la loza dispuesta...

Tumbado en el improvisado catre de paja, Calet sonreía pensando en la cena con Dera: se habían sentado cuatro alrededor de las viandas: él, la gobernante y los dos hijos de la mujer, uno de unos 19 años y otra de 17. Todos estaban tan acobardados por la presencia del mercenario que apenas habían abierto la boca, salvo para hacerle ocasionales preguntas acerca de sus viajes y aventuras.

Tampoco él había hecho demasiado por quebrar la tensión: sus respuestas habían sido escuetas, y en alguna ocasión, cuando habían tocado algún tema sensible para él, desabridas. Prefería no hablar demasiado acerca de sus andanzas para evitar irse de la lengua; y además, cuanto menos supieran acerca de él, más posibilidades tenían de seguir vivos: si llegaban a descubrir que era el hombre más perseguido del Imperio, estarían tan condenados como si él no hubiera estado para ayudarlos contra los saqueadores...

La familia se había sentido aliviada cuando el guerrero se había disculpado y había salido de la casa.

Mientras el sueño iba acunándolo en su dulce seno, su mente voló hacia su esposa perdida, Itzai, y el destino que el hombre oscuro parecía tener para ellos...

Su mujer se encontraba ante él en la llanura maldita, una figura sin expresión, unos ojos fríos, vacíos de toda emoción, que lo miraban sin verlo. Aquella imagen lo hería más que cualquier estocada que el hombre oscuro pudiera darle.

—¿Estás dispuesto por fin a afrontar tu destino?

Se volvió con las espadas en la mano: allí se hallaba, de nuevo, el execrable guerrero que lo acosaba una y otra vez en cada momento de sueño, sonriendo con malicia, las manos laxas a sus costados, sin asomo alguno de arma.

—Déjame en paz —gruñó Ornay—. Habla claro, o sal de mis sueños. ¿Qué es lo que pretendes de mí?

—Tan sólo ofrecerte una vida nueva, Desalmado —aseguró el hombre oscuro con un engañoso gesto amable—. ¿O acaso no quieres volver a ver de nuevo a tu mujer y tus hijos?

—Sé que están muertos —aceptó el mercenario con hosquedad, aprestándose para el combate—, y que nada ni nadie puede devolvérmelos. Si tú me ofreces esa posibilidad, sólo puede significar mi muerte, que es la única manera en que podré reunirme con ellos.

"Aún no sé cómo lo haces, pero estoy seguro de que la imagen de mi esposa que me muestras no es otra cosa que una ilusión, una aparición provocada por ti para engañarme. Mas no pienso permitir que me manipules de esta manera, tengo un camino trazado que he de cumplir.

—¿Crees acaso que el camino de la venganza te los devolverá? —se mofó su oponente.

—Sé que no lo hará —asumió el guerrero—. Mas al menos tendré la satisfacción de hacer pagar a esa escoria lo que nos hicieron…

—¿Satisfacción? —el hombre oscuro dejó escapar una carcajada—. Satisfacción tendrás cuando abraces el destino que yo te ofrezco, mientras tanto cada vez que avances en tu cometido sentirás un vacío feroz, un sentimiento de pesar y condena que no podrás evitar.

"¿Por qué has de mostrar ningún tipo de compasión o buenos sentimientos hacia quienes sólo te desean la muerte más horrorosa que puedan imaginar? No, Ornay, si quieres rematar tu venganza y disfrutar de ella, has de ser despiadado, brutal... Nada ha de interponerse en tu camino, ningún sentimiento, ninguna emoción...

"Percibo en ti cambios, cambios peligrosos para tu futuro, pensamientos que te guían en una dirección errónea, y que te alejan de los tuyos...

Sintió sobre sus hombros unos cálidos brazos que lo rodeaban desde atrás, unas manos suaves que acariciaban su cara y su pecho. Se volvió con extrema lentitud, para ver la faz de Itzai junto a la suya, contemplándolo con aquella vacía mirada que no indicaba emoción alguna.

—Esposo... —oyó murmurar en sus oídos.

Con suave pero firme ademán apartó aquellos miembros de él, alejándose un par de pasos con gesto ceñudo.

—Tú no eres mi esposa —aseguró feroz—, y no te daré el placer de contarte cómo era ella. No sé cómo lo hará tu amo, pero no pienso darle la satisfacción de descubrir más cosas sobre nuestro pasado.

—¿Quieres ocultarme que era mucho más combativa? —sugirió su pesadilla a sus espaldas—. ¿Tal vez pretendes que no sepa que era cariñosa, y que te profesaba tanto amor como tú a ella? ¿Crees que no sé que luchasteis codo con codo contra las bandidos, y que aunque a ti te hirieron de gravedad a ella no la mataron hasta que no la disfrutaron todos y cada uno?

"Lo sé todo de ti, Ornay dar Diron, granjero de unas tierras tributarias de Mor Suldur. Sé lo que ocurrió, tu juramento, todo.

Un movimiento a su costado derecho le hizo volver la cabeza en aquella dirección: a no más de cien metros, una figura se dirigía hacia ellos con paso firme, decidido, una sombra apenas entrevista en la que brillaban unos luminosos ojos; había algo en aquella silueta que le resultaba familiar, conocido, algo en aquel porte que le recordaba a alguien. Las sombras danzaban sobre aquel personaje, dejando entrever cuero, tal vez barba...

En un momento dado, creyó distinguir unos rasgos que hicieron que se le escapara un gemido de sorpresa: era él, su rostro, que lo contemplaba con gesto apesadumbrado...

Se levantó un poco antes del alba y ensilló su caballo. Su mente era un hervidero de pensamientos y sentimientos encontrados mientras lo sacaba de los establos y se dirigía a la casa de Dera, atándolo a un poste.

Entró sigiloso en la vivienda, acercándose a la mesa en la que había comido la noche anterior; a su alrededor, la familia dormía relajada, sin darse cuenta de la presencia del mercenario.

Con cuidado, depositó sobre la madera cinco monedas de hierro que había sacado de su saquillo antes de entrar; después, tras una última ojeada, salió de la edificación y montó, azuzando al animal en dirección Sur.

Cabalgó durante tres días, acercándose poco a poco al pantano Tritho, durmiendo al raso con las espadas dispuestas; a lo largo del segundo día vio un rastro de huellas recientes, que supuso pertenecerían a bandidos que se movieran por aquella zona, aunque no entendió demasiado bien qué hacían allí: se había alejado de manera voluntaria de las rutas habituales de las caravanas, por lo que no tenía demasiado sentido que los saqueadores anduviesen al acecho, a no ser que hubiese algún núcleo habitado por las cercanías.

Por fin llegó a su destino, una cabaña de madera justo en la linde del pantano; desmontando junto a ella, ató a su caballo a una estaca y llamó a la puerta.

Una voz cascada, ronca, le respondió desde el interior instándole a entrar; abriendo la puerta con cautela, se asomó a una estancia oscura, en sombras a pesar de las ventanas que daban al exterior.

—¿Gaviol?

—¿Quién lo pregunta? —demandó una figura sentada en un desvencijado catre; era un hombre anciano, espigado, de escasos cabellos canos en una cabeza afilada como la de un halcón, rasgos arrugados y brillantes ojos negros.

Dejó el libro que estaba leyendo y se levantó sintiendo el crujido de los cansados huesos.

—¿Quién... Ah, eres tú —admitió al fijarse en el mercenario—. ¿Cuánto tiempo hace ya? ¿Cuatro años?

—Que la diosa sea con vos, nigromante —le saludó Calet con afecto, avanzando un paso—. ¿Cómo os sentís?

—Con la edad que arrastro, no puedo lamentarme de nada —sugirió el hechicero—. ¿Y tú, Ornay? ¿Has dado fin ya a tu venganza?

—Aún no, señor —aceptó sombrío el guerrero, permaneciendo de pie—. Aún me faltan dos bandidos, mas puedo aseguraros que tarde o temprano los encontraré.

—Ornay, Ornay... —el gesto de Gaviol se tornó apesadumbrado—. Ese odio que te consume, esa rabia que florece en tu pecho, van a llevarte a la tumba.

—De allí procedo, y bien lo sabéis —se revolvió el asesino—. No me importa volver, siempre y cuando pueda hacer pagar a los asesinos de mi familia lo que hicieron.

—A veces pienso que hubiera sido mejor no haberte salvado —se lamentó el mago—. En ocasiones, el odio puede conseguir lo que los dioses no desean conceder.

"Mas dime, ¿qué te trae por estos lares? No creo que haya sido por saber de mi salud —dejó escapar una seca y cascada risa.

—Tenéis razón, como siempre —aceptó Calet encogiéndose de hombros—. Deseo saber qué es lo que me hicisteis conmigo cuando me salvasteis.

—¿A qué te refieres? —los ojos del anciano se

entrecerraron.

—De sobra sabéis de qué estoy hablando —gruñó el mercenario—. Quiero saber por qué no siento ninguna herida. Quiero saber de los sueños que me acosan una y otra vez, del hombre oscuro y su insistencia en que me entregue a él, de mi sombra... Quiero librarme de esa maldición, o lo que quiera que me hayáis hecho, nigromante; y si no deseáis ayudarme, os aseguro que sabré convenceros.

—Me limité a curarte, Ornay —explicó categórico el hechicero—. Tan sólo eso.

—No, hay más. Puedo sentirlo.

—No, nada más hay tras tu apariencia de vida, tan sólo la curación de un moribundo, el milagro de sobrevivir a una carnicería como la que tuviste que soportar.

—Habla, o te juro por la diosa... —amenazó Calet, descolgando una de sus espadas.

—Nada puedes hacerme ya que resulte peor que mi propia situación —se chanceó el mago encogiéndose de hombros y dejándose caer de nuevo en el catre—. Pronto vendrá la muerte a reclamar estos viejos y cansados huesos, todo mi poder no me ha servido más que para mantenerla alejada durante un breve tiempo; mas es algo inevitable, puedo sentir cerca sus negras alas, dispuesta a tomar mi alma y llevarla a donde le corresponda.

"Desde que te conozco no has hecho otra cosa que odiar, forjarte un carácter duro, sin conciencia ni escrúpulos, siempre presto a la lucha y el combate... Has olvidado por completo lo que es tener un corazón, un alma, y te has dedicado a caminar por el sendero más sencillo de todos, el de la destrucción.

El anciano suspiró apesadumbrado mientras contemplaba la figura del guerrero.

—Si hubieras vuelto demostrándome que habías cambiado, que volvías a ser humano, tal vez podríamos hablar con más calma —explicó con gesto cansado—. Mas, a lo que veo, sigues igual que siempre. Puedes irte igual que has venido, Ornay el Desalmado, tu negra fama te precede.

—Necesito que me expliques qué me has hecho —se encrespó el asesino—. ¿Acaso me has protegido con algún hechizo de invulnerabilidad?

—No hay ningún conjuro de ese tipo, hijo mío — aseguró Gaviol.

—¿Entonces?

El nigromante contempló al mercenario durante unos instantes: tenía demasiadas dudas acerca de él, de sus motivaciones para hacer tal petición.

—Sea, Ornay —aceptó con un encogimiento de hombros—, te contaré una historia. Mas espero que aprendas y seas consecuente con ella…

"Cuando conseguí salvarte la vida, tú decidiste emplearla en tu afán de venganza. A pesar de todos mis intentos por convencerte de lo contrario, no me hiciste el más mínimo caso y decidiste seguir tu camino, una senda oscura de sangre y muerte que no podía llevarte a otra cosa que no fuera tu propia destrucción.

"Sin embargo, a pesar de todo, pensaba que dentro de ti aún quedaba una chispa de humanidad, un destello de salvación, por lo que sin decirte nada lancé un hechizo que separó el alma de tu cuerpo y lo mantiene alejado hasta que consigas reconciliarte contigo mismo y olvidar esas estúpidas ansias destructivas que te consumen.

"Por eso cuando te hieren no sientes nada, porque no tienes alma: tu apodo no puede ser más adecuado, Desalmado, estás vacío por dentro, tan sólo eres un cadáver ambulante en busca de una satisfacción que no encontrarás jamás —Calet abrió la boca, mas el anciano lo detuvo con un gesto imperioso—. ¿Crees acaso que la venganza te ayudará a olvidar? ¿Piensas que cuando hayas acabado con los bandidos descansarás en paz?

"Ornay, tu tarea es fútil: sólo viviendo una vida normal, buscando apoyos en lugar de crearte enemigos, es como conseguirás cerrar las profundas heridas que tienes; mas ahora que eres el gran enemigo del Imperio, ésa es una idea que ya no tiene sentido: si quieres recuperar tu alma habrás de cambiar de actitud, pues ésa fue la condición del hechizo. Sólo entonces podrás llevar una vida plena.

—Entonces, el hombre oscuro que veo en mis sueños, ¿es mi negra alma que intenta obligarme a unirme a él? —inquirió huraño el guerrero—. ¿O lo es mi sombra?

—Háblame de esos sueños —sugirió el anciano—, tal vez pueda darte alguna explicación...

Ahora que sabía la mayor parte de las respuestas, Calet sentía que una buena parte del peso que lo había aprisionado durante todo el tiempo que estuvo aferrado a su venganza se había disipado; mas, a pesar de todo, el fuego de la rabia seguía ardiendo en su interior, tan intenso como siempre, dispuesto a quemar a los responsables de su desgracia.

Sus vagabundeos por las Mors sólo habían empezado a dar resultado con la aparición de Targ, el malhadado cara de hurón, mas también con él había comenzado aquella sensación extraña a la que ahora podía darle un nombre: remordimiento. Mas aquello no le preocupaba, estaba dispuesto a acumular todo el que hiciera falta, después ya tendría tiempo de rendir cuentas ante los dioses por sus actos.

No podía haber perdón en su corazón, no para aquellos que le habían arrebatado todo lo que amaba; tal vez después de su peregrinaje pudiera rehacer su vida...

Mor Suldur estaba ya cerca, a un día de camino. Suldur, la ciudad de Sat'Hai y N'Fthi, la única en la que se adoraba a los dioses de la oscuridad en lugar de a Dan'Nan y H'ursk, tolerada por las demás poblaciones tan sólo por la especial idiosincrasia de la región: las envidias y desconfianzas entre ellas habían creado un remanso de tensa paz. Si una de ellas decidía empezar una campaña militar contra otra el desastre estaba asegurado: si no llevaba todo su ejército al combate, la campaña sería un completo fracaso; y si lo llevaba, cualquiera de las otras ciudades se movilizaría para conquistarla.

Así pues, tras varios días de camino, el mercenario estaba a punto de llegar a aquel lugar del que se hablaba en quedos susurros acerca de los sacrificios humanos que se llevaban a cabo, de abominables ritos para invocar a las más oscuras entidades de otros mundos...

Al anochecer llegó a las puertas de la ciudad: unas grandes hojas de madera tachonada incrustadas en una pared de piedra basta de unos tres metros de altura.

—¿Quién quiere entrar en Mor Suldur? —demandó un guardia desde la parte superior de la fortificación.

—Que Dan'Nan sea con vosotros, suldurios. Mi nombre es Calet dar Gaur, mercenario libre.

—¡Lárgate! —le espetó el soldado, mientras otras cabezas se asomaban a lo largo de la muralla—. No se admite a nadie a partir del crepúsculo.

Durante un momento, el guerrero estuvo a punto de contestar desabrido, las manos alzadas para desenfundar las armas de su espalda, mas consiguió contenerse a tiempo.

—Entonces, supongo que podré acogerme a la protección de vuestros muros —sugirió descabalgando.

—¡Eh! —oyó exclamar al centinela—. ¿Qué crees que estás haciendo?

—Pasar la noche junto a la ciudad —explicó el asesino

con cierto tono sarcástico, mientras extendía una manta en el suelo y se preparaba para comer un poco—. ¿O acaso tampoco está permitida tal cosa?

Sobre él oyó quedos murmullos entre los soldados, discutiendo a buen seguro acerca de aquel insolente que osaba burlarse de las normas de la ciudad. Por fin, se hizo un tenso silencio, mientras las cabezas se asomaban vigilándolo por si intentaba alguna cosa rara. ¿Habrían ido a buscar al capitán de la guardia?

Unos minutos después, oyó una voz sobre él.

—¿Qué crees que estás haciendo ahí?

—Pasar la noche —contestó Calet en tono seco—. Supongo que seréis el capitán de la guardia.

—Si así es, ¿qué os va en ello?

—Nada, tan sólo que no hace falta que me presente a vos: vuestros hombres os habrán dado mi nombre y oficio.

—No podéis estar ahí.

—Estoy fuera de los muros de la ciudad —contestó el mercenario con sorna—. Puesto que no podré entrar hasta el amanecer, descanso aquí y espero a que llegue ese momento.

Silencio. Un silencio atónito, incapaz de responder a tan contundente explicación.

—Mas las normas…

—No creo probable que se me apliquen de esta manera —sugirió el guerrero con condescendencia—. Ahora, si no os importa, desearía comer un poco y dormir…

Con el alba aparecieron un par de caravanas en el horizonte mientras Calet recogía sus cosas y las guardaba en las alforjas, colgando éstas del costado de su montura y disponiéndose a entrar en la ciudad en cuanto se abrieran las puertas.

Éstas permanecieron cerradas hasta que los carros llegaron a un tiro de piedra de la muralla, momento en que giraron sobre sus goznes con un estridente chirrido.

—Supongo que ya no habrá problema alguno en que cruce el umbral —demandó el guerrero, al ver a un centinela aparecer en el vano.

—Podéis pasar —aceptó el hombre, mirando al asesino de arriba abajo con expresión especulativa, recelando de aquel sorprendente personaje.

El mercenario se internó entre las callejas en busca de alguna posada en la que alojarse; no parecía una población tan tétrica como había oído, de hecho ante sus ojos se desplegaba un lugar tan normal como cualquier otro, con la misma gente atareada, los mismos mercados… Ni siquiera notaba que flotara aura alguna de perversidad o malignidad, tal y como sugerían algunas voces, tan sólo el ajetreo habitual en una gran ciudad de las Mors.

Por fin localizó una construcción baja sobre cuya puerta ondeaba un cartel de madera en el que alguien había dibujado con gran esmero un lobo negro. Tras atar su caballo a un poste y recoger sus alforjas, entró y se encontró con un local más limpio de lo que esperaba, amplio, con un pequeño grupo de mesas en las que se sentaban los lugareños a comer y beber mientras charlaban distraídos sobre sus temas habituales.

—Que Dan'Nan sea con vos, señora —saludó a la tabernera mientras se acercaba.

—Y N'Fthi con vos, señor —le saludó a su vez ella haciendo gala de su amabilidad—. ¿Qué se os ofrece?

—Comida y bebida —demandó Calet—. Y si tenéis disponible una habitación, también.

—Eso os supondrá cinco monedas de hierro, y otras tres por cada noche que paséis aquí.

—¿No resulta un precio un tanto excesivo? —inquirió el mercenario enarcando las cejas.

—Podéis tomarlo o dejarlo —sugirió la mujer categórica—. Ésas son las tarifas del "Lobo Negro": una moneda por comer, otra por beber y tres por noche.

El guerrero evaluó durante unos momentos las palabras de la posadera, y el contenido de su saquillo: aún le quedaba bastante de sus últimos encargos, por lo que no le preocupaba en demasía el precio...

—Muy bien —admitió por fin, sacando el dinero y depositándolo sobre la barra—. Aquí tenéis lo de hoy.

—Sentaos donde deseéis —comentó en tono despreocupado la mujer—, en un momento se os servirán las viandas...

El hombre contemplaba el horizonte de casas bajas sentado con las piernas cruzadas en el tejado de la posada: con las espadas colgando de los costados y el pavoroso casco de C'Tl en su testa, parecía más un demonio escapado del Halasna que un ser humano.

—Sin alma... —murmuró.

Buscaba alguna señal que le indicara la situación de las zonas más desfavorecidas de Mor Suldur: desde aquella altura todo parecía igual, un mar de azoteas planas de adobe, sin apenas distinciones entre unas y otras, salvo alguna edificación como la mansión de los Doins, que era de dos plantas... Quería comprobar también el movimiento de las guardias de la ciudad, para esquivarlos en la medida de lo posible.

Saltó de una azotea a otra con la agilidad y el silencio de un dientes de sable, mirando a su alrededor con suspicacia:

no veía nada que le resultara sospechoso, excepto una ocasión en que una patrulla de soldados pasó por debajo de él sin darse cuenta de la sombra que se cernía sobre ellos.

Al cabo de un buen rato de exploración había llegado a una zona en la que las viviendas estaban bastante más deterioradas, abandonadas... Pasó junto a un templo menor dedicado a Sat'Hai, mas aquellas eran cuestiones que no le preocupaban en lo más mínimo: aunque los nombraba, para Ornay los dioses sólo lo eran de nombre: en nada lo ayudaban o lo perjudicaban, todo estaba fiado a su brazo y habilidad.

Descendiendo al suelo, caminó hasta encontrarse frente a una construcción en cuyo frontal aparecía una figura medio borrada, casi imposible de reconocer; dio una vuelta a su alrededor, en busca de un medio para acceder a su interior: después de lo sucedido en Mor Celac, no tenía ganas de llamar la atención más de lo necesario.

Vio una ventana entreabierta: tal parecía que los habitantes estaban tan confiados que no se preocupaban en demasía por su seguridad. Aunque también era cierto de igual manera que quien vivía allí estaba a salvo de cualquier ladrón...

Se introdujo subrepticiamente, en el más absoluto silencio, deslizándose hasta una habitación vacía, una especie de almacén cuya puerta se abría a un pasillo alargado a izquierda y derecha. En esta última dirección creía oír voces, por lo que se dirigió hacia allí.

Llegó a una hoja de madera de caoba, a través de la cual le llegaban las palabras de dos personas discutiendo; por un momento pensó en abrirla de una patada, mas no parecía demasiado conveniente, por lo que se disponía a llamar cuando presintió a alguien acercándose; se tensó, comenzando a retroceder hasta que una persona dobló una esquina del pasillo.

—¡Eh, tú! ¿Qué haces ahí?

Un hombre envuelto en una amplia túnica corría hacia él con un cuchillo en la mano; desenvainó una de sus espadas del costado, y se aprestó para el combate, vigilando por el rabillo del ojo la puerta que a buen seguro se abriría de un momento a otro.

El desconocido no tuvo tiempo más que de lanzar la voz de alarma, que acabó en gorgoteo cuando el arma de Ornay se deslizó entre sus costillas para alcanzar el corazón; al mismo tiempo, a sus espaldas un hombre y una mujer salían apresurados de la estancia con sus armas en alto, dispuestos a acabar con aquel intruso.

Sin embargo, su intento se detuvo en seco al pararse a observar el horroroso casco de su oponente: las espadas quedaron colgando de manos laxas, mientras los rostros palidecían sobremanera...

—¿Sois alguno de vosotros por ventura el señor de esta casa de ladrones? —demandó el mercenario en tono mordaz—. Se puede evitar un innecesario derramamiento de sangre si hablo con el amo de la escoria de Mor Suldur...

—Soy Runaba dar Mardun, la mujer que rige los destinos de todos aquellos a quienes llamáis escoria —se presentó ella, una mujer de mediana estatura y complexión delgada, con brillantes ojos verdes, gatunos, en un rostro aguzado, frío como el mármol, enmarcado por una corta cabellera negra. Con un imperioso gesto de su mano detuvo al grupo de desarrapados que corrían hacia ellos—. Y a lo que veo, vos sois aquél a quien llaman Ornay el Desalmado, a menos que estemos ante un impostor.

—¿Un impostor? —se sorprendió el guerrero, mientras limpiaba su arma en la túnica del caído—. ¿Alguien se ha hecho pasar por mí? —inquirió furioso, alzando la espada con gesto amenazador—. Señora Runaba, no acepto cierto tipo de chanzas...

—No se trata de burla alguna —replicó la mujer,

retrocediendo un paso al ver la afilada hoja frente a su faz—, hace unos días se presentó aquí alguien que decía ser Ornay, con ese conocido casco de C'Tl y las espadas a los costados, ofreciéndose para cualquier servicio que quisiéramos solicitar.

—¿Y le encargasteis alguno?

—No, no deseamos trato alguno con gente como vos —adujo la mujer, tragando saliva.

—Así pues, ¿se fue?

—Sí, nadie intentó detenerlo —intervino el hombre, alto, rubio y de ojos negros—. Se desvaneció en la noche…

—¿Era de mi estatura? —demandó el mercenario en un quedo gruñido—. ¿Poseía mi corpulencia? ¿Se le hizo pasar por alguna prueba?

—No, asumimos que era Ornay —aceptó la mujer en un quedo susurro—. La descripción que se hace por lo general de ese asesino es en extremo vaga como para que hasta vos mismo podáis ser un impostor…

—Entonces, habré de dar un escarmiento —aseguró Ornay volviendo a envainar la espada—. Mas antes necesito una información de vos: ¿podéis decirme si alguien entre los vuestros responde al nombre de Rekor o de Augon el lemurio?

—Ah, ya veo —Runaba sonrió un instante—. Vuestra búsqueda ha recorrido las Mors, y ahora todos sabemos cómo debemos responder.

"Nada conocemos de ninguno de los dos hombres que buscáis, mas si en algo podemos seros de utilidad, no tenéis más que decirlo…

—Entonces, nada más tengo que hablar con vos, señora —admitió el mercenario con un encogimiento de hombros—. Como ya sabéis por los rumores que al parecer os han llegado, contrariarme o mentirme no es buen negocio…

Se dio la vuelta, dispuesto a cruzar entre la caterva de canallas que se acumulaba al fondo del pasillo.

—¿Por qué no usáis vuestra habilidad para algo más provechoso? —sugirió la Señora de la casa—. Podríais ganar mucho más dinero y vivir más tranquilo, sin persecuciones, si os dedicarais a los Juegos de Suldur.

El guerrero se detuvo por un momento: había oído hablar de aquellos juegos, una interminable serie de combates sangrientos basados en el dumask[27], mas sin sus prevenciones. Los contendientes entraban en la arena, y sólo uno de ellos salía vivo; en algunas ocasiones, ninguno. No había haler[28], los únicos que decidían sobre la vida y la muerte en las arenas eran los Doins.

—Ya estoy sujeto a persecuciones, señora —advirtió arisco el asesino—. Mi cabeza tiene ya un precio de 10.000 sialans, y el ejército me busca por todas partes; a buen seguro, no tardarán mucho en aparecer por aquí, por lo que no puedo entretenerme en demasía en ningún lugar: he de liquidar mis asuntos de inmediato, y partir raudo.

"De momento no he dado la alarma, aún nadie excepto un imprudente ganapán —señaló el cadáver— ha probado el filo de mis espadas; mas si alguien quiere disponer de mis servicios, pronto Mor Suldur se estremecerá.

—Sabemos de vuestras andanzas —aceptó Runaba—, de lo que hicisteis en las demás Mors, e incluso de la muerte de la Dama Entiar de Mor Celac. ¿En verdad era necesario acabar con ella?

—Cometió tres errores, cualquiera de los cuales hubiera sido suficiente para merecer su destino —explicó el guerrero, volviendo su cabeza hacia ella—: vio mi rostro descubierto, intentó cobrar la recompensa por mi cabeza y

---

[27] Dumask: juego o desafío practicado en Atlantis con espadas de madera.

[28] Haler: juez, árbitro de un combate de dumask.

permitió que descubriera sus viles intenciones.

Runaba le observó con detenimiento: el impenetrable casco protegía el rostro, impidiendo ver las emociones que pudiera expresar; procurando ocultar el temor que le inspiraba aquel personaje que algunos creían legendario, se encogió de hombros.

—Haced lo que creáis conveniente —sugirió con cierto desdén que desmentía la expresión de su rostro—, sois dueño de vuestro destino para ello. Ignoro cuál es la deuda que tenéis con esos hombres, mas lo que he oído que hicisteis en Mor Talir no resulta ni mucho menos de mi agrado. Si sois un hombre o un demonio no me preocupa, tan sólo deseo dedicarme a mis negocios sin importunios: relacionarme con alguien como vos podría resultarme peligroso y gravoso en demasía, como le ha ocurrido al Señor Stavus de Mor Falkan, que pretendió tomar un bocado mayor del que podía tragar y ahora está en el Halasna, ejecutado por los nuevos Doins como traidor al Imperio.

"Sois nocivo para todo aquél que se relaciona con vos, Ornay; por ello, os conmino a que salgáis de aquí ahora mismo, sin provocar ningún incidente; os garantizaré paso franco al exterior, ninguno de mis hombres os molestará, mas no deseo tener nada que ver con vos...

—Quedo agradecido por vuestra deferencia, señora —aceptó con suavidad el guerrero, echando a andar hacia el grupo de hombres que se agitaban inquietos al final del pasillo—. Si no os importa, podríais indicarme cuál es el camino hacia la salida.

La mujer contempló la espalda del hombre alejándose; con un suspiro de alivio, miró a uno de los hombres y le hizo un imperceptible gesto con la cabeza, al que asintió el aludido con gesto torvo. Unas palabras al resto de la cuadrilla, y todos se dispersaron, desapareciendo en el dédalo de pasillos y habitaciones que era la casa.

—Seguidme, señor —sugirió cuando el mercenario llegó a su altura...

Tras asearse, Calet salió de su habitación y se dirigió hacia el comedor, donde pidió a la tabernera algo de comer y bebida.

—¿Habéis dormido bien, señor? —inquirió la mujer con amabilidad.

—Sí, gracias —aceptó el mercenario, mientras caminaba hacia una de las mesas y se sentaba, meditando acerca de las palabras de la Señora Runaba.

Los Juegos de Mor Suldur... Un lugar en el que los fugitivos, los proscritos, podían conseguir paz, ya fuera en la muerte o en la gloria de la arena. No podía negar la posibilidad de que alguna de sus presas estuviera en aquel lugar, o hubiera pasado por él. ¿Y si había muerto a manos de cualquiera de los guerreros que saltaban al combate a diario? El mero hecho de contemplar tal posibilidad hacía que se estremeciera de furia, de impotencia al pensar que la venganza se le podía escapar como los granos de arena entre los dedos.

Después de pagar la comida, salió de la posada y se dirigió hacia el centro de la ciudad, en busca de las arenas, cerca de la mansión de los Doins. Y, en efecto, allí lo encontró: un recinto circular, de unos cien metros de diámetro, un simple muro bajo que envolvía unas gradas excavadas en el suelo y la superficie central, de unos sesenta metros de diámetro, una zona arenosa de tonalidades rojizas. ¿Cuántos habrían dejado su vida allí?

La posadera le había explicado la manera de participar en aquellas sangrientas luchas, por lo que volvió sus pasos hacia un pequeño edificio cercano, que destacaba entre todos los demás por tener la fachada pintada en tono ocre.

En su interior, atestado de armas por todas partes, un hombrecillo bajo, de revuelto cabello moreno y chispeantes ojos azules en un rostro anguloso, afilado, moreno, le miró de reojo.

—Que Dan'Nan sea con vos, señor —le saludó Calet.

—Que N'Fthi sea con vos —le contestó desganado el personaje.

—A lo que tengo entendido, vos debéis ser la persona que se encarga de anotar quién va a luchar en los Juegos —comenzó el asesino.

—Así es, señor —admitió el hombre con cara de pocos amigos—. ¿Por ventura deseáis participar?

—Es posible —aceptó el guerrero con una sonrisa lobuna—. Mas antes de decidirme, deseo haceros una pregunta si no os resulta inconveniente: ¿podría ver la lista de los participantes?

Los ojos del sujeto se entrecerraron en un gesto de sospecha, observando interrogante al mercenario.

—No puedo proporcionaros ese tipo de información —aseguró sorprendido—. Si no vais a apuntaros, os rogaría que me permitierais proseguir con mis tareas…

—Creo que se os ha caído algo —sugirió Calet, sacando de su saquillo diez monedas de hierro—. ¿Acaso esto no es vuestro?

—No, mercenario, no es mío —se ofendió el personaje—. ¿Creéis acaso que soy tan deshonesto?

—No pretendo decir tal cosa —aseguró el guerrero, poniendo otras cinco monedas sobre la palma de su mano—, tan sólo devolveros el dinero que se os ha caído.

—No lograréis convencerme —insistió su interlocutor, con la vista fija en las monedas.

En la mesa de madera que había entre ellos aparecieron veinte monedas de hierro, que el asesino se ocupó, ocioso, de tapar con su mano tras dejarlas a la vista unos breves instantes.

—¿Estáis seguro? —demandó—. Si decís que no son vuestras, las guardaré yo.

Inició el movimiento para arrastrarlas hacia el borde y recogerlas, mas el brazo del hombre le detuvo en rápido gesto. A continuación, con un suspiro de resignación, se volvió, recogió unos papeles y los dejó sobre la madera.

Calet levantó la mano y recogió las listas, mientras su antagonista barría raudo las monedas hacia sí y las guardaba con evidente ansia.

—¿Qué significan estas marcas? —preguntó el mercenario.

—Las cruces rojas indican cadáveres —explicó el hombre nervioso—, y las azules luchadores que se han apuntado; cada año que pasa se van tachando, dejando tan sólo las del actual, para saber si ese participante estará este año o no.

Los nombres que leía no le sonaban de nada, aunque había de reconocer que aquellos juegos debían ser muy conocidos en todo el mundo: encontró nombres jalals, wigurs[29], lemurios, guerreros rojos, ramas[30]...

De repente, sus manos temblaron: acababa de encontrar el nombre de Rekor; mas, si las señales estaban bien anotadas, este año no iba a concursar. Siguió leyendo, a la espera de ver si aparecía el otro nombre que necesitaba, el de Augon el lemurio, encontrándolo casi al final de la lista con la cruz azul sin tachar.

—Podéis anotarme para participar en los Juegos —

---

[29] Wigurs: pueblos nómadas del centro de Asia, una de las grandes culturas de la época.

[30] Ramas: pueblos avanzados que viven sobre todo en la península del Indostan.

aceptó sonriendo con expresión malévola—. Mi nombre es Calet dar Gaur, mercenario. ¿Cuáles son las reglas?

—Sólo hay una —le respondió el hombrecillo, socarrón—: no hay reglas, tan sólo la prohibición de abandonar la arena hasta que todo acabe. Debéis estar en el círculo cuando el lornón[31] señale al lagarto —apuntó hacia un disco en la fachada del templo de Sat'Hai, con una varilla proyectada hacia fuera desde su centro, a cuyo alrededor había dibujados doce animales. En aquel momento, la sombra de la varilla caía sobre un ratón, hasta que llegara al lagarto había de pasar antes por una serpiente.

—Entonces, hasta el lagarto —aceptó el guerrero dándose la vuelta y saliendo de la vivienda.

Calculó el tiempo que le quedaba hasta el comienzo de los Juegos, y se volvió a la posada para prepararse…

La multitud murmuraba inquieta, esperando a que el heraldo de los Doins comenzara a anunciar a los participantes; aquel hecho llegó cuando el hombre que había apuntado a Calet en la lista apareció en la arena ante ellos.

—Los Juegos de Suldur van a dar comienzo —anunció con pompa—. Los Doins, en su infinita magnificencia, abren la jornada para que los luchadores combatan entre sí y quede tan sólo uno de ellos en pie. Éste se alzará, como todos los años, con un premio de 200 sialans.

"Y ahora, paso a nombrar a los guerreros que este año

---

[31] Lornón: gnomón, medición del tiempo utilizando la sombra que proyecta el sol.

van a teñir con su sangre la arena. A la mención de su nombre, acudan a mi lado.

Desplegando las listas que había visto Calet, comenzó a citar a todos los que habían decidido arriesgar su vida, llamando al mercenario el último. Para su sorpresa, Augon no apareció por ninguna parte, no había sido nombrado, lo que le irritó sobremanera. ¿Qué era lo que había ocurrido? ¿Acaso aquel canalla se había arrepentido en el último momento?

Ahora no tenía ya salida: si intentaba abandonar el círculo sería ejecutado al instante.

—Ésta es una lucha de todos contra todos —terminó el heraldo—. Cuando los Doins así lo indiquen, que brillen las armas y corra la sangre.

Mientras el hombre se retiraba, todos los ojos se volvieron hacia un dosel bajo el cual los gobernantes de la ciudad observaban con atención a todos los contendientes. Con una queda sonrisa, el alto hombre alzó una mano y la bajó en rápido gesto. Casi de inmediato un inmenso rugido invadió el graderío cuando los luchadores aprestaron sus armas y se lanzaron unos contra otros entre alaridos de rabia.

El primer oponente de Calet cayó con la cabeza abierta; sin perder un momento en medio de aquel caos, el mercenario se desplazó veloz de un lugar a otro, sin parar en mientes a quien acuchillaba.

Al cabo de unos momentos había caído ya un tercio de los combatientes, mientras los demás se enzarzaban con extrema violencia en peleas individuales. El asesino pasaba de un enemigo a otro, entreteniéndose apenas en cada uno de ellos, hasta tropezar con un hachero que le largó un formidable tajo al vientre, obligándolo a retroceder de un salto y cubrirse.

Era aquella una de las luchas más extrañas que había tenido en su vida: no sólo debía hacer frente a su más directo rival, sino que debía vigilar con sumo cuidado a cada uno de los que se les acercaban, pues cualquiera de ellos podía intervenir de forma inopinada y poner punto final a la lucha de manera drástica. Mientras se defendía del corpulento sujeto que tenía enfrente, hubo de hurtar el cuerpo ante una acometida por la espalda de un lancero rojo, que le rasgó el peto y casi alcanzó a su enemigo, quien hubo de detener su ataque ante aquella súbita interrupción, momento que aprovechó Calet para lanzar sus espadas en sendas estocadas que alcanzaron a ambos contendientes: el hachero se derrumbó aullando con el muslo abierto, mientras el guerrero rojo, para su sorpresa, perdía ambas manos.

Las arenas comenzaban ya a empaparse de sangre, a adquirir una fuerte coloración rojiza, mientras el ambiente se llenaba del olor al polvo y al hierro; poco a poco, uno a uno, los hombres y mujeres iban cayendo, heridos o muertos; y a los que aún permanecían vivos en el suelo se los remataba sin piedad.

Las armas del mercenario estaban ya carmesíes hasta la empuñadura, y sus ropas rasgadas, colgando en jirones, cubierto de escarlata de los pies a la cabeza... Un guerrero con dos espadas, igual que él, se le enfrentó en un remolino de furia que lo hizo retroceder unos pasos hasta que consiguió equilibrarse y frenar el avance de su oponente: a partir de ese momento sus hojas tomaron ventaja, fintando, buscando el pecho, la garganta o la cabeza del espadachín, hasta que, de repente, su mano izquierda bajó y su filo penetró muy profundo en la espinilla de su rival, obligándolo a inclinarse, momento en que con su diestra lo decapitó con limpieza.

Pronto sólo quedaron seis combatientes frente a Calet: aquél era el momento más crítico, puesto que se trataría sin duda alguna de los más duros y hábiles. Debía tener cuidado, o podría perderlo todo...

Un lemurio corrió hacia él, arrojándole un cuchillo que desvió con su arma; a renglón seguido detuvo una estocada al cuello, mientras se introducía por debajo de la defensa del luchador e intentaba alcanzarlo en el vientre, mas su rival saltó hacia atrás.

El mercenario atisbó por el rabillo del ojo que otro de sus contrincantes intentaba apuñalarlo por la espalda; con un rápido giro lo esquivó a duras penas, lanzando una estocada que lo tomó por sorpresa, alcanzándolo en la garganta y derribándolo.

Se volvió de nuevo hacia su más directo oponente, comprobando que lo tenía casi encima: detuvo el golpe de la espada a su cabeza, mientras lo obligaba a retroceder con su otra arma; a partir de aquel momento, Calet llevó la iniciativa, haciendo que su enemigo retrocediera de continuo ante sus acometidas, hiriéndolo una y otra vez de modo superficial, hasta encontrar un hueco en su defensa que aprovechó para atravesar su pecho; sin embargo, aquello estuvo a punto de ser su ruina.

Había empujado su espada con tanta fuerza que la punta había emergido por la espalda del luchador como una flor escarlata; al tirar de ella se enganchó en las vértebras, teniendo que abandonarla para no quedar a merced de los dos contendientes restantes, que se habían deshecho ya del resto de los luchadores.

Sin apartar la vista de aquellos endurecidos guerreros, se agachó para recoger otra arma del suelo; al parecer los dos atlantes tuvieron la misma idea, pues saltaron como resortes, la espada en alto, para acabar con el mercenario de un solo golpe, que los evitó rodando sobre sí mismo y se puso en pie en el mismo movimiento, dispuesto de nuevo para el combate.

Formaron un triángulo, dos hombres y una mujer inmóviles, vigilándose unos a otros, sin atreverse a atacar, procurando no dejar desprotegidos sus flancos... Cada uno buscaba el punto débil de los otros dos, sin llegar a encontrarlo.

El guerrero que se encontraba a la izquierda de Calet alzó su mano en ademán repentino y pronunció una palabra: hubo un destello cegador que hizo que los otros dos se llevaran una mano al rostro, deslumbrados en un momento por el conjuro.

El asesino sabía lo que venía a continuación, por lo que se movió como un rayo, desplazándose hacia su izquierda; sintió que su oponente pasaba a su lado, fiado en acabar con él de una certera estocada, mas sólo encontró aire y una hoja de hierro que surgía por su costado y penetraba en su flanco derecho en profunda mordedura, arrancándole un gemido de agonía. Oyó un grito femenino de furia mientras intentaba recuperar la visión de la arena...

Cuando se recuperó se encontró frente a la mujer, que aún intentaba volver a ver, mientras a su derecha el hechicero guerrero yacía boca abajo en un charco de su propia sangre, apenas moviéndose, dejando escapar un lamento de sufrimiento que hizo que la espada derecha de Calet cayera como un rayo y se clavara en la espalda del hombre, poniendo un rápido final a su agonía.

—Ahora ya es todo inútil —sugirió, hablando por primera vez en todo aquel tiempo que había estado combatiendo, dirigiéndose a la mujer—. Entre vos y yo, tal vez tengáis la posibilidad de vencerme, mas no haría yo altas apuestas.

La luchadora, que parpadeaba con ligereza, comenzando por fin a ver a su contendiente, sonrió con aspereza.

—Muy seguro estáis de vos —aseguró en gesto avieso—. Tanta arrogancia sólo puede significar dos cosas: o sois tan condenadamente bueno que podéis permitíroslo, o habéis tenido una exagerada suerte en esta lid.

—¿Queréis tal vez comprobarlo? —se burló Calet, alzando sus espadas.

—¿Por qué no? —aceptó con una carcajada la mujer, lanzándose a la carga; en su mano, una pesada hacha de combate se alzó sobre su cabeza, intentando abrir el cráneo de su oponente de una embestida, mas éste se apartó e intentó colocar un golpe en el costado de ella; sin embargo, era más rápida de lo que parecía, y consiguió hurtar el cuerpo antes de que pudiera alcanzarla.

Durante unos minutos la pelea estuvo muy igualada: a pesar de usar dos armas contra una, el guerrero no era capaz de penetrar la defensa de la luchadora. Sin embargo, algo jugaba en contra de ella: su pecho subía y bajaba en un jadeo que denotaba agotamiento, mientras que su enemigo parecía tan fresco como al comienzo del combate.

El mercenario detuvo un hachazo a media altura, al tiempo que atacaba de frente con su espada derecha; la guerrera fintó hacia su derecha, dejando libre el costado, momento que aprovechó su rival para colocar una estocada en aquel lugar con la espada izquierda, arrancando un gemido de agonía de su contrincante.

Mas no pudo evitar que, al mismo tiempo, el hacha le alcanzara en el brazo, cerca del hombro. La sangre brotó en libertad, derramándose por todo el miembro y la pierna, hasta empapar aún más las carmesíes arenas de aquel círculo de muerte.

—Habéis sido buena, mas no lo suficiente —aseguró, mirando a la mujer caída con respeto—. Por desgracia, aquí se acaba vuestro camino.

Las espadas bajaron en destellos fulgurantes, dejando una cruz escarlata sobre el pecho de su oponente.

—Que los dioses tengan piedad de todos —murmuró, dejando caer las espadas a lo largo de su cuerpo mientras contemplaba el espantoso panorama que se ofrecía a su vista: unos treinta o cuarenta cuerpos caídos en desiguales posiciones y diferentes lugares, ojos abiertos en expresiones aterradas, agónicas, doloridas... Cadáveres destrozados, armas rotas, sangre inundando las arenas... Aquello era en verdad un campo de batalla, sobre el cual comenzaban a cernirse ya las aves carroñeras, atraídas por el olor de la muerte: los cuervos graznaban ya dando vueltas sobre el terreno, dispuestos a darse un gran banquete en cuanto todos aquellos humanos dejaran el terreno libre...

—Vos sois el vencedor de los Juegos —anunció el heraldo, presentándose en el centro de las arenas—. Si no recuerdo mal vuestro nombre es Calet dar Gaur, ¿no?

—Así es, señor —aceptó con gesto cansado el asesino.

—Doins, pueblo de Mor Suldur —el hombrecillo alzó la voz—, contemplad el resultado de los Juegos: saludad a Calet dar Gaur, el vencedor.

—¿Por qué no han acudido todos los que estaban en la lista? —demandó con curiosidad el guerrero.

—Ah, os referís a Augon. Se presentó un poco antes de comenzar los Juegos para anular su participación, aduciendo que le habían surgido tareas que no podía postergar...

—¿Dijo dónde iba?

—No...

El mercenario no esperó a nada más: todos aquellos enloquecidos por la sed de sangre podían quedarse con su dinero, él prefería ganárselo de una manera más directa, en lugar de matar y morir para diversión de otros. Colgando las espadas tras sus hombros, salió corriendo del círculo hacia la posada, en busca de sus alforjas y su caballo.

Cuando entró en la posada presintió que algo andaba mal: no había nadie sentado en las mesas, y la tabernera parecía haberse desvanecido; en el ambiente flotaba una indefinible sensación, un extraño temor... No cabía duda de que la mayoría de la gente se hallaría en los Juegos, regresando a sus hogares tras la celebración de aquella masacre, sin embargo en aquel lugar ocurría algo más de lo que podía percibirse a simple vista.

—¿Posadera? —llamó, mas fue infructuoso: nadie respondió.

Entró en su habitación, mas nada había en ella que pudiera indicarle celada alguna: todo estaba tal y como lo había dejado, aunque la sensación de amenaza no se apartaba de su mente.

—Si ha descubierto a Ornay... —gruñó mientras recogía las alforjas y salía de la estancia.

Registró toda la posada en busca de la mujer, hasta encontrarla en la bodega, acurrucada contra una esquina, tras unos barriles.

—¿Qué habéis hecho, señora? —demandó en tono suave—. ¿Qué torpeza habéis cometido?

—No... No me matéis, señor —murmuró ella, aterrada—. Por piedad, no deseo morir...

—¿Acaso habéis hurgado entre mis pertrechos?

—Sí... Mas os juro que no pretendía nada, sólo era curiosidad...

—Para vuestra triste desgracia, esa curiosidad os ha llevado a un callejón sin salida —comentó Calet con frialdad—. Si conocéis la fama del hombre a quien habéis descubierto, sabréis que no puedo permitir que nadie que conozca mi rostro auténtico puede permanecer vivo. Espero que no hayáis hablado de esto con nadie, porque entonces tendría que sacaros toda la información antes de enviaros al seno de Dan'Nan.

—Piedad, señor...

—¿Habéis hablado con alguien?

—No...

—Entonces, rezad a los dioses —sugirió el mercenario con expresión turbia—: bien saben ellos que no pretendía que esto ocurriera, mas vuestra propia necedad es la que os ha llevado a esta situación. Al menos, haré que vuestra muerte sea rápida, sin sufrimiento.

Descolgando una de sus espadas, la abatió sobre la cabeza de la mujer, abriéndola de arriba abajo como un melón maduro.

—Debierais haber tenido más cuidado —murmuró, limpiando el arma y colocándolo de nuevo a sus espaldas—. Hubierais vivido más tiempo...

Salió de la posada mirando a su alrededor; creía estar seguro de que la tabernera no se había atrevido a confesar su descubrimiento, mas no disponía de tal certeza: ya en Mor Celac había errado al examinar a Ternai y Corval, y aquello le había resultado hiriente, mortificante. Mas ahora, tal vez podía respirar aliviado, pues no veía ninguna patrulla de soldados por ninguna parte, y las gentes se comportaban con normalidad, dedicándose a sus faenas como si él no estuviera...

Recogió su caballo y salió de Mor Suldur: esperaba haberse adelantado al lemurio, por lo que decidió acampar apartado de la ciudad, con la puerta a la vista, a la espera de que saliera en algún momento. Si había partido ya...

Comprendió que había perdido demasiado tiempo en los Juegos: era probable que Augon no estuviera ya en la ciudad, y cabalgara en cualquier dirección conocida. Aguardó hasta que se hizo noche cerrada, momento en que una figura montada se destacó entre las sombras de la puerta, saliendo de la ciudad. En ese instante, Calet se colocó el casco y las espadas a los costados, dejando que fuera Ornay el que tomara el control de la situación.

Mientras la silueta se acercaba, el mercenario se plantó ante ella, su montura bloqueando el paso.

—¿Quién se interpone en mi camino? —demandó el jinete con un innegable acento lemurio.

—¿Quién lo pregunta? —inquirió a su vez el asesino, dejando caer a los costados sus manos, dispuesto a empuñar sus armas en cualquier momento; no había tenido tiempo de restañar la herida del brazo, mas la hemorragia no parecía preocuparle en demasía: ahora que sabía lo que Gaviol le había hecho se sentía más confiado a la hora de combatir. Si bien era cierto que le costaba más de lo normal mover el brazo, también era innegable que esa situación cambiaría en cuanto la herida comenzara a cerrarse...

—Osado sois para hablarme de ese modo —gruñó la figura; a medida que la luz de la luna iba mostrando su semblante, el asesino vio a un hombre de rasgos suaves, oliváceos, con un cabello corto, rizado y negro bajo el que relucían unos rasgados ojos grises.

—Si vos sois Augon, entonces tengo motivos para ello —aseguró con tono gélido el mercenario—. Si no os importa, me gustaría tener con vos unas palabras fuera de la vista de los muros —señaló a la ciudad—. No necesitamos ojos indiscretos que nos molesten en nuestros quehaceres.

—Ah, ya veo quien sois —comentó el lemurio con aparente despreocupación, llevándose la mano a la espada—. Ornay el Desalmado, el terror de Atlantis. No me dais miedo, guerrero, aunque he oído que estáis buscándome.

—Así es, escoria —aseguró el guerrero colérico, aún dudando de la buena suerte que había tenido: al parecer, algún asunto había entretenido el tiempo suficiente a su víctima como para poder alcanzarla antes de que huyera—, tengo pendiente una cuenta con vos y vuestros amigos.

—Ya veo —aceptó Augon desdeñoso—. Os referís a Targ, Tibar, Viss y Rekor. Sé que habéis acabado con dos de ellos, mas eso no me resulta sorprendente: eran dos necios... Conmigo no os resultará tan fácil.

—También Viss ha pasado por mis manos —gruñó el asesino—, aunque la venganza se me escapó a manos de un malhadado pihas, a quien hice pagar las culpas del guerrero rojo.

—No puedo creer que vos solo hayáis sido capaz de aniquilar a una de esas aves —se mofó el lemurio, mirando intranquilo a su alrededor, buscando la manera de evitar el enfrentamiento—. Por muy Ornay que seáis, eso es un farol.

—Creed lo que deseéis —aceptó el mercenario—, tan sólo debéis tener una certeza: vais a pagar por vuestros crímenes, haré que os arrepintáis de vuestros pecados, suplicaréis la muerte una y mil veces, mas sólo la recibiréis cuando yo lo desee, y no antes. Tenéis una deuda que pagar, y por la diosa que lo haréis de la forma más terrible.

—A lo que veo, nuestra ofensa parece seria —se chanceó Augon, intentando ocultar su creciente temor—. ¿Tendríais la merced de explicarme en qué ha consistido? Creo recordar que en los tiempos en que andaba con esos caballeros nos dedicábamos al muy noble arte del bandidaje, a vivir de lo que podíamos conseguir en las aldeas...

—Después de saquear, violar y matar —gruñó Ornay—. Sabed que una de vuestras víctimas ha regresado de la muerte para vengar a todos aquellos que sufrieron a vuestras manos, en especial a su familia. No esperéis compasión ni piedad, no la encontraréis en mi mano...

—Entonces, temo que es hora para vos de regresar a los dominios de Asm'Dur y presentarle vuestros respetos —aseguró el lemurio irritado, desenvainando su espada y azuzando a su caballo.

El guerrero desnudó sus armas y esperó paciente a su enemigo, consciente de su superioridad ante él; sin embargo, no había contado con los recursos de que podía disponer su rival...

En un repentino movimiento, Augon se inclinó hacia su derecha, pegándose al flanco de su montura, dejando que las espadas de su rival pasasen inofensivas por el lugar que habían ocupado un momento antes su pecho y cuello, y lanzó un rápido tajo a la cuerda que sujetaba la silla de cuero, que se ladeó e hizo desequilibrarse al mercenario:

unos segundos después, Calet daba con sus huesos en el suelo mientras su contrincante refrenaba su caballo.

—Lo lamento, Ornay —comentó jactancioso, mientras hacía cabriolear a su animal—, pero no puedo quedarme más tiempo disfrutando de este momento —aseguró entre carcajadas mientras se alejaba en dirección Este—. Podría resultar peligroso para mi salud habida cuenta de la fama que tenéis. Si no os importa, en otro momento podremos dirimir nuestras diferencias, cuando pueda enfrentarme a vos en condiciones de igualdad...

El asesino contempló con furia la cuerda partida, y a continuación la figura que se perdía en la distancia, dando un golpe en el suelo con su puño, impotente ante aquel revés del destino.

—¡Os cogeré, Augon! —gritó, encendido por el odio—. ¡Os cogeré, y lamentaréis haberme conocido!

En su cabeza resonaban unas hoscas carcajadas, un sonido hiriente, malévolo, que consiguió llevarlo hasta el paroxismo. Intentando calmarse, recogió la silla de cuero y se acercó a su montura, intentando solucionar el problema surgido. La ira lo envolvía como un negro sudario de muerte, velando su mirada con el rojo de la sangre... Cogería al maldito lemurio, y lo mataría con tal saña que suplicaría por su vida durante una eternidad...

SUEÑOS DE DESTRUCCIÓN

Calet dar Gaur llegó a Mor Dairu con las primeras luces del alba; los rayos del sol arrancaban reflejos de pedernal al muro de la ciudad mientras el mar, apenas picado, relucía con brillos tornasolados.

Los barcos se mecían con suavidad en el pequeño puerto, pesqueros y de pasaje, pequeños y grandes, las velas plegadas, los aparatos de vril[32] inactivos para evitar inoportunos accidentes…

La guardia de la ciudad observó recelosa al mercenario mientras cruzaba el umbral de las grandes puertas,

---

[32] Vril: energía misteriosa que usan los atlantes para diferentes mecanismos, sobre todo para las esferas de luz y la propulsión de barcos y vimanas. Es muy inestable, por lo que los mecanismos de propulsión pueden provocar grandes explosiones.

meditando sobre la posibilidad de detenerlo; mas el aspecto fiero del hombre los detuvo, más preocupados por su propio bienestar que por el de la ciudad.

Las callejuelas eran más estrechas que en las otras ciudades visitadas: al fin y al cabo, Dairu era la más pequeña de todas, apenas quinientos habitantes, y aparecía a la vista del asesino con menos atractivo, a excepción del puerto que, aunque pequeño, ofrecía un refugio seguro con los promontorios laterales introduciéndose como curvos cuchillos en el océano, creando una zona a salvo de las tormentas habituales en aquella época del año.

Por fin, sus pasos le condujeron hasta los muelles, hasta una posada con un sugerente nombre, "Manos de H'ursk"; en su interior la pulcritud no parecía una de las virtudes de su dueño, pues podía distinguir por todas partes manchas de todo tipo: vino, cerveza, vómito, grasa… El propio tabernero, si él era el dueño, era un reflejo perfecto de la estancia: de estatura media, orondo como un tonel, sus ropas aparecían tan grasientas como su cabello moreno o sus manos, que frotaba con aparente nerviosismo en la vaga idea de un cliente más.

—Que Dan'Nan sea con vos, señor —saludó obsequioso—. ¿En qué puedo serviros?

—Para empezar, comida y bebida —comentó despreocupado el mercenario, mirando a su alrededor, examinando a cada uno de los habituales que se encontraban en aquel momento en el local, de cuyo jaez apenas podía dudar: de expresiones duras y hoscas, su aspecto parecía corresponderse a la perfección con la peor canalla de la ciudad.

—Serán cuatro monedas de hierro —advirtió el posadero.

Dejando el dinero sobre la barra, se dirigió a una mesa y se dejó caer en la silla, meditando acerca del siguiente paso a seguir…

—Te digo que viene a por nosotros —gruñó Augon a su compañero—. Ese Ornay es demasiado peligroso como para subestimarlo.

—Estás demasiado inquieto —le advirtió su interlocutor, un hombre de mediana estatura y complexión fuerte, con rasgos aguzados en los que destacaban, bajo una larga cabellera negra, unos ojos castaños y dos cicatrices en forma de cruz en la frente, sobre la ceja derecha—. A buen seguro, ese hombre no es más que una leyenda, un cuento para asustar a los niños… Las hazañas que he oído de él podrían estar engrandecidas.

—Puedo asegurarte que es real —insistió el lemurio—, hace unos días tuve un encuentro con él: me estaba esperando a la salida de Mor Suldur.

"Tuve suerte, lo pillé por sorpresa y pude huir de él; mas no creo que pueda volver a repetir esa hazaña. No sé cuál es la deuda que dice tener con nosotros, pero sí sé algo: Targ, Tibar y, por lo que me ha comentado él mismo, Viss, han caído a sus manos.

"Conozco a gente en Mor Talir y Mor Celac que me han hablado de cómo quedaron nuestros antiguos compañeros tras pasar por sus manos; son gente endurecida, acostumbrada a la muerte, mas cada vez que lo recordaban no podían evitar las náuseas.

"Te digo, Rekor, que ése no es humano —aseguró tajante—. Ha escapado del Halasna en busca de una venganza contra nosotros, una venganza por alguno de nuestros actos de antaño.

—Entonces, lo tenemos sencillo —sugirió el atlante, burlándose—: tomemos un barco hacia Khemt, y alejémonos de estos lares. Seguro que no se atreverá a presentarse en el corazón del Imperio en nuestra busca.

—No sé qué pensar, Rekor —Augón se mostró dubitativo ante aquella propuesta—. Tengo un mal presentimiento con respecto a Ornay, quizás deberíamos dejar de correr y enfrentarnos juntos a él: por muy bueno que sea, creo que entre los dos podremos eliminarlo sin demasiados problemas.

—¿Tienes miedo, Augon? —se mofó su compañero—. Jamás hubiera pensado...

—No, no es miedo —aseguró con firmeza el lemurio—. Es otra cosa que no puedo entender bien.

"Estuve ante ese mercenario y me dio una extraña sensación, por eso te he dicho lo del Halasna; es como si en realidad un espíritu oscuro se hubiera alzado de entre los muertos para acabar con nosotros.

"Huyamos a donde huyamos, siempre tendremos su sombra detrás nuestro, persiguiéndonos con sañudo encono, intentando alcanzarnos; y puedes estar seguro que tarde o temprano lo conseguirá. Por eso te digo que lo mejor es no correr, sino enfrentarnos a él.

—Te recuerdo algo —le advirtió Rekor—: ha asesinado a nobles y a Doins en sus camas y ha sido capaz de escapar de las casas a pesar de los soldados, dejando tras sí un reguero de sangre. Si todo eso es verdad. alguien así no será fácil de vencer tan sólo por nosotros dos, necesitaremos que alguien nos eche una mano, y creo que sé quienes pueden ser los más adecuados… La fortuna te ha sonreído al encontrarme aquí.

El rostro del atlante se distendió en una diabólica sonrisa mientras comenzaba a explicar a su interlocutor la malévola idea que rondaba por su mente…

—Sí, un mercenario con ese nombre estuvo en los Juegos hace varios días —admitió un hombrecillo bajo, de revuelto cabello moreno y chispeantes ojos azules en un rostro anguloso, afilado, moreno—. Calet dar Gaur, eso es. De hecho, ganó el premio pero no lo recogió, salió corriendo sin quedarse a la ceremonia. Al principio los Doins mandaron buscarlo para ver a qué se debía tan insólita actitud, mas al cabo de unas horas desistieron y se guardaron la bolsa del dinero.

—¿Qué fue de él? —demandó la persona que se hallaba ante él, una exuberante mujer de mediana altura, de tez morena y pecosa, con una larga cabellera leonada, castañorrojiza, bajo la que relucían, en unos rasgos afilados, angulosos, unos profundos ojos castaños rasgados que le daban una apariencia exótica, con un origen tal vez jalal—. ¿Dónde fue?

—Nadie sabe nada —explicó su interlocutor—, preguntad en las posadas. Lo más probable es que haya estado en alguna de ellas. ¡Esperad! —sus ojos se abrieron desmesurados—. Ahora que recuerdo, no sé si tendrá alguna relación, mas ese mismo día apareció muerta Tirna, la tabernera de "El Lobo Negro", con la cabeza partida. Su marido piensa que fue uno de los que habían dormido allí.

"Seguid esta calle —señaló al exterior de su casa—, y torced en el tercer cruce a la derecha; no tiene pérdida, veréis el cartel de inmediato.

—Gracias, señor —aceptó la mujer con una suave sonrisa, saliendo del local dejando al hombre con una mirada de admiración fija en ella—. Que la Diosa sea con vos.

—Y con vos, señora —atinó a contestar el sujeto cuando ella ya había cruzado el umbral.

Tras comer un poco, Calet salió de la taberna y se dirigió hacia el centro de la población en busca de un lugar en el que pudiera alquilar una habitación con mejores garantías que aquel antro: tenía serias dudas acerca de cuántos viajeros se habían quedado para siempre allí, asaltados durante la noche, y no deseaba llamar la atención en exceso sobre su persona.

Pasó por la plaza central, donde se alzaban la mansión de los Doins y los Templos de Dan'Nan y H'Ursk, dedicándoles una breve mirada antes de continuar su camino; en aquel dédalo de calles apenas si se veían comercios, parecían concentrarse todos en el pequeño puerto...

Por fin, después de vagabundear durante cerca de media hora, encontró una posada en la que alojarse, que respondía al nombre de "La Bendición de Dan'Nan". No parecía el más adecuado, puesto que corrían rumores de que los grandes sacerdotes del Imperio andaban buscando herejías; lo que había oído a Dandral en el camino de Mor Celac acerca del gran Templo de Khoush no hacía presagiar nada bueno... Tal vez pronto empezaran a correr malos tiempos para el culto.

El interior era amplio y estaba muy aseado, con muchas mesas a las que se sentaban gentes, a lo que creyó discernir, pertenecientes a la nobleza o a las clases pudientes.

Todos, sin excepción alguna, interrumpieron sus conversaciones al ver entrar al mercenario; aquella ominosa figura, con las espadas tras los hombros, estaba tan fuera de lugar en aquella sala como un gato en medio del mar.

El guerrero se acercó calmoso a la barra, desde la que lo examinaba con detenimiento una mujer corpulenta, alta, de largos y rubios cabellos recogidos en una elaborada trenza y ojos azules en un rostro moreno, redondeado.

—Que Dan'Nan sea con vos —le saludó con cierta hosquedad—. ¿En qué puedo serviros?

—Necesito una habitación para pasar la noche —sugirió Calet.

—Eso serán dos monedas de hierro —le advirtió la posadera sin titubeos—. ¿Disponéis por ventura de dinero, o tal vez esperáis caridad?

Sin decir una palabra, el asesino descolgó su saquillo del cinturón y le ofreció a la mujer las monedas que pedía.

—Aquí tenéis un extra por cuidar de mi caballo —sugirió, depositando en la barra otra más.

—Su habitación está subiendo por esas escaleras —señaló la tabernera—. Es la segunda puerta a la izquierda.

—Muchas gracias.

Se dirigió hacia el lugar que le había sido indicado; tras él, las conversaciones fueron reiniciándose poco a poco, subiendo de volumen hasta alcanzar el tono habitual; creyó oír que alguien echaba en cara a la mujer haber aceptado el dinero de un "sucio mercenario", aunque la respuesta de ella se le escapó al llegar al rellano superior.

Al abrir la puerta se encontró ante una estancia amplia, espartana, con una ventana que daba hacia el Sur, un catre de cómoda apariencia y una mesita donde podría dejar sus alforjas.

Pensó en lo ocurrido en Mor Suldur: en verdad era sorprendente que no hubiera sucedido antes, que los posaderos no hubieran descubierto su identidad al hurgar entre sus cosas, por lo que decidió que debía ocultar de alguna manera el casco de C'Tl…

Estaba de nuevo en la llanura maldita, frente al hombre oscuro que se reía sin pudor alguno de él; a su lado, la figura de Itzai permanecía en silencio, inmóvil como una estatua, los brazos caídos a los costados, los ojos vacíos de expresión...

—Hola de nuevo, Ornay —le saludó con gesto sarcástico—. ¿Estás por fin dispuesto a entregarte, a aceptar tu destino? Recuerda que mantengo la oferta de recuperar tu vida perdida, de devolverte a tu esposa y a tus hijos...

—No puedes ofrecerme lo que no tienes —aseguró el guerrero con firmeza—. No sé quién eres ni qué quieres de mí, pero de una cosa estoy por completo seguro: las almas de mi esposa y mis hijos están en Purasna[33], y tú no tienes poder para sacarlas de allí.

"Así pues, no puedes hacer nada para obligarme a plegarme a tus deseos...

—¿No? —se burló el hombre oscuro—. ¿Tan seguro estás de tenerlo todo tan atado? Mira detrás de ti, y repíteme eso.

El mercenario se giró y se quedó helado: un escalofrío recorrió todo su cuerpo, un calambre de puro terror debido a las dos pequeñas figuras que se alzaban ante él.

Dos niños le contemplaban con miradas frías y sonrisas secas, de corta edad ambos, uno de unos diez años y otro de doce, de cabellos tan negros como él o Itzai.

—¿Terman? ¿Shelar?

Avanzaron con lentitud hacia él, extendiendo sus manitas, llamando su atención... Por un momento estuvo tentado de agacharse y abrazarlos, mas en el último momento consiguió contenerse y retroceder unos pasos.

Los críos se detuvieron en el punto en que Ornay había

---

[33] Purasna: el paraíso en la religión atlante.

estado, dejando caer sus brazos laxos a los costados, sin variar un ápice sus inexpresivos rostros.

—¿Sigues sin aceptar lo que te ofrezco? —inquirió el hombre oscuro a su espalda, la voz sonando en su oído, el aliento en su nuca.

—No, no podrás convencerme —renegó el mercenario lanzando un codazo hacia atrás, que impactó en carne con un sonido seco; mas no hubo gemido alguno, su contrincante no parecía haber sentido nada.

—Ornay dar Diron —le llamó su esposa, una voz que parecía proceder de los más lejanos abismos—, ¿vas acaso a renegar de mí y de tus hijos? ¿Tal vez tu amor hacia nosotros murió con nuestros cuerpos?

—No, eso no es cierto y lo sabéis —gruñó el guerrero, revolviéndose fiero—. Si estoy llevando a cabo la venganza contra vuestros asesinos es porque os amaba más que a mi vida; no puedo soportar mi existencia sin vosotros, por eso...

—Lo que tú vives no es vida —intervino una tercera persona.

El mercenario se volvió apresurado y se encontró con una figura que lo hizo estremecerse: era él mismo, un hombre ceñudo, con las manos apoyadas en los hombros de los niños, contemplándolo con frialdad, las armas a sus espaldas... Al parecer, aquélla era la sombra que había visto acercándose en los sueños anteriores, una imagen de sí mismo que parecía reprocharle todo lo que era.

—Ornay, no hagas caso a ese necio —gruñó el hombre oscuro, situándose a su lado—. No es nadie, tan sólo un demonio que ha adquirido tu aspecto para apoderarse de tu cuerpo...

—¿Y quién me dice que no eres tú el demonio? —se encrespó el mercenario, apartando a su torturador de un empujón—. Veamos qué tiene que decir este recién llegado.

—Me conoces bien, aunque no lo creas —aseguró el segundo Ornay—. Aunque yo soy tú, en realidad no es del todo exacto: mientras tú eres Ornay el Desalmado, la oscuridad encarnada, yo soy Calet dar Gaur, el mercenario, el hombre que vivió feliz.

"La venganza no te va a devolver a tus seres queridos. Esto que ves —señaló a los niños— no son más que reflejos de tu amargura, imágenes que quien pretende volver al mundo de los vivos extrae de tu mente para engañarte y hacerte creer lo que jamás podrá ser.

"Las almas de tu mujer y tus hijos, tal y como has intuido, llevan en el Purasna desde que se separaron de sus cuerpos, y nada podrá conseguir que regresen junto a ti; en todo caso, tú podrás ir con ellos, siempre y cuando recapacites acerca de la vida que llevas.

"Piénsalo. El Purasna o el Halasna no se ganan por las acciones, sino más bien por la actitud de cada uno: acéptate como eres y vive con ello, o reniega de ti mismo y húndete en los abismos de tu propia negrura.

—Filosofía barata —gruñó el hombre oscuro, haciendo surgir de la nada un formidable espadón—. ¿Cómo puedes escuchar semejantes necedades? ¿Acaso piensas que podrás escapar a tu destino?

—Siempre hablas de mi destino, de entregarme a ti para cumplirlo mas, ¿cuál es ese destino? —gruñó el guerrero—.

Todavía no has dicho ni una palabra acerca de ello…

—La gloria, la fama, el poder… —aseguró su oponente con los ojos entrecerrados—. ¿Acaso vas a poder resistirte a tal canto de sirena? ¿Eres más que humano, que no te atraen las riquezas sin fin, los mayores placeres, que yo pondría en la palma de tu mano?

—¿A qué precio? —intervino la figura inmóvil, descolgando sus espadas—. Díselo, Og Sabn, Señor de la Noche. Vamos, dile cuál es el precio de plegarte a tus deseos.

"¿Creías que podrías mantener tu incógnito por mucho tiempo? —dejó escapar una fresca carcajada—. El Señor del Engaño, una criatura huida de los más antiguos eones en que el mundo aún no estaba apenas poblado de seres humanos, uno de los acólitos de C'Tl y su inhumana ralea, desea volver a caminar de nuevo por la superficie de la tierra. ¿Y su motivo? Es evidente, preparar el regreso de sus señores, extender de nuevo el caos y la oscuridad sobre el mundo, aportando la magia más nefanda y abominable que haya aparecido jamás sobre este atormentado planeta…

"Adelante, dile cuál es el precio de entregarte su cuerpo.

El asesino se volvió receloso hacia la criatura que su doble había llamado Og Sabn, el ceño fruncido, el gesto amenazador.

—¿Qué está sucediendo? —demandó con fiereza—. ¿Eres por ventura aquél que trae el dolor?

—Te está manipulando, Ornay —gruñó feroz el hombre oscuro—; ese remedo tuyo, esa mala copia intenta engañarte para que no cumplas tu destino…

—¡Ya basta de mi destino! —exclamó irritado el

mercenario—. ¡Estoy harto de oír siempre la misma historia!

El guerrero desenvainó sus armas y se enfrentó a su eterno perseguidor, lanzándole una estocada que le alcanzó en el pecho.

—No puedes hacerme nada y lo sabes —aseguró el herido con una sonrisa de oreja a oreja.

—No, nada puedes contra Og Sabn —apostilló el falso Ornay—. Sólo yo puedo desterrarlo, obligarlo a renegar de sus planes; mas para ello necesito tu permiso.

—Pues ya lo tienes —gruñó el asesino—. ¿A qué esperas?

—No, no lo tengo —advirtió severo el doble—. Puedo mantenerlo a raya, ya has dado los pasos para ello, mas aún no puedo vencerlo. Necesito que desees mi ayuda de verdad para deshacerte del Señor del Engaño...

Saltó hacia el hombre oscuro en un repentino y fulgurante ataque que éste detuvo con facilidad con su espadón, retrocediendo unos pasos.

—Te ruego que recapacites, Ornay —pidió su sosia mientras lanzaba estocada tras estocada sin conseguir penetrar la defensa de su oponente—, sólo así podré por fin ayudarte.

¡Qué locura! Su alter ego luchando con el hombre oscuro, una sensación de horror envolviéndolo como una espesa mortaja... Su mente daba vueltas y más vueltas intentando asimilar las palabras de cada uno de ellos, tratando de delimitar quién intentaba engañarle...

Calet se irguió en el catre envuelto en sudor, con la pesadilla aún resonando en su cabeza como un odioso heraldo de muerte o destrucción. ¿Qué significaba todo aquello? ¿Quiénes eran aquellos que luchaban por él? ¿Og Sabn deseaba usar su cuerpo para caminar de nuevo por el mundo sembrando el caos y la destrucción? Y su doble, ¿era acaso su alma, apartada por Gaviol? ¿Existía alguna posibilidad de reunirla y volver a ser una persona normal?

Dedicó poco tiempo a aquellas disquisiciones: ahora que estaba de nuevo en el mundo real, lo más prioritario era encontrar a Augon y hacerle pagar toda la rabia que llevaba dentro.

Se asomó a la ventana, comprobando que el crepúsculo se cernía ya sobre Mor Dairu y el mar, creando extraordinarios efectos sobre el ligero oleaje que lamía los cascos de los barcos anclados en el puerto; parecía ya la hora de que Ornay entrara en acción…

Tras asearse un poco, se colocó las espadas a la cintura y sacó el casco de su escondite: contemplando aquella terrible imagen durante unos instantes pensó en su destino, en los hombres a quienes había destrozado para satisfacer sus ansias de venganza; y todo para después sentir un extremo vacío en su interior, una inmensa amargura que lo reconcomía durante demasiado tiempo… ¿Acaso aquello era lo que se sentía cuando se carecía de alma? ¿O era otra cosa, tal vez remordimiento?

Agitó la cabeza para sacudirse aquellos blandos

pensamientos: lo primero era lo primero, acabar con el maldito lemurio y el otro, Rekor. Colocándose el casco, se acercó de nuevo a la ventana y miró al exterior: aunque aún había algunas personas que andaban por las calles, pensó que podría subir a los tejados sin que nadie se diera cuenta.

Deslizándose como un gato, salió a una fina repisa que circundaba la posada y, desde allí, subió de un salto a la azotea; una vez en ella, miró a su alrededor para orientarse en busca de la zona en la que pudieran encontrarse los desfavorecidos, la canalla de la ciudad; moviéndose sigiloso fue saltando de un tejado a otro, hasta llegar, al cabo de una media hora, a un lugar en el que las gentes que divisaba desde lo alto parecían dedicarse a tareas no demasiado lícitas: aquí un hombre con la espada desenvainada caminaba con ademanes altaneros, allá una mujer ofrecía sus discutibles encantos a quien quisiera tomarlos por unas monedas, más allá un mendigo yacía sentado, apoyado en una pared, gimiendo alguna letanía aprendida para excitar los sentimientos de los que pasaban junto a él...

Con una sonrisa feroz, Ornay bajó al suelo descolgándose sobre unos barriles; después, caminó cauteloso en busca de la casa del Señor de aquellos lares.

Los que lo veían se apartaban con suma premura: aquella tétrica silueta, de sobras conocida, emanaba un aura de muerte tal que espantaba a los sujetos más endurecidos de aquel barrio portuario; sin embargo, al cabo de unos minutos se hizo patente que alguien lo seguía.

El mercenario se sorprendió al descubrir aquel hecho: ¿quién estaba tan loco como para intentar tenderle una emboscada? ¿Acaso no se daban cuenta de a quién se estaban enfrentando? Intrigado por aquel hecho, se detuvo en medio de una calle, mirando a su alrededor con las manos apoyadas en el pomo de sus armas...

Pronto aparecieron por ambos extremos un variopinto grupo de sujetos: a juzgar por su aspecto, debían pertenecer al gremio de asesinos de la localidad, todos ellos armados hasta los dientes con espadas, hachas y lanzas. Le sorprendía no ver ningún arquero, algo habitual en aquellas circunstancias, por lo que elevó la mirada hacia los tejados para descubrir, apostados allí, al menos a tres de ellos.

Las cosas no pintaban demasiado bien: no podía cargar contra los de las azoteas, so pena de dejar su espalda abierta ante sus oponentes más inmediatos; y tampoco debía enzarzarse en un cuerpo a cuerpo, exponiéndose a ser acribillado por las flechas.

Sólo había una solución: mirando a su alrededor para evaluar la situación, saltó de forma repentina hacia una puerta, que derribó de un empellón para entrar en la casa. En el interior, un matrimonio lo miró con sorpresa.

Pasó raudo entre ambos bajo una lluvia de insultos e improperios, perseguido por las voces de los asaltantes, que se habían lanzado tras él. Buscaba el acceso a los tejados, donde en buena medida podría tomar un mínimo de ventaja contra aquel numeroso grupo...

Encontró una escala de madera que conducía a una abertura en el techo, y trepó por ella con agilidad: sospechando que podían estar esperándolo arriba, en el momento en que salió rodó sobre sí mismo, sintiendo que algo pasaba zumbando sobre él.

Poniéndose en pie de un salto, desenvainó sus espadas y buscó a su agresor: estaba a unos tres metros, un hondero al que no había visto desde abajo: con un rugido de rabia se abalanzó sobre él, esquivando a duras penas otra pedrada, y lo abatió de un golpe en el cuello que lo decapitó.

Tras él, los primeros atacantes comenzaban ya a asomar por la trampa; con una feroz sonrisa se les encaró, partiendo el cráneo del primero y obligando a los demás a mantenerse en el interior de la casa.

—Ahora soy yo quien tiene la ventaja... —gruñó, cortando sus palabras de raíz: más que oír, sintió la vibración de la cuerda de un arco, por lo que saltó hacia un lado en el preciso momento en que una flecha rozaba su brazo izquierdo.

Girándose como un felino, buscó al asesino y lo localizó en una azotea cercana, apuntándole con un nuevo dardo; esta vez lo esquivó con más facilidad, lanzándose a una carrera desesperada en zigzag para alcanzar al hombre antes de que tuviera tiempo de volver a disparar, mas había demasiada distancia para conseguirlo...

El arquero aprestó una nueva saeta y se quedó esperando a que se acercara con una malévola sonrisa en su cuarteado rostro. Sospechando su intención, Ornay llegó al borde del tejado y, como un resorte, saltó hacia el otro lado.

Aquél era el momento que había estado esperando su oponente: con un grito triunfal soltó la flecha, pensando que al no poder cambiar de dirección en el aire no sería capaz de eludirla, mas su sorpresa fue absoluta cuando vio que el mercenario no saltaba de frente a él, sino en diagonal hacia su izquierda, con lo que la flecha voló libre por el aire para clavarse en el pecho de uno de sus compañeros que corría tras el guerrero.

En el mismo instante en que sus pies tocaban el suelo, el asesino se giró hacia su rival y lo atravesó de una estocada, arrancándole un gemido de agonía; después, viendo a la caterva que se dirigía hacia el borde de la techumbre, buscó con presteza a los dos arqueros que le quedaban: uno estaba demasiado lejos para alcanzarlo, y el otro lo suficiente como para que hubiera de enfrentar un cuerpo a cuerpo con una numerosa jauría de chacales sedientos de sangre…

Se le ocurrió una idea: volviéndose hacia sus perseguidores, esperó a que comenzaran a saltar y acabó con el primero, lanzándose a una rápida carrera; sorprendidos, los asesinos detuvieron su avance, alarmados ante la intención de Ornay.

Para cuando quisieron darse cuenta, el mercenario estaba sobre ellos, abatiendo a dos con sendos golpes de sus espadas y abriéndose paso hasta el borde de la azotea, desde donde saltó de nuevo a la primera casa, interponiendo entre él y los arqueros la masa de sus perseguidores.

—Ahora, venid —murmuró con expresión fiera, tan bajo que no alcanzaron a oírle.

Se aprestó para el combate mientras, con rugidos de furia, sus contrincantes volvían sobre sus pasos para cruzar de un tejado a otro y rodearlo; sin embargo, ahora la ventaja era del guerrero, que los esperaba sin inmutarse, las armas alzadas…

El que parecía el jefe, un gigante de casi dos metros de

altura y delgado como un espíritu, armado con una enorme hacha de doble filo, detuvo a sus hombres con un imperioso gesto al darse cuenta de la situación en que se había colocado su presa.

—A lo que veo, estáis a la altura de vuestra fama —comentó sardónico, tras un escueto saludo.

—Asesinos pagados —gruñó el mercenario—. ¿Quién ha puesto el dinero sobre la mesa?

—Os agradecería que no nos rebajarais llamándonos asesinos —le advirtió el sujeto con una mueca de disgusto—. Somos mucho más que eso.

Alzó el brazo izquierdo y dejó que la manga resbalara por él, dejando al descubierto un tatuaje en el antebrazo: un tiburón blanco devorando un ser humano.

—Esto sí que resulta interesante —aseguró Ornay, reconociendo la marca—. La sociedad más peligrosa que existe en todo el Imperio, los asesinos más reputados y buscados después de mí. Resulta obvio que quien os ha contratado dispone de una gran fuente de dinero...

—Ornay el Desalmado, habéis sido hallado culpable de barbaries sin cuento contra el Imperio —entonó el gigante, aprestando su hacha—. No podemos desvelar quién es nuestro contratante, mas algo sí podemos aseguraros: a partir de este momento sois hombre muerto, ningún lugar en la tierra podrá esconderos de nosotros.

"Si conocéis nuestra fama, sabréis que jamás fallamos en nuestros objetivos. Así pues, en honor a vuestra habilidad, os ofrezco una salida honrosa: entregad vuestras espadas y os proporcionaré una muerte rápida, indolora.

—Esa posibilidad no entra dentro de ninguna de las

opciones en que estoy pensando —aseguró el guerrero con sorna—. Sólo abrazaré la muerte cuando haya alcanzado mis objetivos, no antes. Mientras tanto, todo aquél que se interponga en mi camino habrá de atenerse a las consecuencias.

—Entonces, permitidme que antes de concluir este incidente, os presente mis respetos como el guerrero que sois —comentó el gigante—. Sabed que vuestra vida será el más preciado de mis trofeos.

Con un rugido, el hombre incitó a sus asesinos a la acción: retrocediendo unos pasos, echaron a correr y comenzaron a saltar el espacio entre azoteas.

El primero cayó al vacío entre alaridos con el costado abierto, seguido por otro alcanzado de plano en el rostro.

Quedaban ocho. Ocho rufianes que cayeron a su alrededor, con su jefe enarbolando el hacha y lanzando un feroz golpe contra su cabeza que el mercenario esquivó con facilidad, contraatacando a su vez y obligando a retroceder al gigante mientras daba unos pasos atrás para evitar ser rodeado.

Otro asesino se desplomó sujetándose el vientre, las vísceras derramándose por el tremendo tajo abierto, mientras el siguiente que se le enfrentaba perdía el brazo a la altura del codo.

Bajo ellos, las voces de la guardia resonaban en tonos airados; a no tardar, aparecerían en los tejados y detendrían aquel combate, creando un inconcebible caos: la situación, que comenzaba a recordar a la de los Juegos de Mor Suldur, amenazaba con escapársele de las manos, por lo que decidió acabar con aquello de una vez por todas.

—Lamento dejaros así, mas debo reservarme para otros menesteres —sugirió socarrón, retrocediendo y dándose la vuelta—. Puesto que habéis sido pagados para perseguirme, es seguro que volveremos a encontrarnos.

—¡No escaparéis! —rugió el hombre, saliendo en su persecución.

Mas ya era demasiado tarde: la carrera del mercenario lo llevó hasta las sombras, donde pareció difuminarse hasta desaparecer; los asesinos podían oír sus pasos, mas no eran capaces de distinguir en qué dirección huía, por lo que se dispersaron por toda la zona en su busca.

—No os separéis demasiado —les advirtió su jefe—. Es muy peligroso, id al menos de dos en dos.

Para desgracia de aquellos sicarios, no era suficiente: mientras perseguían a su víctima y huían de la guardia, una de aquellas parejas, un hombre y una mujer, se encontraron con Ornay, que los despachó sin contemplaciones; los encontraron horas más tarde, envueltos en un charco de sangre…

Asegurándose de que nadie lo veía, Ornay se deslizó al interior de su habitación y, tras limpiar el casco, lo escondió; a continuación se dedicó a quitar las manchas de sangre de sus ropas, pues las armas las había frotado con las ropas de los últimos cadáveres.

Consiguió librarse por fin de toda la suciedad cuando los primeros rayos de luz surgían en el horizonte; molesto por la situación que acababa de comprobar, el gesto ceñudo, bajó al local y se sentó a una mesa.

—¿Qué os sirvo, señor? —inquirió un joven moreno que se había acercado a él.

—Comida y bebida —sugirió Calet sin apenas levantar la mirada, dejando caer un par de monedas en la madera.

Mientras era atendido se dedicó a pensar en la Hermandad del Tiburón: se habían labrado una pésima fama como asesinos, como carniceros, más o menos como él; su organización era por completo desconocida, sólo los miembros se conocían entre sí mediante unas señas de identidad inequívocas. Aunque se sabía cuál era su ubicación, no se conocía quién era el máximo jefe, tan sólo que para solicitar un trabajo había que acudir a algún miembro conocido y a partir de ahí esperar a que la organización se pusiera en contacto con el contratante. Desde ese momento, el objeto de sus acechanzas podía darse por ejecutado.

Y ahora alguien había puesto a aquellos chacales tras su pista… Puesto que sus tarifas eran harto elevadas, no cabía otra posibilidad que pensar que alguien de alta clase, tal vez los propios Manes, eran los que habían provocado tal quebranto en su existencia.

Y mientras tanto, él debía buscar a Augon y Rekor. Del lemurio sabía que había huido en esta dirección, aunque subsistía la duda de que se hubiera desviado en última instancia hacia el Norte, hacia Mor Sudam. En cualquier caso, debía indagar por si el atlante estaba allí, en Mor Dairu.

Por otra parte, no podía olvidar lo que le había

comentado la Dama Runaba de Mor Suldur: ¿había acaso un impostor haciéndose pasar por Ornay el Desalmado? Y si era así, ¿dónde se hallaba? Tal vez si le tendía una trampa podría cazarlo como a un chacal, y darle el escarmiento adecuado: no podía permitir que hubiera alguien que mancillara la reputación que se había labrado a lo largo de aquel tiempo...

En aquel momento entró una patrulla de soldados mirando a su alrededor: uno de ellos se quedó junto a la puerta, mientras los demás se dirigían hacia la posadera.

—Buscamos a un hombre —advirtió malhumorado el que parecía el capitán—, al asesino conocido como Ornay el Desalmado...

La mujer palideció al oír aquel nombre.

—¿Acaso está en Mor Dairu? —inquirió con voz temblorosa—. Señor capitán, os juro que soy una mujer respetuosa de la ley, si hubiera visto a ese personaje habría informado de ello.

—Si lo hubiera visto con el casco puesto, sí —aceptó el hombre—; mas, señora, debéis tener en cuenta que de seguro campará a sus anchas a rostro descubierto, ya que nadie lo conoce. ¿Por ventura receláis de alguien?

—No, señor capitán —aceptó la mujer encogiéndose de hombros—; como mucho, puedo indicaros a quienes no conozco de mis parroquianos.

—No os molestéis en tal detalle —advirtió receloso el soldado—, es preferible registrar a todo el mundo: podría ser un viejo conocido vuestro...

Hizo una señal, y el resto de sus hombres se dispersó por el local, unos subiendo a las habitaciones y otros deteniéndose a hablar con la gente que se hallaba allí en aquel momento.

Calet oyó de todo: saludos amistosos, malas palabras... Antes de que llegaran a su altura, había reflexionado acerca de cómo habría de responder a las preguntas.

—¿Vuestro nombre, por favor? —demandó un soldado larguirucho con el ceño fruncido.

—Calet dar Gaur, mercenario —explicó el guerrero con una leve sonrisa—. De paso en Mor Dairu en dirección a Mor Sudam.

—¿Podéis mostrarme vuestro brazo?

—¿Puedo preguntar por el motivo de tan insólita petición?

—Vos arremangaos, y dejaos de impertinencias —se encrespó el guardia.

Durante unos instantes Calet estuvo a punto de soltar un exabrupto y arrojar del local a aquel necio de una patada en el trasero, mas por fin, al ver que los demás dairotas obedecían sin rechistar y que no se alzaba ninguna algarabía por ninguna parte, se plegó a sus exigencias y le enseñó el antebrazo.

—¿Quedáis satisfecho? —inquirió desdeñoso.

—No del todo, señor —aceptó el guardia con gesto ceñudo—. Vos portáis dos espadas...

—¿Qué hay de extraño en ello? —demandó mordaz el guerrero—. Hay otros como yo que luchan a dos manos...

—Y uno de ellos es Ornay el Desalmado —sugirió el soldado—. ¿Qué tenéis que decir al respecto?

—Que busquéis a ese fantasma en otro lugar —gruñó el asesino—. Si sospecháis de todos los guerreros que portan dos espadas, entonces tenéis mucha tarea pendiente.

El guardia lo observó con suspicacia, intentando penetrar la mente de su interlocutor, mas algo en aquellos ojos lo detuvo de sopetón y le obligó a apartar la mirada, volviéndose hacia el resto de la clientela.

El mercenario estaba más pendiente de lo que estuvieran haciendo los hombres que habían subido a las habitaciones: si encontraban el casco en su habitación podía darse por perdido, mas confiaba en haberlo escondido en un sitio adecuado para que no lo localizaran...

Por fin, todos los soldados se reunieron en la planta baja junto al capitán, con evidentes gestos de negativa.

—Muy bien, señores —anunció éste con una última mirada cargada de sospechas—. Pueden proseguir con sus libaciones.

Con gesto altivo, se dirigió hacia la salida seguido por sus hombres.

Tras terminar de comer salió a la calle a dar una vuelta: no había podido hablar con el señor de los ladrones de la ciudad, y por tanto no disponía de referencia alguna sobre la que trabajar.

Caminaba por las callejas, vagando sin rumbo fijo, mirando sin ver los tenderetes de los vendedores, la gente con la que se cruzaba... Algunos de aquellos personajes, con los ropajes propios de los magos o los sacerdotes, se quedaban contemplándolo con el ceño fruncido, mas pronto lo dejaban estar y continuaban con sus tareas rutinarias. Ahora era cuando en verdad Calet entendía el porqué de aquella actitud tan sorprendente. Los soldados dairotas estaban aún muy activos, moviéndose por todas partes, haciendo preguntas que nadie sabía contestar…

Sin darse cuenta llegó hasta el muelle, adentrándose en un barrio de mala catadura, donde ladrones, asesinos y gentes de cualquier jaez le observaban como una posible presa, mas pronto se echaban atrás ante el aura que desprendía el guerrero.

Se encontró caminando por la zona que había visitado durante la noche, mirando a su alrededor en busca de algo que le indicara su objetivo, mas no pudo encontrar nada: los mendigos le asaltaban con insistencia, los dedos ligeros rondaban a su alrededor sin atreverse a acercarse, y algún sujeto se le aproximaba para ofrecerle los servicios de una mujer o de un hombre, según prefiriera.

Vio una casa de piedra rosácea, con un cangrejo grabado sobre el dintel de la puerta. Estuvo a punto de llamar y entrar, mas se contuvo a tiempo: no podía indagar a cara descubierta, so pena que descubrieran su tapadera, por lo que retrocedió apresurado, tropezando con alguien que doblaba en aquel momento una esquina.

—Lamento…

Las palabras murieron en sus labios al observar el rostro del hombre, la cruz cicatrizada que mostraba sobre la frente, unos rasgos que conocía demasiado bien. Hubo de contenerse para no echar mano de una espada y acabar con él allí mismo.

—Os ruego disculpéis mi torpeza —barbotó de forma atropellada, intentando que no se notase demasiado el nerviosismo que le había acometido—. No iba mirando por dónde andaba…

—No, no os disculpéis —sugirió Rekor amistoso—, no

ha sido nada.

Cada uno continuó su camino, mas en el momento en que el mercenario dobló la esquina se detuvo y se volvió en la dirección en la que se había alejado el bandido al que perseguía, asomándose con cautela para seguirlo y ver la manera de cumplir su venganza.

Al principio pensó que se dirigiría a la casa del señor local de los bajos fondos, mas pronto se vio desengañado al comprobar que continuaba calle adelante hasta una vivienda normal y corriente. Tomando nota mental de aquel detalle, volvió sobre sus pasos y regresó a la posada; con un hosco saludo a la tabernera, se dirigió a su habitación.

—Si no os importa —sugirió, intentando mantener una actitud cortés al tiempo que dejaba sobre la barra las monedas—, me gustaría que dentro de un rato llevaseis a mi habitación un poco de comida y bebida.

—Muy bien, señor —aceptó ella con gesto molesto; no parecía hacerle demasiada gracia aquella petición.

Calet entró en su alojamiento y se sentó en el catre, meditando acerca de la línea a seguir: ahora que conocía la ubicación de aquel maldito, su venganza estaba cerca, muy cerca… Y sólo le quedaba Augon, del que sospechaba que estaría también en la ciudad; si podía acabar con los dos a la vez, su corazón se liberaría de un gran peso…

¿Y después? Una vez cumplida su venganza, ¿qué le quedaba? ¿Reunirse con su esposa y sus hijos? Tal vez por fin pudiera descansar en paz.

La noche extendía su lóbrego manto de sombras sobre la ciudad, ocultando en su seno la figura de Ornay. La guardia andaba aún buscando al asesino, aunque ya no lo hacía con tanto ahínco: ninguna de sus pesquisas había conseguido dar con él, tan sólo sabían que andaba por la población. ¿Acaso era cierto lo que se contaba en ciertos círculos, que no era otra cosa que un maligno espectro que surgía por las noches en busca de algo que nadie era capaz de identificar?

Algunos de los soldados contemplaban aquellas elucubraciones con temor, y ojeaban a su alrededor con evidentes muestras de nerviosismo; sabedores de la fama de carnicero que tenía el mercenario, no parecían demasiado felices con la idea de encontrarlo y enfrentarse a él.

El Desalmado no estaba dispuesto a dejar de lado su cometido a pesar del caos que se había organizado en la ciudad, mas tampoco pretendía provocar un baño de sangre; subido a las azoteas se deslizaba como una silenciosa serpiente en busca de la casa de Rekor, vigilando la presencia de la Hermandad del Tiburón: sabía sin ningún género de dudas que, una vez fijado un objetivo, no abandonaban hasta que lo cumplían, por lo que podía tener la certeza de que, fuera donde fuera, tropezaría con ellos una y otra vez a no ser que los desmembrara y acabara con sus líderes.

Por fin llegó a su destino; sin embargo, le esperaba una sorpresa desagradable.

Tres figuras surgieron de las sombras, armadas con hachas y espadas. Una vez en el tejado de la vivienda, Ornay desenvainó sus armas y se lanzó sin una palabra sobre sus oponentes, que sin duda alguna serían tiburones destacados en aquel lugar para proteger a sus presas. Así pues, eran ellos quienes los habían puesto tras su pista…

Aunque eran buenos luchadores, al mercenario apenas le costó trabajo deshacerse de ellos: en una violenta explosión de furia, decapitó a uno de ellos, destripó a otro y cortó el brazo a la altura del codo del tercero.

Buscó la manera de penetrar en la casa sin llamar la atención, mas no vio trampilla alguna ni ventana abierta, por lo que hubo de optar por descender con la máxima cautela y llamar a la puerta.

Nadie acudió a abrir: tanteando con cuidado, desbloqueó la hoja de madera y se introdujo en una tétrica oscuridad a través de la que no era capaz de ver nada.

Su instinto le indicaba que allí no había nadie: a buen seguro su presa andaba por la ciudad en busca de víctimas. Con la paciencia del leopardo, calculó las zonas de sombras y se sentó en el suelo, agazapado en una de ellas, sabedor que hasta que no encendieran alguna luz no podrían verlo.

La espera duró alrededor de una hora; con un crujido, la puerta se abrió y dos siluetas se perfilaron en el umbral, apenas distinguibles en la noche. El mercenario se mantuvo inmóvil, dispuesto a entrar en acción.

—Te digo que deberíamos irnos… —oyó decir a uno de ellos, una voz que reconoció de inmediato.

—No seas agorero —gruñó el otro—. No puede encontrarnos…

Había cerrado la hoja de madera tras sí. Ornay pudo oír un sonido de roce, el chasquido de la yesca y, a continuación, una pequeña luz al encenderse un cabo de mecha.

Al resplandor pudo ver el rostro de Rekor, girado hacia su compañero el lemurio, que palideció al distinguir entre las sombras el reflejo metálico del casco.

—¡Capitán! —exclamó, intentando retroceder.

El atlante giró la cabeza al tiempo de ver alzarse una sombra en un rincón; un leve sonido chirriante le indicó que unas espadas acababan de ser desenvainadas…

Echó mano a su arma, mas una tenebrosa figura saltó hacia él y lo apartó de un empujón, cayendo sobre Augon y derribándolo.

—Ha llegado la hora —oyó el lemurio junto a la puerta—. Vuestro destino os ha alcanzado por fin.

—¿Quién eres? —demandó Rekor, levantándose presto con la espada en la mano.

—¿No lo reconoces? —se lamentó el lemurio—. Es él, Ornay. Te dije…

—¡Cállate de una vez! —exclamó su compañero—. Adelante, Desalmado, muéstrate si te atreves.

—Enciende una luz —sugirió la tétrica silueta—. Así podrás luchar con más facilidad.

El atlante no se hizo de rogar: al cabo de unos segundos, una vacilante llama ardía en una lámpara de aceite, iluminando tenuemente una maltrecha habitación, sucia, con un par de catres medio destartalados. Ornay se hallaba apoyado en la puerta, con las armas cruzadas ante él en una postura indolente, desafiante.

Rekor y Augon lo observaban desde el centro de la estancia; atónitos, no tenían ojos más que para aquel terrorífico casco.

—¿Qué quieres de nosotros? —demandó el atlante, alzando su espada.

—Vuestras vidas —contestó sin vacilar el mercenario—. Vuestras almas. Vuestro miedo.

—¿Qué te hemos hecho? —se quejó el lemurio—. ¿Por qué nos persigues de esta manera?

—Porque tenéis una deuda de sangre conmigo —gruñó el guerrero, avanzando un paso—. Porque me debéis vuestras muertes en compensación por lo que nos hicisteis a mí y a mi familia. Porque la venganza es lo único que me ata a esta vida.

—¿Venganza? —se chanceó Rekor—. Hemos cometido tantas tropelías que no podemos acordarnos de todas nuestras víctimas. Si eres una de ellas, considérate afortunado de seguir vivo y márchate por donde has venido, porque si insistes en tu actitud tu muerte será en verdad cierta.

—No, no moriré hasta haber dado descanso a las almas de mi mujer y mis hijos, vejados y asesinados por vosotros, miserable escoria —aseguró furioso el asesino—. Os haré pagar sus muertes con mil y una torturas, pediréis clemencia igual que lo hicieron vuestros compañeros.

—Eran momentos difíciles —se defendió el lemurio con la voz temblorosa—, la única manera de poder sobrevivir era dedicarnos al bandidaje…

—Podíais haber sido campesinos —se encrespó Ornay—, y hubiérais tenido la comida asegurada con razonable certeza.

"Y aun en el caso del saqueo, ¿era necesario quemar las granjas? ¿Asesinar a todo lo que se moviera? No, no hay excusa alguna para tales acciones.

Antes de que pudieran responderle saltó hacia ellos y lanzó dos estocadas, una a cada uno de ellos; Augon se derrumbó como un árbol talado, con la pantorrilla ensangrentada, gimiendo como un perro, mientras el atlante detenía el golpe a duras penas y retrocedía en el estrecho espacio.

El mercenario cayó sobre él como una tromba, en un vertiginoso remolino de hierro que Rekor apenas pudo esquivar, dejándole un corte superficial en el brazo derecho; intentando recuperar el equilibrio agitó con desesperación su arma, mas ésta le fue arrancada de un golpe seco.

—Ahora, comencemos la tarea —gruñó Ornay bajo su casco, inclinándose sobre sus víctimas y cortándoles la lengua para evitar gritos innecesarios…

Tras varias horas de tortura, el mercenario dejó tras sí unos despojos sanguinolentos que en algún momento habían sido seres humanos; sus ropas, carmesíes de los pies a la cabeza, llamaban tanto la atención que hubo de volver a las azoteas para regresar a la posada sin que nadie avisara a la guardia.

Entró en su habitación con las primeras luces del alba; cambiándose a continuación de ropa y ocultando de nuevo el casco de C'Tl, se dejó caer con pesadez en el catre. Un suspiro escapó de sus labios, un sonido de amargura, de frustración, de hastío... Por fin había acabado todo, por fin los fantasmas de su mujer y sus hijos podían descansar en paz.

—Itzai... Terman, Shelar... —murmuró descorazonado. Pronunciar aquellos nombres, recordar los rostros, las figuras, aún le producía una lacerante desazón, una cruel melancolía que lo aplastaban como pesadas losas. De nuevo, el vacío tras aquellas bárbaras muertes, la extraña y a la vez tan familiar sensación de haber perdido algo que no era capaz de aprehender... Por una parte era lógico, su alma estaba separada del cuerpo por obra y gracia de Gaviol, mas, ¿era sólo eso? ¿No había nada más detrás de aquello?

En el exterior parecía que los soldados habían abandonado su búsqueda, por lo que se relajó y comenzó a pensar en su futuro. Mas, ¿qué futuro podía tener? ¿Acaso le quedaba algo por lo que vivir? Había dedicado toda su existencia a su familia hasta el infausto día en que Rekor y sus hombres habían pasado por la granja a sangre y fuego, hasta el crítico momento en que, moribundo, había sido curado por Gaviol el nigromante; aquellos días de oscuridad, de odio escarlata floreciendo en su pecho como una lóbrega enfermedad, lo convirtieron en alguien despiadado, que fijó el objetivo de su vida en la venganza, sin pararse a pensar en lo que podría venir después...

Y ahora, todo había terminado; los asesinos habían sido por fin exterminados como las malditas ratas que habían sido; y en el camino se había vuelto igual que ellos, tan negro como la pez, impasible ante el dolor ajeno excepto el malsano placer al acabar con exacerbada lentitud con la vida de sus víctimas... ¿En verdad había merecido la pena?

No sabía en qué momento se había quedado dormido, mas lo único cierto era que se hallaba de nuevo en el malhadado páramo del hombre oscuro, caminando sin rumbo fijo por la yerma extensión.

—Hola de nuevo, Desalmado —oyó a sus espaldas.

La voz era demasiado conocida, tanto que se volvió con desidia.

—Og Sabn, tu insistencia resulta pesada en demasía —gruñó, observando el aspecto de su oponente; podía notar que algo había cambiado, aunque no era capaz de distinguir de qué se trataba. ¿Tal vez los ojos, con el brillo más apagado que de costumbre? Fijándose con más detenimiento, creyó distinguir que los rasgos estaban algo más desdibujados, como si la imagen comenzara a desvanecerse.

—No creas que puedes librarte de mí con tanta facilidad —gruñó el Señor de la Noche—: destruiré tu alma, tomaré tu cuerpo y volveré a caminar por el mundo hasta el final de los tiempos, preparando el terreno para el regreso del gran C'Tl al que pareces adorar...

—No adoro a esa monstruosidad —se defendió el mercenario, descolgando las armas de su espalda—, sólo uso su imagen para crear más confusión en mi favor. En cuanto a ti...

Lanzó un repentino ataque a fondo, dirigido al pecho de

su rival, sabedor de que no sería capaz de hacerle daño alguno; mas, al menos, disfrutaría del placer de atravesarlo...

Una hoja surgida de la nada detuvo su estocada, levantando el hierro al cielo; irritado, miró a su derecha para encontrarse con su doble, que lo observaba con gesto adusto.

—Parece que tienes mala memoria, Ornay dar Diron — le advirtió sombrío—. No puedes hacer nada contra esta criatura, sólo yo dispongo del poder para desterrarla. Dame tu permiso, y lo haré de inmediato.

—¡Maldita sea! —exclamó el guerrero—. Te he dicho que ya lo tienes, ¿a qué esperas?

—Ornay, Ornay... —suspiró su sosia—. ¿Por qué te empeñas en negar la evidencia? ¿Acaso no me has estado llamando durante todo este tiempo? ¿Por qué no quieres aceptar esas emociones y esos sentimientos que sacuden los cimientos de todo tu ser, por qué no eres capaz de asumir lo que eres?

—Soy un mercenario y un asesino —aseguró el guerrero con dolida tristeza—. Eso lo tengo claro. Me siento orgulloso de lo primero, mas no de lo segundo: ¿o acaso piensas que mi venganza ha sido algo que he buscado para entretenerme?

"He tenido que volverme tan duro, tan amoral como el que más, para poder afrontar mi objetivo; he cometido atrocidades sin cuento, he matado hombres, mujeres y niños por unas monedas, o en todo caso para defenderme. ¿Acaso pretendes darme lecciones?

"Ahora, después de haber finalizado mi búsqueda, me

siento agotado, cansado… Sólo deseo cerrar los ojos y volar con mi familia, olvidarme de todo, dejar que Ornay el Desalmado desaparezca.

—Ése es un buen paso —admitió su doble con una sonrisa, tendiendo la mano—. El mejor que podías dar…

Con un rugido de rabia, Og Sabn se lanzó sobre ambos enarbolando una pesada hacha de combate, con las hojas tan negras como el azabache.

—¡No permitiré que me arrebates mi presa! —exclamó, lanzando un violento tajo contra el cuello de Calet.

Éste esquivó sin dificultad el ataque, saltando hacia atrás e interponiendo sus armas.

—Estás perdiendo la compostura —se burló, bloqueando los golpes de su adversario—. Gracias, Og Sabn, por ayudarnos a resolver nuestras dudas.

—¡Maldito seas! —gruñó el hombre oscuro, intentando alcanzar al doble de Ornay sin conseguirlo—. ¡Te veré en el Halasna, condenado! ¡Ornay es mío, y sólo mío!

El mercenario contemplaba el combate con sorpresa, intentando dirimir cuál era el beneficio de todo aquello: al parecer se había reencontrado con su alma, con su parte luminosa, después de tanto tiempo luchando con un personaje como el Señor de la Noche. Era una ironía, y como tal la tomó…

Los contendientes parecían estar en tablas: ninguno de los dos era capaz de vencer las defensas del otro. El hacha parecía ineficaz, al igual que las espadas…

En un momento, todo comenzó a temblar: el empuje de ambos guerreros era tal que su combate parecía estar provocando un terremoto. El suelo se agrietaba, permitiendo que en algunos puntos afloraran lenguas de lava.

—¡Jamás escaparás de mí, Ornay! —gruñó el hombre oscuro esquivando un golpe de Calet que casi lo alcanza en el cuello—. ¡Eres mío para siempre!

Bajo los pies del mercenario, una grieta comenzó a crecer, haciendo que saltara a un lado; sin embargo, como si el fenómeno estuviera vivo, pareció seguirle y adquirir una velocidad sobrenatural, tragándolo con avidez. Se sintió caer en una insondable profundidad, mientras la negrura se cerraba en torno a él…

Despertó envuelto en sudor frío, con un horrible alarido de muerte en los labios. La insistente pesadilla tenía el inquietante don de trastornar sus sentidos, su percepción de la realidad; no podía desprenderse de la inquietante sensación de que algo estaba a punto de ocurrir, algo nefasto, ominoso, que planeaba sobre él como una negra tormenta.

Volvió sus ojos hacia la ventana: era ya media mañana, su estómago le estaba pidiendo algo de comida.

Bajó al local principal y se acercó a la barra, donde la tabernera estaba limpiando una jarra.

—Comida y bebida —gruñó, dejando el dinero sobre la madera.

Se sentó en una mesa a la espera de las viandas; estaba irritado, molesto por la sensación de vacío que le atenazaba, por la vorágine de pensamientos y emociones que turbaban su atribulada mente. ¿Qué le quedaba ahora?

Cuando un joven de desgreñado cabello negro le sirvió estaba de un humor sombrío, meditabundo... Apenas levantó la cabeza para dar las gracias, contemplándolo con unos apagados ojos.

Cada vez veía más clara su línea de acción: una vez concluida la venganza contra los asesinos de su familia, sólo le quedaba entregar su vida para reunirse con Itzai y sus hijos. Mas, ¿qué manera elegiría para ello?

Dejó parte de la comida en el cuenco: en su garganta la carne se volvía amargas cenizas, mientras el vino, uno de los mejores del Imperio, mutaba en el áspero sabor a hierro de la sangre, en ácida hiel que parecía abrasar sus entrañas. Levantándose con brusquedad, salió de la posada y se dedicó a vagar de un lado a otro hasta llegar al puerto.

Las olas lamían suaves el embarcadero de madera; era un día calmado, sin apenas viento, que rizaba el agua en indolentes ondas, creando un efecto sedante en la cabeza de Calet que le permitió aclarar un tanto sus ideas; a pesar de todo le sacudía una dolorosa impotencia, una cruel sensación de pérdida como no había experimentado siquiera tras la muerte de cada saqueador. La venganza obtenida no le había obsequiado con el placer que había esperado, el tormento era aún mayor que al principio, no había conseguido librarse de la inmensa rabia, del feroz odio que había inundado su corazón en una gran marea escarlata desde la pérdida de su familia.

—¿Qué tenemos aquí? —oyó a su izquierda—. Parece un perro mercenario, un pobre llorón cobarde que necesita un amo.

Girando la cabeza con lentitud, contempló con gesto sombrío a tres hombres que se acercaban con largos cuchillos en la mano, las miradas aviesas de quienes disfrutan atormentando a los demás.

—Marchaos mientras aún estáis a tiempo —gruñó con desprecio; toda su melancolía se había evaporado, sustituida por el ansia del combate. A pesar de todo, intentó controlarse: al fin y al cabo no parecían más que meros ganapanes.

—¿Acaso esas espadas que lleváis a la espalda son algo más que meros adornos? —se nofó uno de ellos, de alta estatura y delgado como un esqueleto—. A buen seguro que no son más que pura fachada para asustar a inocentes crédulos...

—Os recomiendo que no intentéis comprobarlo —insistió el mercenario, descolgando sus armas—. No estoy de humor para aguantar necedades. Si persistís en vuestras intenciones, no esperéis compasión ni cuartel.

Por un momento, sus duras palabras hicieron que sus oponentes se detuvieran, asustados por el tono y el brillo glacial de sus ojos; mas casi de inmediato, con un rugido inarticulado, se arrojaron sobre él.

—Sea pues —aceptó con gesto resignado.

Recibió al primero con un golpe del pomo de su espada en el estómago que lo dobló; al mismo tiempo, con su diestra frenó la embestida de otro. En apariencia había quedado expuesto al tercero, momento que éste intentó aprovechar, mas su cuchillo sólo cortó el aire donde un momento antes había estado el cuello del guerrero.

Con un gesto cruel, Calet se movió entre sus adversarios como una serpiente, jugando con ellos, fintando y esquivando, sin llegar a herirlos; no se decidía a acabar con aquellos rufianes, no tenía la sensación que había tenido con otra escoria con la que se había encontrado, por lo que tras pensarlo optó por no emplear una dureza extrema.

Uno de ellos cayó inconsciente de un fuerte golpe en la sien, mientras los otros empezaban a comprender que habían intentado morder más de lo que podían tragar; retrocedían con exasperante lentitud, buscando la manera de huir, mas los rápidos movimientos del asesino no se lo permitían.

—No me habéis hecho caso al principio, y ahora habéis de pagar las consecuencias —advirtió.

Obligándolos a defenderse, lanzó un repentino y fulgurante ataque que rasgó sus pantorrillas, haciendo que se derrumbaran entre gemidos de dolor.

—Dad gracias a Dan'Nan de que haya decidido ser magnánimo —les advirtió con severidad, limpiando sus espadas y colgándolas tras sus hombros—. Volved a vuestros cubiles a lamer vuestras heridas, y la próxima vez pensad mejor a quién pretendéis asaltar.

Muy despacio, se dio la vuelta y volvió de nuevo sobre sus pasos, dirigiéndose hacia la posada. Aquel incidente había sido revelador para él, había comprendido que en realidad había nacido para combatir, no para vivir como un granjero. Sí, era cierto que aquélla había sido una buena vida, con una familia a la que amaba y lo había amado, mas su conversión en El Desalmado había sido mucho más que un entrenamiento: había sido un descubrimiento, la comprensión de que tenía un don natural para la lucha... Así pues, no parecía haber elección: si decidía seguir con vida había de ser como Calet dar Gaur el mercenario, y dejar atrás al asesino despiadado, a Ornay dar Diron.

Mas, si tomaba aquella decisión, ¿se dedicaría a vagar por los caminos sin rumbo fijo? ¿O tal vez se pondría al servicio de alguna casa noble o de alguno de los Señores de los bajos fondos del Imperio? Recordó que aún tenía pendiente encontrar al impostor que se hacía pasar por él mas, meditando sobre aquel aspecto, se dio cuenta de que era absurdo: aquello sólo tenía importancia si decidía mantener su personalidad como Ornay el Desalmado...

Entró en el local con las últimas luces del atardecer, cuando las sombras del crepúsculo comenzaban a alargarse sobre la tierra; algunos de los clientes habituales le dedicaron una mirada de reojo antes de proseguir con sus tareas y conversaciones.

—Comida, bebida y la habitación —pidió a la tabernera depositando el dinero sobre la barra...

Tras otros dos días en Mor Dairu, con la recurrente pesadilla del enfrentamiento entre el hombre oscuro y su doble en su mente, tomó la decisión de acabar con todo: seguía sin encontrar un camino claro para su vida, todo le parecía carente de fundamento, de sentido. Sin embargo, la muerte por su propia mano le parecía una cobardía, prefería viajar al Halasna en combate, con sus armas en la mano.

Ahora bien, ¿a quién podía elegir para ser su verdugo? No conocía a nadie que pudiera plantarle cara lo suficiente como para atravesarle el corazón, excepto, tal vez... Sí, quizás Fiola dar Nurat, la legendaria maestra de armas de Poseidonia, pudiera poner fin a todas sus inquietudes.

Se dirigió al puerto, donde había anclados varios barcos: tres de ellos parecían comerciales, y otro era sin duda alguna un navío de guerra con el espolón y una balista móvil a la vista.

—Que la Diosa sea con vos, pescador. ¿Podríais decirme dónde se hallan los capitanes de estas naves? —demandó a un hombre enjuto que se hallaba reparando una red de pesca sentado en el muelle.

—Suelen ir a "El Marinero Borracho" —señaló éste, indicando una construcción a unos treinta metros de donde se hallaban.

—Os quedo agradecido.

Cuando entró en la taberna mencionada, se encontró con un local abarrotado de marineros, jurando y bebiendo entre estentóreas voces y risotadas, que se detuvieron unos segundos ante la visión del mercenario para proseguir casi de inmediato como si no pasara nada.

—Que Dan'Nan sea con vos, caballeros —interrumpió a tres hombres que intercambiaban anécdotas de su último viaje—. ¿Podríais indicarme a los capitanes de los barcos que se hallan atracados en el puerto?

—¿Por qué deseáis saberlo? —inquirió suspicaz uno de los marineros—. ¿Acaso tenéis alguna deuda pendiente con ellos?

—Sólo busco pasaje para Khemt —explicó el guerrero,

procurando mantener controlado su genio—. Tengo dinero para pagarlo.

—En ese caso, habla con el capitán Beron —le indicó el marino, señalando a un hombre corpulento que bebía en la barra—. Ya veremos si te admite como pasajero —dejó escapar una sonora carcajada.

Calet se dirigió hacia el personaje, y le puso una mano en el hombro con suavidad.

—¿Capitán Beron? —inquirió—. Que la Diosa sea con vos.

—Y con vos, mercenario —le saludó a su vez el hombre, sobresaltado por un instante, la mano en la empuñadura de su espada—. ¿Qué se os ofrece?

—Busco pasaje para Khemt, para viajar a Poseidonia —explicó el guerrero—. Tengo dinero para pagar...

—Yo no admito pasajeros —le advirtió sin tapujos el capitán—. El dinero sólo lo hago con el comercio de mercancías. Si deseáis subir al "Relámpago", habréis de ganaros vuestro pase trabajando con dureza, como cualquiera de mis hombres.

—Estoy dispuesto a aceptar tal condición —admitió el asesino, mostrándose humildad—. Mas habéis de saber que jamás he practicado labores náuticas, y desconozco por completo las tareas, excepto algunos conceptos de la marinería...

—Eso tiene fácil arreglo —aseguró Beron mirándolo de arriba abajo—. A lo que veo sois curtido en la lucha, seguro que os desenvolveréis igual de bien en el mar. Hablad con mi segundo de abordo —señaló a un sujeto delgaducho que se entretenía jugando al serkhent[34] con otro marinero, rodeado por otros cuatro que seguían las evoluciones con interés, haciendo apuestas sobre el ganador—. Decidle que vais de mi parte, y que os enseñe en cuanto tenga un momento los rudimentos del arte de la navegación. No zarparemos hasta mañana, cuando suba la marea, así que tenéis tiempo para conocer lo más básico.

—Os quedo muy agradecido, capitán —Calet se inclinó ante él—. Que Dan'Nan os proteja durante mucho tiempo.

El mercenario se retiró y se dirigió hacia la mesa en que jugaba el hombre de confianza de Beron, saludando a los presentes.

—Así pues, deseáis embarcar en el "Relámpago" —aceptó el hombre, tras escuchar las palabras del guerrero—. ¿Conocéis algo acerca de barcos, o tendré que empezar por el principio?

—Apenas nada —admitió el asesino haciendo honor a la verdad—, sé lo que es la proa, la popa, babor y estribor, y los mástiles. Y apenas nada más…

—Entonces, nada sabéis —el marino dejó escapar un hondo suspiro de resignación. Miró el tablero, y movió un guardia real—. Está bien, si el capitán lo desea así, acudid al barco pasados un par de animales[35]. Os estaré esperando. Qué mala costumbre tiene este hombre de pretender cobrar el pasaje con trabajo…

---

[34] Serkhent: juego de mesa creado por los ramas, conocido también como el juego de los reyes, de reglas muy complicadas. Precursor del ajedrez.

[35] Referencia a los animales que figuran en el lornon.

—Gracias, Hantur —Calet sonrió ante el comentario del hombre—. Que la Diosa sea con vos.

—Y con vos.

Salió del local pensativo; disponía de tiempo para descansar antes de reunirse con el marino, por lo que sus pasos se dirigieron, sin siquiera pensarlo, hacia "La Bendición de Dan'Nan", para recoger sus cosas y volver a los muelles.

El mercenario estuvo practicando las artes náuticas con Hantur hasta bien entrada la noche; aunque los conceptos no se le daban demasiado bien, demostró tener la suficiente habilidad como para poder bregar con las tareas propias de una singladura.

—¿Os importa si esta noche la paso en el barco? —inquirió.

—¿Qué motivo podríais tener para tal petición? —se sorprendió el segundo de abordo—. Para eso deberíais hablar con el capitán.

—Sencillo, no deseo volver a la posada y ahorrarme unas monedas —explicó con brevedad el guerrero, apoyándose en la borda para contemplar el mar—. Quisiera huir cuanto antes de todo esto…

—¿Acaso os habéis cansado de ser mercenario? —se burló el marino, situándose a su lado y mirándolo de reojo—. Ésa sí es una noticia que jamás había oído, un guerrero que se cansa de serlo.

—No, no habéis comprendido —le corrigió Calet en tono sereno—, no es una cuestión de dejar de ser un soldado de fortuna, es algo mucho más complejo...

—No tenéis por qué explicarme nada —le advirtió Hantur con una sonrisa—. Cada cuál tiene sus propios secretos...

El asesino lo miró con desgana.

—Gracias, Hantur —aceptó con una leve inclinación de cabeza—. Tenéis razón, no necesito andar contando mis problemas a nadie. Yo soy el único que ha de enfrentarse a mis demonios...

—A lo que veo, tenéis más de los habituales —sugirió el hombre—. Os aplasta un gran peso del que, a mi entender, intentáis huir con desesperación. ¿En verdad pensáis que es la solución?

—Puesto que no sabéis cuál es mi situación, os rogaría que os abstuvierais de efectuar juicio de valor alguno —se defendió Calet sin alzar la voz, un tanto molesto por las palabras de su interlocutor—. No quisiera entrar en conflicto con vos por tal nimiedad, me caéis bien.

—Eso es algo que os agradezco, porque pienso lo mismo de vos —admitió Hantur con una seca sonrisa—. Mas deberíais pulir más vuestros modales, pues pecáis a veces de soberbia...

—Supongo que sí —el mercenario inclinó la cabeza—. Supongo que mi habilidad con las armas me volvió demasiado confiado, como bien decís soberbio. No puedo deciros si eso llegará a cambiar algún día.

—No habláis como un mercenario al uso, Calet. Casi

puedo percibir en vos amargura, cansancio...

—No debería sorprenderos —le advirtió el guerrero—. Como muy bien habéis dicho hace un momento, cada uno tenemos nuestros secretos.

Hantur lo contempló con expresión especulativa durante unos instantes.

—Está bien —admitió por fin con un encogimiento de hombros—. Dormid aquí si así lo deseáis, mas no os hagáis notar o el capitán me arrancaría la piel a tiras. Escondeos de quien quiera que huyáis, mas sabed que jamás podréis escapar de vos mismo.

Calet hizo un gesto de fastidio mientras dejaba escapar una obscenidad en voz baja; a continuación, buscó un rincón recogido donde se echó a dormir...

Apenas tuvo tiempo de cerrar los ojos: casi de inmediato se vio en el lóbrego páramo, en medio de una brutal lucha entre su doble y Og Sabn; todo temblaba, la yerma tierra se agrietaba mientras el cielo, ensordecido por los truenos y el fragor de la batalla, adquiría por momentos una tonalidad carmesí, sanguinolenta...

En aquel momento parecía que el hombre oscuro llevaba las de perder, retrocediendo sin remisión ante los duros ataques de su rival, manteniéndose a la defensiva... Por un momento pareció que se recuperaría, mas su oponente no le dio opción alguna, obligándole a aguantar una feroz lluvia de golpes y estocadas que rasgaron sus ropas e hicieron saltar su negra sangre.

El doble de Ornay volvió la cabeza para observarlo, dejando entrever una amplia sonrisa.

—Gracias, guerrero —sugirió en un quedo susurro—. Por fin has visto la luz...

Los temblores se intensificaron mientras la batalla aumentaba de intensidad; Calet hería una y otra vez, aunque de forma superficial, al Señor de la Noche, obligándolo a defenderse y retroceder, hasta que, por fin, una estocada afortunada consiguió penetrar por el pecho de éste, arrancándole un gemido de agonía.

Og Sabn cayó de rodillas escupiendo sangre, jadeando sorprendido por el cariz que habían tomado los acontecimientos, sujetándose la honda herida; por un momento levantó la cabeza, buscando con los ojos vidriosos a su pretendida víctima.

—¡Maldito seas, Ornay! —gruñó entre feroces siseos—. ¡Te ofrecí la gloria, la vida eterna, a tu familia... Sólo tenías que dejarme tomar tu cuerpo, y hubieras sido un rey, un emperador... un dios.

"¿Y qué es lo que haces? Dejarte llevar por unos sentimientos impropios de un asesino sanguinario como tú, permitir que alguien como éste —señaló a su ejecutor— te manipule como a un títere.

—Es lo que pensabas hacer tú, Og Sabn —gruñó con aspereza el mercenario—. Utilizarme como una marioneta.

No hubo más palabras: tras unas breves toses, el hombre oscuro dejó escapar un alarido espectral que retumbó por el estéril páramo como un ominoso trueno. Después, su imagen fue desvaneciéndose poco a poco, hasta no ser más que un lejano recuerdo en la mente del guerrero. A partir del lugar en que había estado brotó un punto negro como el azabache que se fue expendiendo hasta llenarlo todo, hasta convertir aquel lugar que había dejado de temblar y retumbar en un oscuro vacío.

Calet envainó sus armas, limpias de cualquier rastro del combate, y se acercó a él con expresión aliviada.

—Todo ha acabado por fin —explicó mientras tendía la mano a su doble—. Sólo queda una cosa por hacer.

—¿El qué? —demandó Ornay con el ceño fruncido, tomando la mano que el otro le tendía.

—La reunificación. El olvido, espero.

Hubo un cegador destello que los envolvió a ambos, por un brevísimo instante creyó ver en medio de aquel fulgor los sonrientes rostros de su mujer y sus hijos...

Su despertar no fue tan sobresaltado como otras veces; por primera vez en mucho tiempo, la sensación que le embargaba era de paz, de una serenidad que lo inundaba como una marea, relajándolo sobremanera. La noche aún no había transcurrido, las estrellas brillaban vacilantes sobre él, la luna en menguante parecía sonreírle...

Se palpó cauteloso. ¿Significaba aquello que por fin había recuperado su alma? Si era así, era lo más reconfortante que le había ocurrido desde que perdió a su familia, asesinada por Rekor y sus hombres.

Pensar en ello le produjo un sordo dolor, una profunda

amargura que lo envolvió con un oscuro sudario de frustración e impotencia. Si bien el rencor parecía haber desaparecido con sus ganas de vivir, también era cierto que en aquel momento se sentía más vivo que nunca, más dispuesto a sobrellevar la pérdida con resignación.

Aún quedaba pendiente la cuestión de quién se estaba haciendo pasar por Ornay el Desalmado. ¿Qué sería lo mejor, perseguirlo y dar un escarmiento o tal vez dejar que la leyenda muriera con quien quiera que fuera?

Las luces del alba lo encontraron apoyado en la borda, contemplando la azul inmensidad del mar, perdido en caóticas cavilaciones que hacían que su mente no fuese otra cosa más que un vertiginoso torbellino de sentimientos y pasiones encontradas. Lo único que parecía estar claro era su decisión de viajar a Poseidonia y acabar con todo aquello, reunirse de nuevo con su familia en un último acto tan espectacular como para que todo el mundo lo recordara durante una buena temporada…

Con el amanecer llegaron también el capitán Beron, Hantur y el resto de los marineros, que embarcaron y se dispusieron a largar amarras. Mas el destino parecía empeñarse en ir en otra dirección…

Se oyó el trapaleo de un caballo lanzado al galope acercándose a los muelles; doblando una esquina apareció un jinete, una larga melena castañorrojiza ondeando con salvaje libertad al aire, la cabeza inclinada sobre el cuello de la montura…

Por un momento todos se quedaron sorprendidos observando aquella inesperada aparición, que levantaba la cabeza para observar a su alrededor, como si estuviera buscando a alguien.

—¡Calet dar Gaur! —se la oyó exclamar—. ¿Dónde estás, maldito perro mercenario?

Las voces de la mujer generaron sonrisas aviesas, sardónicas, murmullos malintencionados acerca de esposas abandonadas y maridos huidos, que se silenciaban en el momento en que la figura pasaba junto a ellos para proseguir en cuanto se había alejado.

El guerrero cruzó la cubierta y se asomó por la borda, contemplando con curiosidad a la mujer que refrenaba su cabalgadura y desmontaba de un salto, andando con visible nerviosismo de un lado a otro buscando entre los barcos. Aquella silueta de mediana altura y cabellera leonada le recordaba a alguien, aunque no era capaz de ubicar con claridad la imagen. A medida que se acercaba era capaz de distinguir más detalles, como una tez morena y unos rasgos angulosos…

¡Dartia! La capitana de la casa de Querot, de Mor Talir, aquella mujer orgullosa, poco dispuesta a aceptar su derrota a sus manos. ¿Acaso le había perseguido hasta allí con la intención de retarlo de nuevo? Si era así, había que reconocer la persistencia de aquella exuberante mujer. Con un suspiro subió a la borda y saltó al muelle, cayendo a unos veinte metros de ella.

—¡Por fin te encuentro! —exclamó Dartia, llevándose la mano al costado—. Me ha llevado todo este tiempo localizarte, mas la persecución ha dado sus frutos. Desenvaina tus espadas, porque aquí y ahora vamos a comprobar si lo de Mor Talir fue suerte o habilidad.

—Mirad, señora, que no os deseo mal alguno —advirtió

Calet con desgana, comprobando con desaprobación cómo el gentío comenzaba a arremolinarse en torno a ellos, ávidos de sangre—. Temo que estéis siendo en exceso soberbia, deberíais serenaros y meditad acerca de la situación en la que nos estáis colocando a ambos…

—Sólo busco satisfacción —gruñó ella agitando su arma—. Te exijo un combate aquí y ahora, delante de todo el mundo…

—Que es lo que no os voy a conceder de ninguna manera —le interrumpió el mercenario con sequedad—. No necesito justificarme ante una multitud, sé cuáles son mis limitaciones y cuáles mis habilidades. Si vos lo deseáis así, es que no sois demasiado inteligente.

—Así que ahora no sólo me niegas satisfacción, sino que además me insultas, ¿no es así? —se encrespó la guerrera, los marrones ojos brillándole de peligrosa furia—. Calet dar Gaur, desenvaina ahora mismo.

—No lo haré —afirmó el asesino en tono duro, observando de reojo la muchedumbre que se había reunido, escuchando los murmullos entre irónicos y despectivos que corrían entre los asistentes—. Si deseáis un duelo conmigo habrá de ser fuera de la ciudad, en privado.

—¡Ja! —se burló Dartia—. ¿El gran Calet ha perdido su altanería? No puedo creer tal cosa de alguien como tú. Desenvaina de una vez, chacal.

—No —aseguró el guerrero, procurando mantener la calma, cruzándose de brazos—. La única satisfacción que obtendréis de mí será la que os he dicho. Tomadlo o atravesadme aquí y ahora, no pienso defenderme ante tal desatino.

La mujer lo contempló con rabia, tentada de hacer lo que él le sugería. Mas, si tal llevaba a cabo, ¿no se rebajaría al nivel de una vulgar asesina? Los días pasados buscándolo habían abierto en su pecho una ponzoñosa flor de furia, mas también habían conseguido templar sus impulsos a la hora de lo que haría cuando lo encontrara. Y ahora, ¿aquella maldita serpiente se negaba a luchar? No cabía duda de que no parecía él mismo, algo en su interior había cambiado...

—¿Y bien, Dartia? —demandó el mercenario—. Tengo una nave que tomar, no puedo perder demasiado tiempo. Os ruego que acabéis con este sinsentido, pues no deseo haceros daño. A lo que puedo colegir, si tan sólo os hiero cuando sanéis volveréis a buscarme; y si os mato, seréis un pesado lastre en mi alma. Así pues, para daros gusto sólo puedo optar por evitar el enfrentamiento.

—Tú, maldito... ¡chacal! —aulló la guerrera, saltando hacia él—. Primero me humillas, y ahora me niegas la satisfacción de recuperar mi honra... ¿Acaso deseas que recurra a otros medios para obligarte a luchar?

—¿Otros medios? —se interesó el hombre—. ¿De qué demonios me estáis hablando?

—Demasiado bien lo sabes, Calet dar Gaur —gruñó ella, acercándose unos pasos; el asesino retrocedió, mas ella fue más rápida y le agarró del brazo; tirando con brusquedad hacia sí, bajó la voz—. Sé quién eres, lo que eres; a buen seguro no querrás que lo pregone por ahí...

—No entiendo de qué habláis, mujer —se defendió el guerrero, receloso ante el repentino cambio de actitud de su oponente—. Soy Calet dar Gaur, mercenario...

—¿Y tu otro nombre? —sugirió ella con los dientes apretados—. ¿El que usas por las noches para cometer tus tropelías?

El mercenario se soltó con un respingo, palideciendo y retrocediendo unos pasos ante aquellas palabras. ¿Cómo había podido averiguar tal hecho?

—Vos deliráis, Dartia —advirtió severo—. Vuestro rencor hacia mí os ha trastornado, haciéndoos ver lo que no hay.

—Entonces, ¿no te importa que esta gente sepa de tus...hazañas?

Calet contempló a la mujer durante unos instantes; por fin, con un suspiro de resignación, descolgó las armas de sus hombros y se aprestó para el combate.

—Si así lo anheláis, sea —aceptó con desgana—. Mas sabed que no es esto lo que hubiera deseado.

—Por fin aceptas lo inevitable —murmuró Dartia, desenvainando a su vez un cuchillo—. Frente a dos espadas, lo mejor será tener otras dos hojas.

La guerrera se lanzó en una estocada a fondo que el mercenario esquivó con facilidad, devolviéndole un tajo que ella frenó con su arma corta.

A partir de aquel momento se sucedieron los golpes entre uno y otro, sin que se vislumbrara un claro vencedor; los muelles resonaban con el entrechocar de las espadas y el vocerío de la muchedumbre que se había arracimado en torno a los luchadores para disfrutar de la pelea; las apuestas corrían de boca en boca, subiendo cada vez más...

Al cabo de unos minutos de violentos forcejeos, durante los cuales apenas consiguieron alcanzarse entre sí excepto pequeñas heridas superficiales en rostro y brazos, ambos jadeaban por el esfuerzo realizado. Calet se sorprendió de aquel detalle: hasta aquel momento jamás había sentido cansancio, y las heridas nunca le habían dolido aunque sintiera su gravedad; ahora le faltaba el resuello, las espadas cada vez le pesaban más, y los pequeños cortes que Dartia le había efectuado le escocían como demonios. Comprendió que era cuestión de tiempo que bajara la guardia, por lo que decidió acabar con todo aquello de inmediato.

Con su mano izquierda lanzó una estocada baja, intentando alcanzar a su oponente en la pierna; ésta lo esquivó de un ágil salto, mas eso era lo que estaba esperando: su diestra salió disparada hacia delante, en un fulgurante movimiento que arrancó un gemido de dolor a Dartia al alcanzarla, a pesar de conseguir desviarlo en parte, en el muslo izquierdo.

La mujer cayó con violencia al suelo, soltando el cuchillo, agitando la espada para mantener alejado a su rival; sin embargo, en aquellas condiciones ya no era contrincante para Calet, que apartó el arma de un rápido lance y la golpeó en la frente con la empuñadura.

—Se acabó el espectáculo —gruñó, irguiéndose sobre ella—. Ya no hay nada que ver.

Por un momento estuvo a punto de darse la vuelta y abordar de nuevo el "Relámpago", mas la visión de Dartia desmadejada en el suelo, a merced de cualquier rufián que pasara por allí, lo retuvo unos instantes.

—¿Pensáis subir a bordo? —le recriminó el capitán Beron—. No podemos esperar más tiempo, o perderemos la marea.

—Marchad, capitán —sugirió el guerrero, inclinándose sobre la ex capitana—. A lo que veo, aún me quedan algunas tareas pendientes.

Recogiéndola en brazos, la aupó a su caballo y montó tras ella, sujetándola para que no cayera; después se dirigió al templo de Dan'Nan, donde una sacerdotisa se hizo cargo de la mujer y la llevó a una habitación.

—¿Os importaría si me quedara unos momentos a su lado? —demandó con sorprendente suavidad el mercenario.

—¿Tenéis alguna relación con ella? —inquirió a su vez la sanadora, con una media sonrisa de complicidad en sus carnosos labios.

—Soy el que la ha dejado en este estado —comentó Calet con indiferencia.

La mujer enarcó una ceja, sorprendida y a la vez molesta por aquella sencilla afirmación. ¿Era acaso una forma de disculparse por lo ocurrido, o una mera baladronada? Contempló los ojos del hombre, los rasgos inexpresivos, duros como el granito, lo que le hizo decantarse por la segunda idea.

—Temo que ya hayáis causado suficiente daño —le advirtió con severidad—. Mejor será que partáis.

—Señora, podéis creerme si os digo que sus heridas han sido las justas y necesarias para que dejara de pelear —aseguró Calet sombrío—. Estaba empeñada en enfrentarse a mí…

—En algo debisteis ofenderla —le acusó la sacerdotisa.

—Si a vencerla en combate lo llamáis ofensa, entonces sí —aceptó el guerrero inclinando su cabeza—. Me declaro culpable…

En aquel momento, del interior del templo, del lugar donde habían llevado a la ex capitana, comenzó a surgir un rumor que estalló repentino en una sarta de improperios y exclamaciones de furia.

—Eso es impropio de este lugar —murmuró severa la mujer—. Disculpadme, debo atender un asunto que acaba de surgir.

—Ese asunto tiene nombre, y se llama Dartia —aseguró el mercenario con una sonrisa divertida—. Fue capitana de la guardia de un señor local de Mor Talir, y tiene un genio endiablado. Insisto en que me permitáis hablar con ella a solas, tal vez pueda conseguir que se calme.

—Si os considera su ofensor, no creo que tal medida sea adecuada —le recriminó la mujer con aspereza—. No, señor, no os doy permiso…

Antes de que pudiera continuar, el asesino se había puesto en marcha en dirección a la fuente de los gritos.

—¿Qué estáis haciendo? —exclamó la sacerdotisa, persiguiéndolo y tratando de detenerlo—. ¡Guardias! ¡Guardias!

De unas puertas laterales salieron un par de hombres que cruzaron sus lanzas ante él, instándole a que se detuviera y depusiera su actitud; sin embargo, Calet no se detuvo: al acercarse a ellos y ver que comenzaban a aprestar las armas, agarró los astiles y, de un vigoroso tirón, se los arrancó de las manos; con un hábil giro de muñeca alzó las conteras y golpeó a ambos en la frente, dejándolos inconscientes.

—No deberíais haber dado la alarma —advirtió, sin

volver la cabeza, a la sacerdotisa que apenas era capaz de seguir su ritmo—. Ahora tenéis dos contusiones más que sanar, y las que puedan acaecer.

Las voces de Dartia salían de una puerta cerrada; cuando se plantó frente a ella se abrió con extrema violencia, dándole en el rostro y aplastándole la nariz; desequilibrado, dio un paso atrás y terminó por caer de espaldas, quedando sentado en el suelo con una expresión de sorpresa casi cómica.

En el umbral se perfiló la conocida silueta de la guerrera, sujeta a duras penas por detrás por dos acólitas del templo, que se quedó mirándolo si cabe con aún mayor asombro.

—¿Qué demonios haces ahí sentado? —le increpó con dureza, mostrando una marcada cojera por la herida del muslo—. ¿Y por qué me has traído a este lugar?

—Alguien debería miraros esas heridas —aseguró el mercenario mordaz—, no sea que os produzcan una cojera permanente y limiten vuestra habilidad en el combate.

Por toda respuesta, la mujer se inclinó sobre él y lo miró a los ojos con airado gesto; durante unos segundos el tiempo pareció congelado, detenido en torno a ambos, hasta que, en un repentino acto, Dartia quebró la tensión con un fulminante directo al rostro de su oponente, que lo dejó tirado cuan largo era.

Desde el suelo, Calet se frotó la cara: entre la nariz, que esperaba que no estuviese rota, y la mejilla, que le ardía a causa del tremendo puñetazo recibido, tenía la sensación de que le había pasado un caballo por encima. Por un momento estuvo a punto de levantarse de un salto y enzarzarse de nuevo con ella en combate, mas, por fin, rompió a reír entre estentóreas carcajadas.

—¿Os habéis quedado conforme por fin? —inquirió sin poder contener el buen humor que le embargaba; hacía mucho tiempo que no se sentía así, tan vivo—. ¿Dejaréis de perseguirme de una maldita vez?

—Ya veremos —gruñó la guerrera, frotándose los nudillos—. Eres la persona más soberbia y prepotente que he conocido jamás...

Su voz fue muriendo con lentitud al darse cuenta de lo que estaba diciendo: ya había percibido el cambio que se había dado en el hombre desde que lo conoció; si además se confirmaba lo que llevaba días sospechando, que él y Ornay eran la misma persona, entonces todo se desmoronaba a su alrededor. ¿Cómo podía ser tan cruel y devastador y, al mismo tiempo, contener su habilidad para evitar muertes innecesarias? Además, según recordaba, el código del Desalmado era simple: si alguien demostraba reconocerlo sin su casco, moría sin remisión. Eso había ocurrido, al parecer, a una tabernera de Mor Suldur. Ella le había insinuado que conocía su secreto, y ¿cómo había reaccionado Calet? Desarmándola y dejándola inconsciente. Y no sólo eso, sino que se había tomado la molestia de llevarla al templo, dejando atrás el barco que pensaba tomar...

No, tenía que estar equivocada: no podían ser la misma persona. Debió ser una casualidad el incidente de la entrada de Mor Talir con la aparición de Calet en la Casa de Sentar y la posterior muerte del Señor de Querot a manos de Ornay. Mas parecía demasiado evidente como para dejarlo al arbitrio del azar...

—¿Por qué no proseguís y os desahogáis, Dartia? —sugirió el mercenario con tono mordaz—. Así al menos podréis quedaros aquí para sanar en condiciones y permitirme partir tranquilo. Creo que ya os lo dije en su momento: entrenad más, tomaos vuestro tiempo, y os daré la revancha que buscáis...

—Entonces, entréname tú si tan bueno eres —le espetó de repente, los ojos brillantes de cólera—. ¿O te resulta demasiado humillante rebajarte a ello?

—¿Bromeáis? —mientras se levantaba, el guerrero no podía contener las risas—. ¿Entrenar a mi verdugo? ¿Por qué clase de necio me habéis tomado?

La mujer estaba cada vez más furiosa ante la imagen jovial que mostraba aquel hombre, de común serio y sombrío. Sin embargo, aquella misma actitud parecía ir desarmándola poco a poco, haciendo que su ira fuera desvaneciéndose por momentos, aceptando el absurdo de la situación en que se habían colocado ambos...

—Bueno, ya basta de discusiones —intervino la sacerdotisa, anonadada ante las chispas que parecían saltar de aquel par de combatientes—. Vos, guerrero, fuera de aquí. Y vos, señora, al catre a curar vuestras heridas.

—Como vos digáis, sacerdotisa —aceptó Calet con una leve reverencia, intentando controlar las carcajadas que aún intentaban brotar libres y salvajes.

—Espérame —le advirtió la ex capitana con una leve sonrisa, mientras retrocedía al interior de su habitación—. Aún tenemos algo pendiente entre nosotros, no se te ocurra huir de nuevo o la próxima vez lucharemos a muerte...

—Cuidaré de vuestro caballo —aseguró el guerrero interrumpiéndola y dándole la espalda—. No sé qué más tenemos que discutir, mas habéis excitado mi curiosidad. Vuestras palabras en los muelles me han resultado harto extrañas como para querer averiguar a qué os referíais con ellas.

No dio tiempo a la mujer a contestarle: siguiendo a la sacerdotisa, se dirigieron de inmediato al vestíbulo del templo.

Recogió la montura de Dartia y se dirigió a la posada en la que había estado alojado los días anteriores, "La Bendición de Dan'Nan", y pagó la habitación y la comida de ese día.

Por primera vez en mucho tiempo, los sueños de Calet fueron tranquilos, sin sobresaltos, tal parecía que el hombre oscuro se había desvanecido de su mente. Sus recuerdos retrocedieron a los tiempos en que había vivido feliz, laborando en su granja, con su mujer y sus hijos; después, el dolor le atenazó cuando volvió a revivir la tragedia, la horrenda pesadilla de muerte y destrucción... Mas ahora aquel triste suceso no producía ya una herida tan sangrante en su corazón; lo que comenzaba a remorder su conciencia eran las atrocidades que había cometido en nombre de su cruzada particular, en nombre de una venganza que en ningún momento le había permitido disfrutar del placer que había esperado...

Despertó inquieto, intentando desechar aquellos pensamientos: iba a dejar la leyenda de Ornay para quien estuviera haciéndose pasar por él, iba a cerrar su carrera como asesino de forma irrevocable.

Los días transcurrían en un ambiente de indolencia, de hastío tal, que el mercenario sentía que iba a explotar de un momento a otro: necesitaba acción, mas no podía, no debía permitir que sus instintos sanguinarios brotaran incontrolados. Apenas salía de la posada a no ser para dar una vuelta por la población, que parecía haber recuperado la calma y olvidado la figura del Desalmado en el ajetreo diario de sus gentes.

Tras una semana de desazón, un buen día vio entrar en "La Bendición de Dan'Nan" a la guerrera pelirroja, que lo buscó con la mirada para encontrarlo sentado a una mesa, comiendo y bebiendo.

—Que la diosa sea con vos, Calet —saludó en tono amistoso—. Veo que os cuidáis bien.

—Vos también podéis hacerlo, señora —aceptó con amabilidad el hombre, volviendo la cabeza para hacer un gesto a la tabernera—. Sentaos, por favor, y contadme. ¿A qué viene ahora ese repentino respeto hacia mi humilde persona, cuando me habéis estado tratando como a un perro sarnoso?

—Os advierto que no os hagáis el listo conmigo, mercenario —se encrespó Dartia—. Ni sois humilde ni una buena persona.

—Señora, si vamos a empezar de esta manera temo que lo mejor sea que nos separemos ahora mismo —le advirtió amenazante el asesino—. Si tenéis algo que decirme, esperad unos momentos a que acabe estas viandas y subiremos a mi habitación...

—¿Qué es lo que pretendéis, Calet? —el rostro airado de la mujer se tornó del color de la grana, los puños cerrados sobre la mesa, la voz alzada llamando la atención de los parroquianos.

—Tan sólo tener un poco de intimidad para hablar —explicó con suave paciencia el guerrero, encogiéndose de hombros—. Por lo que comentasteis en los muelles, hay algo que decís que sabéis y que podríais contarlo al mundo...

—Os estáis haciendo el tonto conmigo, maldito chacal —le advirtió sin rodeos la ex capitana, señalándolo con el dedo—. ¿Acaso pretendéis que os pierda el poco respeto que os tengo?

—Lo que hagáis con vuestra vida y vuestros pensamientos no es cuestión mía —sugirió Calet con gesto paciente.

Dartia le dirigió una mirada cargada de odio; la furia anegaba su garganta, impidiéndole articular con claridad las palabras que pugnaban por salir de sus labios.

—Está bien —aceptó por fin con expresión cansada—, subamos a vuestra habitación. Mas al primer gesto extraño que os vea os atravieso.

—Sea lo que vos digáis —se burló él, alzando las manos en gesto de asentimiento y levantándose del banco.

Subieron las escaleras, el mercenario delante abriendo el camino; al llegar a la puerta la empujó y se apartó para que la mujer pasara primero.

—No me digáis que sois también un caballero —se burló ella, sin cruzar el umbral—. No puedo creer tal cosa de alguien como vos.

—Creed lo que queráis —insistió el guerrero, pasando por delante de ella.

Cerró la puerta tras ella y le indicó que se sentara en el catre.

—¿Y bien? —inquirió cruzándose de brazos—. ¿Cuál es ese terrible secreto con el que me acusáis?

—Bien lo sabéis, Ornay —le espetó la ex capitana con la esperanza de verlo reaccionar y comprobar si sus pensamientos eran o no errados.

Durante unos instantes ambos permanecieron en silencio, él el rostro impasible, gélido, y ella expectante, intentando leer en aquellas pétreas facciones.

—Así pues, pensáis que yo soy Ornay el Desalmado —sugirió por fin—. ¿En qué os basáis para poseer tal seguridad, para exponer una afirmación tan tajante?

—Por lo menos os hacéis pasar por él. Baste deciros que demasiadas casualidades juntas hacen un cuadro certero —le advirtió Dartia con severidad—: alguien llamado Sekron dar Dugar, luchando con dos espadas, entró en Mor Talir matando a tres guardias; esa misma noche apareció Ornay, y al día siguiente os presentasteis como mercenario a las puertas del señor Sentar; de nuevo, esa misma noche el asesino intervino y acabó con su vida, y cuando acudí con la guardia de la Casa os limitasteis a pasar a mi lado y acabar con el resto de los guardias.

"¿Acaso creéis que soy necia? Al ver vuestro carácter tan orgulloso y sospechar que bien pudisteis ser vos quien provocó el incidente en la entrada de la ciudad, no me resultó difícil atar cabos. Lo que no acabo de entender…

—Es por qué no acabé con vos tras la muerte de Sentar, ¿no? —le interrumpió Calet en tono burlón—. ¿No os habéis parado a pensar que si yo fuera en verdad El Desalmado, mi propio código de conducta me obligaría a acabar con vos aquí y ahora?

La mujer tragó saliva ante aquellas palabras: conocedora de la fama de Ornay, su rostro palideció al darse cuenta de las implicaciones que subyacían tras su temeraria persecución del guerrero; mas, sin embargo, consiguió mantener la entereza.

—Tenéis razón en lo que decís —admitió insegura—. Sin embargo, he oído rumores acerca de un incidente en Mor Celac, durante el cual acabasteis con la Dama de los Ladrones de la ciudad y defendisteis a los Doins de un intento de derrocamiento llevado a cabo por sus propios soldados y la escoria de los bajos fondos.

—Veo que insistís en llamarme Ornay —se burló el mercenario.

—Y a fe mía que habéis de serlo.

—Entonces, habéis de saber que no puedo permitiros vivir —Calet frunció el ceño, llevando la diestra por encima del hombro—. Os habéis librado de la muerte dos veces, tentáis demasiado a la suerte.

—Ya me humillasteis en una ocasión, y me privasteis de mi medio de vida, obligándome a alquilar mi espada como mercenaria —le acusó la ex capitana furiosa—. ¿Qué más podéis hacerme?

Por un momento, la hoja de la espada brilló ante los ojos de Dartia; sin embargo, con un suspiro de resignación, el guerrero bajó el arma y lo dejó caer al suelo con un chasquido metálico; después, se volvió hacia el escondite en que había tenido todo el tiempo el casco y lo sacó, dejándolo encima del catre, al lado de ella.

—Tenéis razón —admitió con desgana—, esperaba que nadie llegara a relacionar al mercenario con el asesino. He procurado mantener una línea rígida, inamovible, por la cual quien quiera que conociese mi rostro muriera.

"Mas, en cualquier caso, una vez finalizada la búsqueda que llevaba a cabo, la figura de Ornay el Desalmado ya no tiene sentido: no me siento orgulloso de algunas de las cosas que he llevado a cabo, tengo la intención de dejar que alguien que se está haciendo pasar por mí se apropie del personaje; por mi parte, no me queda nada por hacer en esta vida…

La guerrera lo contemplaba con sorpresa, apartada del repulsivo casco que parecía contemplarla con una extrema malevolencia, intentando asimilar las palabras del hombre. La fama del asesino era terrible, espantosa, mas no encajaba de ninguna manera con la actitud que estaba demostrando el mercenario que se erguía ante ella.

—Mas no podéis hablar de esa manera —le increpó—, no podéis pretender quedar impune de todas las carnicerías que habéis provocado. La justicia…

—La justicia sólo funciona en ocasiones —le cortó Calet con sequedad—. La justicia no me devolvió a mi familia, ni castigó a los responsables de sus muertes… No, Dartia, la justicia en ocasiones es tan sólo papel mojado, obligándonos a tomar medidas que quizás sean tan injustas como lo que castigan, mas al menos son medidas para que un culpable pague un daño infligido.

"Si en algún momento, en alguna ciudad, Ornay el Desalmado es detenido y ejecutado, pagará por toda la sangre derramada, por todo el dolor provocado, por todo el sufrimiento padecido. Si no quería sufrir tal destino, que no hubiera intentado imitarme.

Su tono cortante, desafiante, hizo que Dartia se alarmara. ¿Con qué clase de persona estaba tratando? Tan pronto parecía razonable como brutal, salvaje… No era capaz de entenderlo, mas de una cosa sí estaba segura: parecía demasiado inestable, inseguro en demasía. Había hablado de la muerte de su familia y de un castigo que no se había producido… Empezaba a intuir lo que pasaba por la mente de Calet dar Gaur, el tormento que estaba sufriendo…

—Quizás deberíais replantearos vuestras premisas —sugirió procurando mantener un tono suave, levantándose del catre—. El pasado es algo ya huido, no podéis recuperarlo por más que lo deseéis; vuestra vida prosigue, volved a retomarla entre vuestras manos y disfrutad de ella.

El hombre había agachado la cabeza; al oír aquellas palabras la alzó apenas y observó a la taliria con los ojos entrecerrados, con una expresión tan ajena, tan rayana en la locura, que la espantó por un momento.

—Vos no sabéis nada, Dartia —advirtió sombrío—. No tenéis ni idea de lo que ocurre cuando te arrebatan todo lo que tienes, absolutamente todo, y lo único que te queda es una vida por completo vacía, llena de dolor y odio, un odio tan intenso, tan feroz, que te mantiene en este mundo a pesar de la gravedad de tus heridas con un único objetivo: hacer que los responsables de tu desgracia paguen por ello, que sufran en sus propias carnes lo que los demás hemos padecido por su causa.

"Algunos se me escaparon, aniquilados en una emboscada del ejército imperial, otro estuvo a mi alcance hasta que una malhadada criatura alada se cruzó en mi camino…

—¿Estáis hablando del pihas? —la sorpresa de la mujer fue completa—. ¿Me estáis diciendo que fuisteis vos aquél de quien se dice que se enfrentó solo a un pihas y venció en un valle camino de Mor Celac?

—Sí, yo soy —aceptó el mercenario con mansedumbre—. Lo único que hice fue volcar mi rabia sobre aquella criatura por arrebatarme la venganza que me correspondía por derecho.

Mentía, y lo sabía: aquel día, cuando asestó los últimos golpes al depredador alado, en su interior no existía tan sólo la necesidad de desplazar su sentimiento de venganza sobre otro ser vivo, sino también la compasión, la justicia de acabar con un animal cuya sed de sangre era tal que lo llevaba a cometer auténticas atrocidades sin parar en mientes si lo que arrasaba era una persona o un pueblo entero.

—En aquella ocasión no pude cumplir mi objetivo —continuó con voz átona, monocorde—. Mas hubo otros cuatro que pagaron por todos los demás. Es probable que oyerais hablar de mis... hazañas. ¿No os parasteis a pensar que había dos tipos de muertes? En unos casos, mis víctimas morían con rapidez, de una o dos estocadas, mientras que en otros los cadáveres estaban tan destrozados que resultaban irreconocibles... Mi oficio y mi venganza, mi profesión y mi maldición.

"Si creéis que me he sentido satisfecho después de cada asesinato, estáis muy equivocada: por mucho que los demás hablen del placer de la venganza, no la han probado de verdad, pues de lo contrario sabrían lo que en verdad se siente: un vacío abrumador, una desesperanza tan profunda capaz de llevar al suicidio a las voluntades débiles.

—¿Y la vuestra es fuerte, con esos negros pensamientos? —se burló Dartia—. ¿Vos os creéis fuerte a tenor de vuestro abandono, de vuestra actitud derrotista?

—Ahora que he cumplido el cometido para el que vivía —prosiguió Calet sin dar a entender que había oído las mordaces palabras de la guerrera—, ya no me queda nada. No tengo nada ni a nadie, tan sólo un legado de sangre y muerte que me guían por el camino de la autodestrucción.

"Cuando me encontrasteis había tomado la decisión de viajar a Khemt, a encontrarme con Fiola dar Nurat, la mejor maestra de armas del Imperio: puesto que no soy capaz de quitarme la vida yo mismo, iba a buscar la muerte en una batalla que esperaba no pudiera ganar.

—¿Os habéis parado a pensar que ésa es una salida de cobarde, impropia de un mercenario de vuestra valía? —le increpó la ex capitana—. Más os valdría meditar en lo absurdo de vuestra actitud, y decidiros a volver a reconstruir vuestra vida. A buen seguro en algún momento encontraréis un aliciente que os permita disfrutar de nuevo de vuestra existencia.

—Lo lamento, señora, mas mi corazón y mi alma son ya más negras que la pez —se lamentó el hombre, apoyándose con pesadez en la puerta—. Después del tiempo pasado como guerrero de fortuna, el antiguo anhelo de una vida pacífica con una familia se ha vuelto paja en el viento, desplazado por el ansia del combate: ahora sólo me siento a gusto con las espadas en la mano, luchando por mi vida, atacando y defendiéndome…

—Podéis mantener esa vida —sugirió Dartia con voz suave—. No tenéis por qué pensar que ya no os queda nada: con la habilidad que habéis demostrado podríais alquilar vuestras espadas…

—¿Y el dolor de la pérdida?

—Con el tiempo irá pasando —aseguró la mujer—. Guardad eso —señaló el casco con gesto temeroso—, sólo verlo me produce náuseas. Deshaceos de ello cuanto antes, o tarde o temprano alguien descubrirá vuestra identidad.

—Ya ocurrió en Mor Suldur —explicó el asesino encogiéndose de hombros, mientras regresaba el nefando objeto a su escondite—. Hasta ese momento no tomaba la precaución de esconderlo, y la posadera se dedicó a hurgar en mis alforjas mientras no estaba en mi habitación. Cuando volví, la encontré acurrucada en un rincón, suplicando piedad.

"Temo que haya sido la muerte que más haya lamentado, la más necia de todas —se quejó—. Al fin y al cabo, cuando me pagaban por algún crimen casi siempre se trataba de envidias, celos, o tan sólo tomarse la justicia por su mano; y en otras ocasiones defendía mi propia vida…

Por un momento, las palabras del hombre quedaron en suspenso; en su mente, la vorágine de caóticos pensamientos giraba alocada, dejando entrever destellos de luz, de ideas, que se desvanecían casi al instante tapadas por otras… La locura parecía estar haciendo presa de él, la mantenía a raya a costa de un tremendo esfuerzo de voluntad.

Entre toda aquella barahúnda, algo afloró de improviso.

—A todo esto —inquirió sorprendido—, ¿cómo demonios conseguisteis encontrarme?

Dartia abrió los ojos de asombro al ver el extraño cambio de actitud, de tema, que se había dado en Calet.

—Perdonad mas, ¿a qué viene eso? —demandó asombrada—. Cambiáis de asunto como quien muta de ropa, ¿acaso adolecéis de insania?

—No, al menos de momento —aseguró el mercenario sin variar su expresión un ápice—. Habéis rastreado mi pista desde Mor Talir hasta llegar aquí, y habéis debido daros mucha prisa para alcanzarme. En Mor Falkan apenas se me conocía, en Celac tan sólo entré en contacto con los Doins, y en Suldur ha sido donde más notorio me he hecho al inscribirme en los Juegos. Así pues, ¿cómo habéis podido alcanzarme? ¿O tal vez sea que poseéis conocimientos de magia?

—Pensé que alguien como vos sólo encajaba en Mor Suldur —explicó la taliria encogiéndose de hombros—. Cuando por fin me decidí a desafiaros de nuevo partí hacia la ciudad de N'Fthi[36], e indagué en vuestra busca; al parecer llegué justo después de que partierais tras los Juegos, rechazando el premio para sorpresa de todos, por lo que hube de decidir si habíais vuelto sobre vuestros pasos hacia el Norte, u os habíais dirigido hacia el Este. Pensando que quizás pretendierais salir de Antilea, decidí dirigir mis pasos hacia Mor Dairu. Como podéis comprobar, mi intuición fue atinada.

—Veo que no os faltan recursos —admitió el guerrero; de nuevo admiró la figura de la mujer, su habilidad con la espada, y ahora también la cabeza despejada de que parecía disponer—. Mas debo advertiros que los estáis empleando en una necia tarea, buscando un conflicto con alguien que, al menos por el momento, es superior a vos en el manejo de las armas...

—No hay ya deuda alguna —le interrumpió Dartia—. Después de hablar con vos comprendo, aunque no acepte, vuestras motivaciones.

"Mas tal vez sí haya empleado mis dotes de forma adecuada —insinuó pícara—. Como ya os sugerí en el templo de Dan'Nan, podríais olvidaros de vuestras ideas suicidas y enseñarme vuestro estilo; si para ello es menester que viajemos juntos, no me importará hacerlo.

—La vida de un mercenario suele ser muy corta —le advirtió el asesino con frialdad—. Siempre acaba por aparecer alguien que resulta ser mejor luchador que tú, o que tiene un golpe de fortuna, y siega tu existencia. ¿De

---

[36] N'Fthi: diosa oscura del imperio atlante, consorte de Sat'Hai y reverso de Dan'Nan.

verdad deseáis vivir de esa manera?

"Aún podría deciros más: alguien ha puesto a la Hermandad del Tiburón tras la pista de Ornay, por lo que viajar a mi lado, si consiguen descubrir mi identidad, puede ser muy arriesgado.

—Puedo entender que ésa es una buena razón para apartarme de vos —aceptó la ex capitana con un encogimiento de hombros—. No sabría decir quién tiene peor fama, si ellos o vos. Mas vivir en el filo de la espada podría ser una experiencia interesante…

—Si al final cabalgáis a mi lado, debéis saber que no pienso aceptaros sin más —gruñó el mercenario—. No estoy dispuesto a asumir estorbo alguno, por lo que en cuanto vea que lastráis mi camino os dejaré atrás sin miramientos.

—Acepto vuestra oferta —aseguró la mujer acercándose a él y tendiéndole la mano—. Al fin y al cabo, la muerte no se elige, llega siempre lo queramos o no; aunque no haya necesidad de buscarla, ¿quién quiere vivir para siempre?

Calet estaba impresionado por el temple de Dartia; la mujer parecía decidida a seguirlo a toda costa, la única manera de detenerla parecía acabar con ella; ni siquiera dejarla allí atada y amordazada podría retenerla durante demasiado tiempo, por lo que decidió que mejor sería llevarla al lado que detrás, tenerla a la vista antes que preguntarse dónde podría hallarse a cada momento.

—Muy bien —admitió casi de mala gana, sujetando la muñeca de ella y cerrando el trato—. A partir de ahora seremos compañeros de viaje. Tendremos que labrarnos una fama adecuada como mercenarios para que nos reconozcan y nos ofrezcan trabajos de todo tipo...

"Mas lo primero es lo primero —advirtió con severidad, recogiendo el casco de C'Tl y guardándolo en sus alforjas—: hemos de hacer un viaje a la región de Mor Suldur, para cumplir una última tarea; después, podremos proseguir con nuestro camino...

Al norte de Suldur, unos quemados vestigios, junto con las osamentas dispersas y repeladas de un gran número de animales, eran muda señal de una de tantas granjas arrasadas tiempo ha por bandas de saqueadores; cerca de aquellos restos, tres montículos marcados con unas ramas dispuestas en tosca forma de tridente con las puntas hacia arriba indicaban las tumbas de la familia de Calet dar Gaur.

El mercenario se hallaba inclinado junto a ellas, con los ojos cerrados, elevando una silenciosa oración a Dan'Nan y H'Ursk por sus almas. Apartada de él, Dartia sujetaba los caballos, que piafaban nerviosos.

—Itzai, Terman, Shelar... —murmuró por fin el hombre—. Podéis descansar en paz, vuestros asesinos han dejado este mundo con el dolor y el sufrimiento grabados a fuego en sus negras almas, aunque en el proceso mi corazón, perdido por vosotros, se ha congelado y ya es incapaz de tener sentimiento alguno hacia otros que no sea destructivo.

"Aún no he podido sobreponerme a vuestra partida, mas tal vez haya alguien que pueda algún día sacarme de la insondable sima en la que me hallo sumido, en la lúgubre desesperanza de vuestra falta. No confío en otra cosa que en reunirme pronto con vosotros...

Se apartó de las tumbas sin apartar la mirada de ellas, retrocediendo pesaroso hacia el lugar en que se hallaba su compañera de destino y tomando las bridas que le tendía.

—Supongo que es muy duro reconciliarte con el pasado —sugirió la mujer, observando sus reacciones—. Debiste de quererlos mucho...

—Eran mi vida —contestó Calet lacónico—. Al matarlos, los miserables que me los arrebataron arrancaron todo lo que yo había sido, dejando un cascarón vacío que fue rellenándose a medida que curaba mis heridas con la ponzoña del odio y la rabia; fui mucho más lejos de lo que jamás pude creer, incluso estuve a punto de entregarme a un demonio para que poseyera este cuerpo, enviando mi alma a los más recónditos abismos del olvido...

Montó bajo la atenta mirada de Dartia, que se aupó con gracilidad a su montura.

—¿Y ahora? —inquirió ella.

—Donde vos prefiráis, señora —aceptó el mercenario, sin ánimo para debatir, con una última mirada al lugar de reposo de su familia.

—Si vamos a labrarnos una buena fama, tal vez deberíamos comenzar por el núcleo de las Mors —sugirió la mujer procurando mostrarse animosa—. En Mor Talir podremos comenzar con pequeños trabajos que nos sirvan para aumentar nuestra gloria.

—En verdad habláis con un gran optimismo —se chanceó el asesino, aunque sus ojos desmentían aquella impresión—, mas tal tarea llevará tiempo; además, habremos de establecer unas pautas para no volver a caer en las redes de Ornay el Desalmado, no debemos aceptar cualquier cometido por el que se nos pague...

Charlando con recuperados ánimos acerca del futuro, ambos azuzaron sus caballos hacia el Nordeste. Tras ellos, la luz del mediodía arrancó destellos metálicos de un casco semienterrado bajo unos cascotes...

AUTOR

José Francisco Sastre García (San Sebastián, 1966) es un escritor que comienza su andadura en la década de los ochenta del pasado siglo; residente en Valladolid, lleva escribiendo relatos desde los años noventa, momento en que se une al grupo madrileño *El Círculo de Lhork*, donde comienza a publicar artículos y narraciones de todo tipo y género: misterio/terror, ciencia ficción, espada y brujería, fantasía épica, aventuras…

En este volumen, el primero de mi material que ve la luz a nivel comercial, expongo seis relatos en los que se narran las aventuras de un personaje más bien sombrío, *Ornay el Desalmado*, que se mueve por la isla de Antilea, la segunda en importancia del archipiélago del Imperio Atlante. Espero que disfruten de las historias…